Une vie

EX-LIBRIS

后浪 | 插图珍藏版

一生
Une vie

Guy de Maupassant

[法]莫泊桑 著

Edy Legrand

[法]埃迪·勒格朗 绘

盛澄华 译

江苏凤凰文艺出版社
JIANGSU PHOENIX LITERATURE AND
ART PUBLISHING

图书在版编目（CIP）数据

一生：插图珍藏版 /（法）莫泊桑著；（法）埃迪
·勒格朗绘；盛澄华译 . -- 南京：江苏凤凰文艺出版
社，2022.8（2024.4 重印）

ISBN 978-7-5594-6538-2

Ⅰ.①一… Ⅱ.①莫… ②埃… ③盛… Ⅲ.①长篇小
说 – 法国 – 近代 Ⅳ.① I565.44

中国版本图书馆 CIP 数据核字 (2022) 第 004374 号

一生（插图珍藏版）

［法］莫泊桑 著　　［法］埃迪·勒格朗 绘　盛澄华 译

策　　划	尚　飞
责任编辑	曹　波
特约编辑	许凯南
装帧设计	墨白空间·李易
出版发行	江苏凤凰文艺出版社
	南京市中央路 165 号，邮编：210009
网　　址	http://www.jswenyi.com
印　　刷	天津裕同印刷有限公司
开　　本	880 毫米 × 1230 毫米　1/32
印　　张	9.5
字　　数	187 千字
版　　次	2022 年 8 月第 1 版
印　　次	2024 年 4 月第 5 次印刷
书　　号	ISBN 978-7-5594-6538-2
定　　价	78.00 元

导　读

埃德蒙·雅卢[1]

　　身为"评选十部法国最优秀小说"的委员会成员之一，为什么我会选定莫泊桑的《一生》，而非他的其他作品呢？要回答这一问题，我想从我们选择《一生》，而没有选《漂亮朋友》《温泉》《如死一般强》《皮埃尔与让》或《我们的心》的原因说起。

　　长篇小说《漂亮朋友》，连同在《梅塘之夜》[2]上发表的短篇小说《羊脂球》，及短篇小说集《泰利埃公馆》，使莫泊桑名声大噪，但这部探究世人"举止姿态"的小说基本止步于活灵活现地展现日常生活，因此在我们看来，它是莫泊桑所有作品中唯一一部让人产生"过时感"的作品。之所以感觉它会"过时"，是因为，在这部小说中，作者并没有以居高临下的视角超然地看待作品中的人物与事件。受自身阅历的影响，莫泊桑在这部作品中透出了玩世不恭外表下的一丝烂漫天真。当时，莫泊桑对巴黎

---

①　埃德蒙·雅卢（Edmond Jaloux，1878年6月19日－1949年8月22日），法国小说作家、历史学家、评论家。

②　19世纪70年代末期，一群拥戴自然主义的作家聚集在左拉周围，结成了所谓的"梅塘集团"。这些作家是阿莱克西、于斯曼、莫泊桑、塞阿尔和埃尼克。他们都是文学青年，气质相近，情趣相投，既有共同的爱国之心，又有相近的哲学倾向。一天，这群青年到左拉在梅塘刚刚买下的房子做客，在夜晚的闲谈中聊到了文学创作，左拉提议不妨各人写一篇关于普法战争的小说，于是就诞生了这部《梅塘之夜》。它包括六部中篇小说：左拉《磨坊之战》、莫泊桑《羊脂球》、于斯曼《背包在肩》、塞阿尔《放血》、埃尼克《大七之战》和阿莱克西《战役之后》。

的道德风尚认识远远不足，所以思想相对单纯，书中人物的道德沦丧、对话和事件的狂妄放肆与作者的天真单纯难以契合，使作品显得名不副实，衬不上其长久不衰的声誉。

长篇小说《温泉》则在另一方面无法在内部协调。这部小说有两条平行发展的情节线，其中一条是缠绵悱恻的爱情故事，另一条则是在作者想象中的疗养温泉里发生的各种轶事。倘若莫泊桑只是一位以运用轻快灵活笔法而著称的作家，那么我们就没有理由责怪他把在疗养温泉和相邻诊所里所发生的事件描写成不折不扣的喜剧，甚至几近是一场闹剧；但莫泊桑立志成为一名现实主义作家，而且他的确成了一位伟大的现实主义作家，因此，我们无法接受一部他仅凭想象且颇有漫画意味的作品。

至于《如死一般强》和《我们的心》，我们在这两部长篇小说里看到了一个全新的莫泊桑，一个因病痛困扰而已有些精神错乱的男子。莫泊桑最终因病离世。（因病痛，年仅39岁的莫泊桑不得不放弃写作，在41岁时离开人世。）那一时期的莫泊桑虽然多多少少在友人保罗·布尔热的影响下已懂些世故，但总是感到不自在。面对注定会打照面的世道，他从未有过轻松自在的感觉；世间的纷繁复杂、女性的卖弄风情与他仍带着的些许天真质朴的秉性完全格格不入。因此，在《如死一般强》和《我们的心》中，我们没有看到莫泊桑另两部杰作《一生》和《皮埃尔与让》流露出的平静的张力，那种形式与主题的完美契合，那种生活稳定完整的感觉，以及那种对日常悲剧的怜悯之情。《皮埃尔与让》完全落入了法国小说的写作传统，是一本典型的悲剧小说。我的意思是，法国小说不同于典型的盎格鲁－撒克逊人的小说，法国小说的内容是由书中人物造就的，而非由席卷一切、淹没一切的生命浪潮造就的；而在盎格鲁-撒克逊人的小说里，相较于滚滚而来、无法抗拒的时代步伐，任何个人努力对书中人物、境况及日常各种事件的影响都微乎其微。在典型的法国小说里，如《皮埃尔与让》，戏剧性的情节是由不同人物的性格冲突带来的，而且激烈的冲突不可避免地会引发灾难。

然而，在长篇小说《一生》中，作者以从容不迫的笔触描写了一个女人漫长的一生，从中我们看到了人生的承诺与成就、必定会经历的悲伤、停滞不前的计划及失败。这部小说毫不逊色于《威廉·迈斯特的学习时代》[①]《弗洛斯河上的磨坊》[②]和《情感教育》[③]。可莫泊桑是福楼拜的学生，所以，《情感教育》这部作品对他的深刻影响显然一点也不亚于老师教他的创作理论。

读者会看到，《一生》在"元素平衡、比例合理、观察入微"这一条上堪称典范。在这部小说中，"语言风格"恰如其分，"诸多人物角色之间关系描述"真实准确，"生活写照"的描写入木三分——这些特点均臻于完美，由此我们可以大胆地断言，这部小说永远不可能被超越。随着读的小说越多，读者便越会明确地感

---

① 作者歌德，德国成长小说的巅峰之作。
② 英国女作家乔治·爱略特最优秀的小说之一。
③ 福楼拜的代表作之一。

受到：《皮埃尔与让》和《一生》这两部作品是"构思安排恰当、写作技艺精湛"的完美范例。以上关于写作技艺的用词都是我仔细斟酌的，因为在莫泊桑的作品中，这种技艺——"把所有元素恰如其分地组合起来"——是其创作艺术的重要组成部分，这一特征不仅在其作品中显而易见，也让我们意识到它是作家创作艺术中不可或缺的元素。

若有人问《一生》的主题是什么，脑中自然便会浮现出一个答案——这部伟大的作品展现了人生的沉浮起落，书中有凄苦的磨难坎坷，也有自我革新、自我复苏的亘古力量。故事开篇，一位豆蔻少女迎面而来，她毋庸置疑拥有少女所有的情感财富：年轻、热忱，心中充满渴望，怀抱梦想抱负。若是浪漫主义作家写的话，他们也许会以更温柔、更欢愉的笔触来描写即将成人的少女时代，可没有谁比这位现实主义作家更会用温情和敬畏来描绘少女时代温柔的光芒。随着故事的展开，读者会目睹生活日复一日、无情地、慢慢地侵蚀这个全心全意渴望美貌、爱情与亲情的女人。很显然，约娜嫁的那个男人是个"次等货色"，一个不折不扣的俗人，毫无出色的地方。当年轻的妻子发现丈夫以最令人作呕的方式背叛了她时，她的父亲，勒培奇·德沃男爵，被这种卑鄙行为激怒了，他想给女婿一顿鞭子，但当地神甫却平静地说道："男爵先生，听我说句自家人的话，他也不过和大家所做的一样。忠实的丈夫，您倒认识多少呢？"他又狡猾地用半开玩笑的态度说，"您看，我敢打赌，您自己年轻时也胡闹过。我说，问问您的良心，这话对不对？"

男爵一愣，面对神甫站住了。神甫又说："对吧，您也和别人一样。谁知道您就没有调戏过这样的小丫头呢。我对您说，人人都有过这种事情的。您夫人却也并没有因此少得到幸福和爱情，您说对吧？"

可然后，当我们继续往下读，会看到这样的段落："男爵被弄得不知所措，站着不动了。的确，这话是真的，他也同样有过这类事情，而且绝不止一次，问题就看有没有机会；他也并没有尊重过夫妻之间的家庭生活，只要太太的使女长得漂亮，他也就毫无顾忌了！难道因此他就是个下流东西吗？既然觉得自己这样的行为不算一回事，为什么对于连就要这样苛刻呢？"

"泪痕未干的男爵夫人，一想到她丈夫年轻时的风流行为，唇角上不禁现出了微笑，因为她属于多愁善感的那一类好心肠的人，在她看来，爱情的浪漫行为原是人生的一部分。"

这段话道出了成年人的心声，由此，我们看到人生阅历给渴望获得理想爱情的青春梦想蒙上了"灰尘"。在这个段落中，我们可以听到每个不同人物各自的情绪，由此可以推断出他们对人生的不同认识。第一段话来自对生活的细心观察，源自忏悔者的行为习惯；第二段话出自说话人对自身过失的追忆；第三段话乃是痛苦与无奈的心声，而约娜必须经历漫长的痛苦煎熬，才会到达这种坦然接受梦想幻灭的人生阶段。丈夫对她不忠，她不得不忍气吞声地习惯对此习以为常；丈夫被与他偷情的女人的丈夫谋杀，她为此悲痛欲绝；相继失去双亲；最后她宠爱的儿子也抛弃了她。她家财散尽，唯一剩下的朋友是一起长大的玩伴，自己的侍女，也就是丈夫于连·德·拉马尔第一个偷情的情人，而她唯一的儿子娶的也不是什么好媳妇，可当薄命的儿媳去世后，年迈而无助的约娜却欣喜若狂地将孙女抱进怀里。

然后，莫泊桑写道："这时一种说不出的感情涌上她的心头。她轻轻地揭开面纱，露出那个她还没有见过的婴儿的面庞，而这就是她的小孙女儿。这脆弱的小生命受到光线的刺激，睁开她那碧蓝的小眼睛，抖动着嘴唇。约娜紧紧地拥抱着她，用双手把她托起来，接连地吻着她。"

于是，过去种种的不幸、失望和挫折就此勾销。对于约娜来说，生活重新开始，对生活的热爱又回来了，美好生活的承诺又出现了。这部令人梦想幻灭、使人精神阴郁的小说在结尾迎来了曙光。

莫泊桑和他所追随的自然主义作家一样，描写笔下人物都经过了细心的观察，他们就像我们在日常生活中遇到的人一样——只不过是普普通通的平凡人，不是纯粹的好人，也不是纯粹的坏人。然而，他还是未能彻底成功地阻止让笔尖流露出一丝浪漫的幻想。书中的福尔维勒伯爵夫妇，尤其是福尔维勒伯爵因于连与自己妻子私通的报复行为，让我们更多想起了《德·卡莫尔先生》和《朱丽·德·特雷考尔》的作者奥克塔夫·弗耶笔下经常出现的人物与情节，而不像莫泊桑的朋友福楼拜和奥克塔夫·米尔博笔下的人物与情节。这些人物不仅是完全"虚构"的，还多多少少给作品添加了浪漫的色彩，似乎与这部献给"卑微真相"的小说所想要营造的灰色基调格格不入。的确，那些把现实与浪漫相结合的伟大作家，如巴尔扎克、司汤达、巴尔贝·多尔维利等，对莫泊桑的影响仍在。即便是福楼拜，尽管他会更严格地摒弃作品中任何不是来自对现实生活最科学精准观察的元素，也在他的《圣安东尼的诱惑》《萨朗波》和《圣徒行善者朱利安传奇》中，出现了大量不受约束的幻想，与现实形成了鲜明的对比。

在《一生》这部作品中，每个人物都是从平凡的生活中提炼出来的，拥有鲜明的个性特征。如果我们认为约娜是个有点苍白不太出彩的角色，那这正是因为她最具有普遍意义，和其他女人没什么两样，绝不是什么忠贞不二，除了初恋不会再爱其他男人的女人。

自莫泊桑创作出《一生》已过去55年。若有人认为在此期间这种类型的女人发生了变化，那么他就错了。在法国，到处都能看到多愁善感而朴实无华的约娜、勒培奇·德沃家族和比科神甫。不过，书中的乡村神甫托比亚克神甫与今天的乡村神甫大为不同。此外，我们还会倾向于认为，虽然我们还能找到像萝莎莉这样的人，但这种人已经不那么常见了。今天的福尔维勒伯爵夫妇会打扮得十分时髦，而福尔维勒伯爵夫人因激情而犯下的罪过，如今在我们看来，只不过是那个特殊社会环境下的特例。不过，这并不是说，发生这样的事完全不可想象，实际情况是：这种事不可能像莫泊桑创作《一生》时那般稀疏平常。至于于连·德·拉马尔，我们没理由认为现在这种狂妄自大、好色淫荡、卑鄙刻薄的人会比半个世纪前更加稀少。

如果以上对生活模式变化程度的简单推测是准确的话，毕竟在莫泊桑创作这部作品到现在世事发生了诸多变化，那么我们便更有理由倾慕《一生》——书中对人生的刻画入木三分、恰到好处，与其说这是源自作家精湛的创作技艺，不如说正是由于他对人物的精准拿捏，才让这部小说"永不过时"。

麦秋林 译

第一章

约娜收拾好行装以后，走到窗子跟前，但雨还是下个不停。

一整夜，暴雨哗啦哗啦地打在玻璃窗和屋顶上。低沉的、蓄着雨的天空仿佛裂了缝，把水倾泻到大地上，使泥土变成稠浆，糖一般地溶化了。吹过一阵阵闷热的暴风。行人绝迹的街道上，阴沟像泛滥了的小溪，发出潺潺的水流声。街道两旁的房屋海绵似的吸收着水分，湿气渗入内部，从底层到顶楼，墙上全是那么湿漉漉的。

从清早起，约娜观望天色，该有百来次了。她是昨天刚从修道院回家的，以后可以长此自由下去了。她准备要享受一番向往已久的人生的百般幸福，现在她所担心的是，天气会不会放晴，她父亲肯不肯动身。

约娜发现自己忘了把日历放在手提包里。她从墙上把一个小小的月份牌摘了下来，月份牌上花边中间有用金字印成的一八一九年这个年份。她拿起铅笔，划掉前面的四栏和每一个圣名，一直划到五月二日，也就是她离开修道院的这一天。

"小约娜！"有人在房门口叫她的名字。

约娜回答说："爸爸，进来吧！"她父亲就走进她的房间来了。

这就是勒培奇·德沃男爵，名字叫西蒙·雅克。男爵属于上一世纪的贵族，心地善良，但有些古怪脾气。他非常崇拜卢梭，热爱大自然、原野、树林和动物。

身为贵族，男爵对一七九三年①所发生的事件本能地怀有反感；但他那哲人的气质和所受的非正统的教育，使他痛恨暴政，当然这种痛恨也就只限于无关痛痒地发发牢骚而已。

秉性善良是男爵最大的优点，也是他最大的弱点。这种善良，不论为爱怜，为施舍，为拥抱都是心有余而力不足的，一种造物主式的善良，佛光普照，来者不拒，仿佛出于意志的迟钝和魄力不足，几乎像是一种毛病。

男爵是一个理论家，因此他为女儿的教育想出了一套完整的方案，希望使她成为一个幸福、善良、正直而温柔多情的女性。

约娜在家里一直住到十二岁。然后，尽管做娘的哭哭啼啼，父亲还是把她送进圣心修道院去寄宿了。

他让她在那里过严格的幽禁生活，和外界隔绝起来，不使她知道人世间的一切。他希望在她十七岁上把她接回来时她仍然是童真无邪，然后由他自己诗意地来灌输给她人世的常情，在田园生活中，在丰饶和肥沃的大地上来启发她的灵性，通过观察动物间的相亲相爱和依恋不舍来向她揭示生命和谐的法则。

如今她从修道院回来了——喜气洋洋，精力充沛，急想尝一尝人生的幸福和欢乐，以及种种甜蜜的奇遇；这一切都是她在修道院闲愁无聊的白日里，在漫漫的长夜里，在孤独的幻想中一再

---

① 法国资产阶级革命时期资产阶级左翼雅各宾党人开始专政的一年，也是国王路易十六夫妇被送上断头台的一年。

在心头出现过的。

她长得叫人想起韦洛内兹^①的一幅肖像画——闪闪发亮的鲜栗色的头发，仿佛使她的皮肤显得更为光彩，这是生长在贵族家庭里的人所特有的一种白净而红润的皮肤，在阳光的抚弄下，隐约可以分辨出在皮肤上还蒙着一层细绒般的汗毛。眼睛是暗蓝色的，就像荷兰小瓷人的眼睛一样。

她在左鼻翅上有一粒小黑痣，右颊上也有一粒，还有几根初看时分辨不出的和皮肤同一颜色的汗毛。她身材修长，胸部丰满，腰身显出柔美的曲线。她说话时清脆的嗓门有时显得太尖，但是她爽朗的笑声可以叫她周围的人们都感染快乐。她常有这种习惯性的动作——把双手举到鬓角边，像是要捋平她的头发。

看见她父亲进来，她迎过去抱住他，吻着他，叫道："到底走不走呢？"

他微笑了，摆动着他那留得很长的苍苍白发，一面伸手指着窗外说："你说这样的天气怎么能动身呢？"

然而她撒着娇，甜蜜蜜地央求他："啊！爸爸，我求求您，我们走吧！到下午天一定会晴的。"

"但你母亲可绝对不会答应呀！"

"行！我担保她会答应的，我去跟她讲就是啦。"

"好吧，你要能说服你母亲，我这方面就不成问题。"

---

① 十六世纪意大利的名画家。

她连忙奔向男爵夫人的卧室，因为她等候这动身的一天，早等得愈来愈不耐烦了。

自从她进圣心修道院以后，她便没有离开过卢昂，因为不到一定年龄，她父亲不放心她享受任何娱乐活动。只有过两次把她带到巴黎去，每次住了半个月，但巴黎是一座城市，而她所向往的却是乡村。

现在她就要到白杨山庄去过夏天，这座古老的庄园是他们家的产业，房子造在意波尔附近的高岩上。她相信这种在海边的自由自在的生活一定是其乐无穷的。而且，庄园的这份产业早已决定是留给她的，等她结婚以后她就要在那里长住下去。

可恨这场大雨从昨夜下起，片刻不停，这真是她一生中第一次遇到的最倒霉的事情。

可是才过了三分钟，她就从她母亲的卧室冲出来了，满屋子都听得见她的叫声："爸爸，爸爸，妈妈答应了，快备车吧！"

雨仍然哗啦哗啦地下个不停，而当那辆四轮马车到门口时，雨反而下得更大了。

约娜正要上车时，男爵夫人才从楼梯上被搀下来，一手是她丈夫扶着，另一手是一个高个儿的使女，这位姑娘结实矫健得像一个小伙子。她是诺曼底省格沃地方的人，年纪至多才十八岁，不过看上去少说也像有二十岁了。这一家人拿她当第二个女儿看待，因为她妈妈原先是约娜的奶妈，这样她和约娜就成了同奶姊妹。她的名字叫萝莎丽。

萝莎丽主要的职务是搀扶她的女主人走路，因为近几年来男爵夫人由于害了心脏扩大症，身体变得异常肥胖，她时刻都为这个叫苦。

男爵夫人步行到这所古老的府邸的台阶前的时候，已经气喘得厉害，她望了一望院子里满处淌着的水，叹气说："这真是不讲道理。"

男爵脸上始终堆着微笑，答道："这可是您自己拿的主意，阿黛莱德夫人。"

由于她有阿黛莱德这么一个华贵的名字，她丈夫一叫她时，便总要带上"夫人"这个称呼。虽然表示尊敬，其实却是含有几分讥笑的意味。

男爵夫人又向前走了几步，很吃力地上了车子，把车身的弹簧压得咯吱咯吱地响。男爵坐在她身旁，约娜和萝莎丽坐在对面的板凳上，背向着马。

厨娘吕迪芬抱来几件外套，盖在他们的膝头上，又拿来两个筐子，塞到他们腿底下；然后自己爬上车，坐在西蒙老爹身边的座位上，用一块大毡子裹住了全身。门房夫妇走过来关上车门，向全家鞠躬告别；行李是随后另用两轮车送的，主人为这事又向他俩叮嘱了一番，全家这才起程。

马车夫西蒙老爹在雨下低着头，弓着背，缩在三副披肩的长外套里，看也看不见了。呼啸的暴风雨吹打着车窗，路面淹没在雨水中。

　　两匹马拖着那辆四轮马车快步沿着河岸驰去，赶过一排排的大船。船上的桅杆、帆架和网绳像落了叶子的光秃秃的树木一样凄然挺立在湿漉漉的天空里。然后马车转入漫长的里节台山的林荫大道。

　　不久车子穿过一片一片的牧野，偶尔一株被淹的垂柳，枝叶像尸体那样无力地垂着，从雨水迷茫中显露出它那沉重的神态。马蹄在路上嗒嗒地响着，四个车轮溅起成团的泥浆。

　　车上谁也没有说话，旅人的心情也和大地一样，仿佛是湿漉漉的。男爵夫人仰着脑袋，合上了眼皮，把头靠在车厢上。男爵凄然瞭望着雨中田野忧郁的景色。萝莎丽膝头上搁着一个包，像乡下老百姓常有的那样，在那里兀自出神。独有约娜，在这种温暖的下雨天，仿佛刚从紧闭的室内被移到露天的一棵植物，觉得自己又复活了；她那浓厚的兴致，像是密集的枝叶，把她的心和忧愁隔绝开了。虽然她也默不作声，但心里想歌唱，恨不得把手伸到窗外接一点雨水来喝；她欣赏马儿载着她飞奔，她观望沿路凄凉的景色；感到自己安稳地坐在车中，倾盆大雨，淋不到她，心里真是快活极了。

　　在滂沱大雨下，两匹马儿发亮的臀部上冒出一阵阵的热气来。

　　男爵夫人渐渐睡熟了。六股梳理得很整齐的下垂的发鬈，像框子似的围住她的脸庞，脸庞慢慢沉下来，绵软软地被托住在脖子下三道厚厚的肉褶上，脖子最靠下的几道褶裥已经和汪洋大海似的胸部连接在一起了。每呼吸一次，她的脑袋昂起来，然后又垂下去；两个腮帮子都鼓着，同时从半开的嘴唇缝里呼噜呼噜地发出热闹的鼾声。她丈夫向她偏过身子去，轻轻地把一个皮制的小钱包放到她交搭在肥大肚皮上的双手里。

这一触动把她惊醒了，她以人们在瞌睡中突然被惊醒时的那种发呆的神色，看了看这个钱包。钱包掉下去，散开了。金币和钞票哗啦一下撒了满车。这时候她才完全清醒，她女儿乐得哈哈大笑。

男爵把钱币拾起来，搁在她的膝头上，说道："你看，亲爱的朋友，从艾勒多田产得来的钱，全部都在这里了。我把它卖了，为的是可以修理白杨山庄，以后我们要常住在那里了。"

她数了数，总共是六千四百法郎，然后从从容容地放进自己的口袋里。

在祖遗的三十一处田产中，艾勒多是其中被卖掉的第九处了。他们手头现有的田产，每年还能有两万法郎的进益，如果管理得法，每年收入三万法郎也是毫不费事的。

由于他们生活简单，如果不是因为家里始终有着一个敞开的无底洞，这笔收入照理也就够开销的了。那无底洞是什么呢？就是秉性善良。这种善良吸干他们手心里的钱，就像太阳吸干洼地里的水一样。金钱流出去，流得无影无踪了。这到底是怎么回事呢？谁也说不上来。他们中总不免有一个人说："究竟是怎么回事，今天我花了一百法郎，可并没有买什么值钱的东西。"

这种慷慨好施倒也是他们生活中的一大乐趣，在这一点上，他们彼此心里都有同感，毫不介意。

约娜问道："我那庄园，现在很美观吗？"

男爵喜滋滋地回答说："孩子，你去看吧！"

滂沱大雨渐渐过去了，后来只不过剩下烟雾中飘着的极细的雨丝。天空的乌云拨开了，天色清朗起来，而突然，一抹斜阳仿佛从看不见的洞口照射到牧野上。

先是云散开了，从隙缝中露出蓝色的天幕；然后云层的裂口，像被撕碎了的面纱，越来越扩大；最后，明净碧蓝的天空终于整个展开在大地上了。

吹过一阵凉爽的和风，仿佛大地满意地透过一口气来，而当马车驰过田园和树林时，人们偶尔可以听到一只晾着羽毛的鸟儿的欢快歌唱。

夜色降临了。现在车子里除了约娜，人人都打瞌睡了。马车两次在小旅店前停下来，为让牲口歇一歇，喂它们点水和饲料。

太阳早已落山，远方响着教堂的钟声。他们在一个小村庄里点上了车灯，这时天空已布满了繁星。一路上，从疏疏落落的村舍中，在黑夜里透露出点点灯火。猛然，在一座小山背后，透过杉林的枝叶，升起一轮圆月，又红又大，仿佛还带着浓重的睡意。

夜晚非常暖和，车窗都打开了。尽情饱尝了梦境和幸福的幻想后的约娜，这时也已疲倦，在那里闭目养神了。有时她用一个姿势坐得过久了，感到麻木，她就又睁开眼睛，向外边望望。在这满天星斗的夜色里，她看见农庄上的树木从她身边滑过，躺在田地上的几头牛听见车声昂起头来。于是，她又另换一个姿势坐

着，想重温一个恍惚的梦境；然而车轮持续不断的转动声在她的耳朵里隆隆地响着，使她倦于思索，于是她又合上眼睛，感觉自己身心实在是太疲乏了。

最后马车终于停住了。男男女女手提灯笼，站在车门跟前。他们已到目的地了。约娜突然醒来，很快就跳下车子。她父亲和萝莎丽由一个农户照着亮，几乎是把男爵夫人抬下车来。她已筋疲力尽，难受得直哼哼，却不断用微弱的声音重复说："啊！天哪！我的可怜的孩子们哪！"她什么也不肯喝，什么也不肯吃，在床上躺下，立刻就睡熟了。

约娜和男爵，父女俩共进晚餐。

两人相对而笑，在桌上手握着手，父女俩满怀着孩子般的喜悦，最后一同去察看经过修理后的住宅。

这是一所诺曼底式的高大的建筑，包括农庄和邸宅。正屋全部是用白石建成的，但现在已经呈露灰色了，宽敞得足够住下整族的人。

一间宽广无比的厅堂贯穿着这整所住宅，并使它分隔成左右两部分，厅堂前后对开着两道大门。进门处两面都有楼梯，梯级像桥一样从两面各向上升，汇合到二楼，这样楼上正中就留出很大的空间来。

楼下右首是一间奇大无比的客厅，墙上挂着花鸟图案的壁毡。全部家具上都覆着细绣的锦毡，图案全是拉封丹《寓言》中的故事；约娜发现了她幼年时所喜爱的一把椅子，高兴得跳起来了，这把椅子上绣的是《狐狸和仙鹤》的故事。

紧挨客厅的是一间放满古书的藏书室和其他两间空着的屋子，左面是新换了壁板的餐厅，此外还有洗衣房、餐具储存室、厨房和一小间浴室。

二楼有一条贯穿全楼的长走廊。十间房间的十扇门都是对着走廊的。右首最靠里的一间便是约娜的卧室。父女俩走进这个房间里。这间房间是男爵最近叫人重新整修过的，家具和挂毡都是用原先存在阁楼上不用的东西。

挂毡是弗兰德的产品，年代都已很古老了，这就使这间房间里增添了许多挂毡图案里古怪的人物。

但是当约娜一看到她的床，她高兴得叫起来了。床的四个角上，有四只橡木雕制的大鸟，全身乌黑；上蜡后闪闪发亮，它们像守护天使一般围抱着床。床架两旁雕的是绕着花朵和鲜果的两个大花环、四根带有哥林多式的柱头和细刻精镂的凹纹床柱托着檐板，上面刻着身缠蔷薇花的小爱神。

这张床气派十足，虽然年代已久，木料变暗了，显得有些严肃，但仍然是很雅致的。

床面的罩单和床顶的天幕灿烂如繁星闪耀的天空，都是用深蓝的古式丝绸做成的，上面绣着一朵朵金色的大百合花。

约娜细细地把床观赏了一番以后，又举起蜡烛去照墙上的挂毡，想看一看绣的是些什么。

一个贵族青年和一个贵族少女穿着绿色、红色和黄色的离奇古怪的服装，正在一棵结着白色果子的青色的树下谈天。一只大白兔子啃着一点点灰色的小草。

就在这两个人物头顶上，有用写意法表示出来的远处的五所尖顶的小圆房子；再往上，在几乎接近天空的地方，是一架红色的风车。

在整幅挂毡上，还环绕着许多花卉的图案。

另外两幅和第一幅差不多，不同的是可以看到从房子里出来四个小人儿，他们身穿弗兰德人的服装，高举着胳膊，表示万分惊异和愤慨的样子。

但最后一幅挂毡上绣的是一个伤心的场面——兔子仍然在那里啃草，但在它旁边，那个年轻人已经倒在地上，像是死去了。少女面对着他，正用利剑刺进自己的胸膛，树上果子的颜色已经都变成了黑的。

约娜不了解这里绣的都是什么，正想走开不看了，却发现原来在一个角上还有一只小得看不清的野兽。图案中的那只兔子要真是活的，会把它认作是一片草屑而吞下去，可是那野兽却是一头狮子。

这时她才看懂，原来挂毡上绣的是皮拉姆和蒂丝佩悲惨的故事！^①虽然这里图案的天真使她觉得好笑，但自从她有这个爱情冒险故事作伴，她倒是觉得它怪有意思的；因为那可以时刻唤起她内心的期待和向往，这个古老传说中的温情蜜意夜夜都会盘旋在她的梦中。

室内其他的陈设和家具，各种式样和风格的都有。世代祖传下来的用物使这种古老的邸宅成了包罗万象的博物馆。一组路易十四时代式的富丽堂皇的衣橱，边上镶着光彩夺目的铜饰件；摆在衣橱两边的，却是路易十五时代式的两把圈手椅，还带着当年的花绸椅套。一张花梨木的大书桌和壁炉遥遥相对，壁炉台上摆着一座用圆玻璃罩罩上的帝政时代的台钟。

---

① 在古代巴比伦传说中，皮拉姆和蒂丝佩是一对相爱的男女。皮拉姆看到他情人的面纱被狮子撕毁，以为她本人也已遇害，便悲痛自杀。蒂丝佩发现皮拉姆已死，跟着也用利剑自杀了。传说这个悲剧是在一棵大树下发生的，从此那棵树上便不再结红色的果子。

钟本身的式样是由青铜制的一个蜂房，被四根大理石的柱子凌空架在一座开满金色花朵的花园上。蜂房下端有一条细长的缝，从这里伸出一根纤细的钟摆，钟摆上是一只长了珐琅质翅膀的蜜蜂，这只蜜蜂就在花园上来回不停地摆动。

钟面是彩色瓷质的，嵌在蜂房中间。

钟声响了十一下。男爵抱吻过女儿，就回到自己的房间去了。

这时约娜还未尽兴，但也不得不上床了。

她向卧室最后环视了一遍，才把蜡烛吹灭。她那张床只有床头靠着墙，左边临窗，月光从窗口射进来，倾泻在地上，晶莹清澈，恍如水泉。

月色反照到墙上，悄悄地抚弄着皮拉姆和蒂丝佩永生的爱情。

从床脚那端的另外一个窗口，约娜望得见一棵大树，它这时也整个浸在柔和的月光里了。她转过身去，闭上眼睛侧卧着，但不到一会儿，眼睛又睁开了。

她仿佛还在马车上受着颠簸，脑子里老听到车轮在那里转动。最初她仍然躺着不动，希望静卧一阵就可以睡熟了；然而不久，焦躁的情绪又侵占了她的全身。

她觉得两条腿有些发麻，浑身愈来愈热。于是她起来了，光着脚，裸着胳膊，穿着一身长睡衣，看去有如一个幽灵，踏着地板上的月光，走去推开窗子，眺望夜色。

月光是那样皎洁，看上去像是在白天一样。少女约娜对自己儿时所喜爱景物的一草一木都还记得很清楚。

在她面前，首先是那一大片草地，这时在月光下，涂上了一层奶油般的黄色。邸宅正面，挺立着那两棵大树，靠北的一棵是梧桐树，靠南的一棵是菩提树。

在这一大片草地的尽头，有一座小小的灌木林，这是庄园的一道分界线。为了防御海面暴风的侵袭，这里还种着五排古榆，它们受海风不断的折磨，都已枝柯攀曲，树梢削平而倾斜成像一个屋顶了。

园景的左右两面，各有一条林荫路，把正中主人住的邸宅和毗邻的两个农庄分隔开来。长长的林荫路旁都种了长得高大无比的白杨树；左右两个农庄，一个归库利亚尔一家人看管，另一个归马丁家看管。

白杨山庄这个名字就是由这些白杨树而来的。在这围圈之外，伸展着一大片未经开垦的荒地，长满了金雀花。不分昼夜，海风都在那里呼啸。然后海岸突然倾下，形成一道陡直的高达百米的白色悬崖，崖脚浸没在海波里。

约娜眺望着远处微波荡漾的海面，它仿佛正在星光下酣睡。

在这不见阳光的岑寂的时刻里，大地上散发出各种气息。攀缘在楼下窗口四周的一株素馨花不断吐出浓郁的香味，和嫩叶的清香搅和在一起。海风阵阵袭来，带着强烈的盐味和海藻黏液的气息。

约娜起初放开胸怀，痛痛快快地呼吸着乡间宁静的气息，它像一次凉水澡似的，使她的心境平静下去。

暮色降临时才苏醒的夜行动物，在黑夜的静寂中度过默默无闻的一生，这时在月色薄明中悄悄地活动起来。大鸟像斑点，像黑影，无声地掠过天空；看不见的飞虫，在耳边嗡嗡地擦过；轻轻的脚掌蹭过浴着露水的草地或是杳无人迹的沙径。

只有几只发愁的癞蛤蟆对着月光发出短促而单调的叫声。

约娜仿佛觉得自己的心扩展了。像这明净的夜晚一样，她心中也充满了细声密语；像在她周围活跃的夜行动物一样，无数彷徨的欲念突然在她心中蠕动起来。好像有一种吸引力把她和这充满生命的诗境融合在一起了。在这柔和的月夜里，她感到神秘的东西在颤栗，不可捉摸的希望在悸动，她感到了一种像幸福的气息似的东西。

于是她开始幻想起爱情来了。

爱情！两年来在这怀春的少女身上愈来愈成为迫不及待的东西了。现在，她已有了恋爱的自由，只要能够遇见这个人，遇见"他"！就行了。

"他"是怎么样一个人呢？她并不十分了然，甚至也没有考虑过。总之，"他"就是"他"。

她只知道她会忠心耿耿地崇拜他，而他也会一心一意地喜欢她。在这样的夜里，在星光下，他们会一同出去散步。他俩会手牵着手，脸偎着脸走去；能听得见两颗心的跳跃，能感觉到紧贴着的肩膀的温暖，他俩会把自己的爱情和夏夜柔和的月色交织在一起。他们是那样地结合成一体，只凭相亲相爱的力量，就能彼此渗透对方内心最隐秘的活动。

而此情此景将在一种无法明言的温情蜜意中，无穷尽地保持下去。

她蓦地觉得仿佛他真的就在她身边，紧挨着她，一种令人销魂的肉感突然从她脚尖直升到头顶。不知不觉中，她用自己的双臂紧搂着胸腔，像是要拥抱住这个梦境；她把嘴唇伸给那不可知的人儿，像有什么东西落到她嘴唇上，宛如春风给了她一次爱情的接吻，几乎使她晕倒了。

出其不意地，在庄园后面的大路上，她听到有人在黑夜中走路的声音。于是，在她极度紧张的情绪下，她竟把必不可能的事情、天定的机缘、神赐的预感、命运浪漫的巧合诸如此类的东西都信以为真了，她想道："万一是他呢！"她放心不下地倾听着旅人一高一低的脚步声，以为他必定要停在大门口，来要求借宿了。

他走过去了，她像是受了一场欺骗似的感到伤心；但是她立刻明白了，这是她自己的精神作用，并对这种痴情感到好笑了。

当她稍稍安静下来时，她把自己的思想引导到更为合理的向往中去，她猜测自己的前途会如何，开始计划自己的生活。

她要和他一起在这里过共同的生活，住在这俯瞰大海的安静的庄园里。她一定会有两个孩子，男孩给他，女孩给自己。她想象孩子们正在那棵梧桐树和菩提树之间的草地上跑来跑去，做父母的得意地瞧着他们，互相交换着甜情蜜意的目语。

她这样梦想了很久很久，这时月亮在天空已将近走尽它的旅程，正要隐没到大海中去。空气变得愈加清凉了。东方的天色已渐渐发白。右首农庄里的一只公鸡叫了，左首农庄里的公鸡随声应和。它们嘶哑的啼声穿过鸡舍的板壁，像是从很遥远的地方传来；无际的苍穹在不知不觉中发白了，群星一一消失。

鸟儿唧唧地叫响了，起初是怯生生地从树叶丛中传来，逐渐胆大起来，叽叽喳喳闹成一片，枝枝叶叶间都响彻颤动的、喜悦的欢唱。

约娜顿时觉得天已大亮了。她把埋在双手里的头抬起来，然后又闭上眼睛，黎明的光彩使她目眩。

翻腾着的紫红的朝霞半掩在白杨树的大路后面，向着苏醒的大地投射出万紫千红的光芒。

逐渐，拨开耀眼的云彩，太阳像火球一般出现了，把火一样的红光倾泻到树木上、平原上、海洋上和整个大地上。

这时约娜欣喜若狂。在这光辉壮丽的大自然面前，一种醉人的快乐，一种无限的柔情，淹没了她那软弱的心。这是她的日出！她的黎明！她生命的起点！她希望的再现！她用双臂伸向光辉灿烂的空间，想要和太阳拥抱；她要说出，她要大声高呼像这黎明一般神圣的事物；但她只是木然凝固在这股无从表达的热情中。于是，她感觉两股热泪夺眶而出，她用双手抱住额头，如醉如痴地哭了。

她重新抬起头来的时候，黎明的灿烂景象已经消散。她觉得自己心境也平静了，感觉有点疲倦，刚才那种兴奋仿佛已经过去了。她没有关上窗子就倒在床上，又空想了一阵，然后才沉沉入睡。

她睡得那么香，到八点时她父亲喊她，她都听不见；直到他走进她的房间里，她才醒来。

他要带她去看修缮后的庄园，"她"的庄园。

邸宅对田野的一面，有一个种着苹果树的大院子和村路隔开。这条村路两旁都是农家的田园，走半法里路的样子，便接上从勒阿弗尔通往费康的公路了。

一条笔直的甬道，从木栅栏的大门起一直通到邸宅的台阶面前。院子两旁，沿着左右两座农庄的沟渠，各有一排用海滨鹅卵石砌成的茅顶小屋。

邸宅的屋顶已经翻新，所有门窗墙壁都修缮过，房间重新装饰过，整个内部粉刷一新。新添上的银白色的窗扉和正面高大的灰墙上的修补，使这座褪了色的古老邸宅，看去像是生了许多斑点。

从邸宅的背面，也就是从约娜卧房中有一扇窗口对着的那一面，越过灌木林和久经海风剥蚀的一排榆树，远远可以望见大海。

约娜和男爵，臂挽臂，到处察看了一遍，连一个墙角都不放过；然后父女俩，顺着那两条长长的白杨路，散起步来。白杨路所环抱的一带，被总称为"花园"。树下生长起来的青草看上去已成一片绿茵。灌木林就在花园的尽头，这一带最是迷人，曲曲折折的小道交错在一起，树木的枝叶形成了一道道分隔的矮墙。突然间蹦出一只野兔来，使约娜吃了一惊，野兔越过斜坡，蹿进悬崖边的野草中间去了。

午餐之后，阿黛莱德夫人还是十分疲倦，说是要去休憩，男爵便建议和他女儿到意波尔去走一遭。

父女俩出发了，先是穿过白杨山庄所在的埃都旺村。三个农民，仿佛一向就认得他们似的，对他们敬礼。

他俩顺着曲折的山谷，进入通向海边的斜坡上的树林中去了。

不久，意波尔那个小镇就在眼前。坐在门口缝补衣服的妇女们，望着他们走过。那条倾斜的街道中间有一道水沟，两旁人家的门口到处都有垃圾，发散出一股刺鼻的盐卤气味。棕色的渔网，晾在门口，网上还留有小银币似的闪光的鱼鳞；小屋子里，每间房间要住上好几口人，发出一股难闻的气味。

几只鸽子在水沟边走动，寻觅食物。

约娜看着这一切，觉得新鲜而又稀奇，仿佛在看舞台上的一幕布景。

但当他们在一道墙角拐弯时，她猛然望见了极目无际、碧绿而平静的汪洋大海。

他们在海滩前站住了，瞭望海面的景色。点点帆影，有如飞鸟白色的翅膀掠过海面。左右两面都矗立着高大的悬崖。在一边，有一个海岬挡住了视线；在另一边，海岸线无穷无尽地伸展开去，到最后只能望见淡淡的一线。

在附近的一个海湾里，可以望见一座港口和一些民房。微波冲击着岸边的碛石，发出一阵阵轻微的声响，它所激起的泡沫，给海岸镶上了一道白色的花边。

当地的渔船，被拉在岸边，侧身斜躺在鹅卵石的沙滩上，在太阳下晾着涂上了沥青的椭圆形的船舷。几个渔夫，为了要赶晚潮，正在那里收拾渔船。

一个船夫走过来兜售鲜鱼，约娜买了一尾大的比目鱼，她要亲自把它带回白杨山庄去。

船夫还建议他们以后坐他的船到海上去游玩。他为了使人记住他的名字，三番五次地重复说："拉斯蒂克，约瑟芬·拉斯蒂克。"

男爵答应他不会忘记。

父女俩这才走回庄园去。

那条大鱼真把约娜累坏了，她便用她父亲的手杖把它穿在鱼鳃上，这样两人各执一端，就可以抬着它走了。他们快活地向山坡走去，像孩子般地谈笑个不停，面迎着风，眼睛里是一股得意的神气；只是那条比目鱼的分量，越来越使他们的胳膊感到沉重，肥大的鱼尾巴后来只能扫着草地，被拖着往前走了。

第二章

约娜开始过起闲适的自由自在的生活来。她读读书，幻想一阵或是独自跑到附近一带去闲逛一番。她顺着大路慢步徘徊，整个心沉浸在梦幻中；有时她蹦蹦跳跳，走下那曲折的小山谷，山谷两面的岩石上如同披着金线的围巾，长满了整片的金雀花。浓烈而芬芳的香味，受着热气的蒸发，使约娜如饮了醇酒般地沉醉；从远方传来的拍岸的波涛声，使她的心灵像坐在摇篮中似的感到睡意。

有时候，一阵懒洋洋的感觉使她在山坡上茂密的草丛里躺下去；有时候，在山谷拐弯的地方，在一方长着浅草的洼地里，她猛然望见一角蓝色的海在阳光下闪烁，海面上漂着一叶孤帆；这时她便喜出望外，好像一种神秘不可捉摸的幸福就要落到她身上来了。

在这乡间温柔清新的气氛里，在这水天交接的宁静的境界里，她很喜欢孤独，她会许久许久独自坐在山冈上，听凭那些小野兔在她脚边蹦着过去。

她时常到悬崖上去奔跑，被海面的和风吹拂着，不知疲倦地穿梭来往；像水底的游鱼和空中的飞燕一样，浑身感到一种说不出的痛快。

正像人们在大地上播种一般，她处处留下纪念。这些纪念生下了根，除非到了死亡，否则就会一直保存下去。在约娜看来，这些山谷的每一个隐蔽处，都播种下了她的一份心意。

她对海水浴发生了强烈的兴趣。由于她强壮、勇敢，从来不想到什么是危险，她就每次游泳到很远很远的地方去。清凉、透明而碧绿的海波托着她，轻轻地摇晃着她，让她觉得真舒服。当她游得离海岸很远的时候，她就仰卧在水上，双臂交搭在胸口，凝望深邃而蔚蓝的天空，那里不时掠过一只飞燕，或是留下海鸟白色的侧影。除了海浪冲击岸边碛石时遥远的微响，除了由隔着水波传来的、地面上模糊得几乎分辨不出的嗡嗡的喧闹声外，她什么都听不见。这时约娜会欠起身来，欣喜若狂地，双手拍着水，尖着嗓子叫喊。

有时，当她游得实在太远的时候，便有小艇来把她接回去。

她回到庄园时，面色已饿得发青，但仍然感到心情轻松愉快，唇边浮着微笑，眼睛里充满着快乐。

至于男爵呢，他正在那里考虑自己在农业方面的远大计划；他想做各种试验，推广新法——试用新农具，移植外国种子；他每天一部分的时间用来和农民交谈，但他们总是摇摇头，怀疑他的那些做法。

他也常常和意波尔的船户们到海上去。当他游览了附近一带的岩洞、泉水和山峰之后，他就想像一个普通的渔民那样去捕鱼了。

在风和的日子里，宽边的渔船张着帆，在海波上滑行，从船舷两边撒下长线。长线一直沉到海底，便有成群的鲭鱼追逐过来，于是男爵用慌张得发抖的手握住那根细绳子。鱼在钓钩上挣扎几下，绳子就震动起来了。

他每每趁着月光，乘船出发去收回前一个晚上撒下的渔网。他爱听船桅咯吱咯吱的响声，他爱呼吸夜间拂过的凉爽的海风；他凭山岩的脊背、教堂的钟楼和费康的灯塔来测定方向。在长时间地在海上探寻浮标之后，他喜欢在日出时安静地坐下来，欣赏甲板上在晨光中闪闪发亮的扇形滑背的扁鱼和大肚皮的比目鱼。

每次在餐桌上，他总兴致勃勃地讲起他的这些远征，而这位被称作"小母亲"的男爵夫人，这时也向他报告她在白杨路上散步了多少趟。她指的是右手边靠库利亚尔家农庄的那一条路，因为另外那条白杨路上没有足够的阳光。

因为人家劝她"要活动活动"，所以她现在努力散步。每天早上，等夜间的寒气消散尽了，她便扶着萝莎丽的胳膊走下楼来。身上裹着一件斗篷和两方披肩，头套在黑风兜里，外面再包上一条红围巾。

她拖着她那不大灵便的左脚，从邸宅的墙角直到灌木林的第一排灌木跟前，在这一条直线上无休止地走她那走不尽的旅程。这只笨重的左脚，不断走在这条路上；一去一来，已踏出两道灰蒙蒙的印迹，这里青草也长不起来了。她叫人在路的两头各安置了一条靠背长凳，每走五分钟，她便停住脚步，对那耐心地搀扶着她的可怜使女说："孩子呀！我们坐一下吧，我有点累了。"

每一次休息时，她总要在这两头的长凳上留下一点东西——最初是包头的围巾，然后是一方披肩，接着又是另一方披肩，再

就是风兜，到最后是那件斗篷；所有这些东西，在林荫路两端的长凳上，各积成一大堆，到午餐的时候，萝莎丽便用那只空着的胳膊把它们抱回去。

午后，男爵夫人再继续散步，但腿力较前更弱了，休息的时间也拖得更长了。有时甚至在一张躺椅上一打盹就是一个小时，这张躺椅就是专为她推到外边来的。

她管这一切叫作"她的锻炼"，正像她称呼"我的心脏扩大症"一样。

十年以前，她患气喘，请了一个医生诊治，当时医生用过心脏扩大症这个名称。虽然她并不很懂那是什么意思，但从此以后，这个词深印在了她的脑海里。她老让男爵、约娜和萝莎丽摸她的心脏，只是心脏深埋在肥厚的胸膛后，谁也摸不到它的跳动；但是她坚决拒绝再请任何医生检查，害怕医生检查出其他的毛病来；由此，她就时时刻刻提到"她的"心脏扩大症，仿佛这种病是她独有的，只是属于她的，任何人都无权侵占。

男爵说"我太太的心脏扩大症"，约娜说"妈妈的心脏扩大症"，就像在说"连衣裙、帽子，或是雨伞"一样。

男爵夫人年轻时长得很漂亮，苗条得胜过一根芦苇。帝政时代的军官都和她跳过舞，她读《柯丽娜》^①这部小说时淌过许多眼泪，从此这部小说像是在她心灵上打上了烙印。

当她的身材一天天肥胖起来，她在灵魂深处却是愈来愈充满了诗意；在过度肥胖的身子使她离不开靠手椅时，她的思想飘游在种种浪漫故事的情节中，因为她设想自己就是故事中的女主人公。她所喜爱的有些情节，会反复地在她幻想中出现，就像那种音乐匣子一样，上紧了发条后，同一支曲子就老弹不完了。一切哀艳的传奇小说，里边讲到燕子，讲到女主人公的落难，都会使她眼眶里含着眼泪；她甚至还喜欢贝朗瑞^②一部分轻松的歌谣，因

---

① 《柯丽娜》，法国女作家斯达尔夫人的小说。小说中的女主人公是一个具有浪漫气质的天才女诗人，在爱情中受到挫折，抑郁而死。
② 贝朗瑞（Pierre-Jean Béranger，1780—1857），十九世纪法国最具民主倾向的诗人。他的作品富于揭露性和战斗性，但其中也有一些诗是吟咏美酒和爱情的。

为这些歌谣表达了怀旧的情意。

她常常好几个钟头一动也不动坐在那里，沉浸在她的幻想中；她非常喜爱白杨山庄，正因为这里有使她陶醉的传奇小说中所需要的背景——周围的树林、荒野，近在咫尺的大海，都使她想起几个月来她在耽读的司各特^①的作品。

遇到下雨天，她就躲在自己的卧室里，把她称为"老古董"的那些东西，拿出来检阅一番。那是她全部的旧信件，有她父亲母亲写给她的，有她订婚后男爵写给她的，也还有各种其他的信。

这些她都收在一张桃花心木的写字台里，台面四个角上各装有一只铜制的人面狮身像；她有专在这种情况下用的语气："萝莎丽，我的孩子，替我把那只装'纪念品'的抽屉拿来！"

小使女便打开柜门，取出抽屉，拿来放在女主人身边的一把椅子上。男爵夫人便一封一封地细读那些旧信，偶尔掉下一滴眼泪在上面。

有时候，约娜代替萝莎丽，扶着母亲出去散步，男爵夫人便把她儿时的回忆讲给约娜听。少女在母亲当年的这些故事中照见了自己，很吃惊她母亲当年所想的，她自己也都想过；她母亲当年的渴望和向往，也和她自己的相仿佛。每一个人都以为那些触动人们心弦的感情只有自己经历过，其实最初人类经历过的这些，直到最后一代的男女也都一定会经历。

_____

① 司各特（Walter Scott，1771—1832），十九世纪英国浪漫派历史小说家。

母女俩缓缓地散着步，这和男爵夫人缓慢的叙述正是节拍相合的，有时一阵气喘，会让故事被打断；这时约娜的思绪，便越过故事本身，飞翔到充满欢乐的明天，盘旋到种种希望和向往中去了。

一天下午，当母女俩在白杨路尽头的长凳上休息时，突然瞥见一个肥胖的神甫，正从路口向她们走来。

他远远地就行了礼，笑容满面地走近她们，快到她俩跟前时，又行了个礼，喊道："怎么样，男爵夫人，一向都好吧！"这就是当地的教区神甫。

男爵夫人出生在哲学昌盛的十八世纪，在革命的年代^①里，她由一个并不笃信宗教的父亲教养成人，所以她难得进教堂去。她对神甫有好感，只因为身为女性，她本能地带有一点宗教情绪。

其实，她把这位本教区的比科神甫早已忘得一干二净了，因此现在看见他未免脸红。她请他原谅这次回来竟没有能事先通知他，但是这位好好先生倒毫不见怪；他瞧着约娜，称道她的气色好，然后坐了下来，把头顶卷边的三角帽放在膝头上，用手绢擦额上的汗。他很肥胖，满脸红光，冒着大汗。他不时会从口袋里掏出一条浸透了汗水的大幅方格手绢，擦拭脸部和脖子，但是在他刚把手绢放回到道袍里时，新的汗珠便又从皮肤里钻出来，滚落到裹着肥大肚皮的道袍上，和在路上沾的灰尘搅和在一起，形成一块一块的小圆斑点。

---

① 指法国十八世纪末的资产阶级革命。

这是一位地道的乡村神甫，性情快活宽容，健谈又仁慈。他讲了好些故事，谈论了当地的居民，但他仿佛并没有注意到这两位教民还没有去望过弥撒；男爵夫人对信仰淡泊，自然就懒得到教堂去，而约娜在修道院里早就腻透了这一套，现在刚解放出来，正感到舒服呢。

男爵过来了。这位泛神论者对教义是漠不关心的。但他认识这位神甫已多年了，殷勤地留他共进晚餐。

许多能力极其平凡的人，由于机会偶然被安置在一个管辖别人的地位时，就会不知不觉中养成一种狡猾，这位神甫就是这样，由于他的职责在于如何巧妙地去处理人们灵魂上的问题，他就懂得讨人的喜欢。

男爵夫人爱惜他，大概是出于一种物以类聚的吸引力。这个大胖子充血的面色和短促的呼吸，配着他那喘不过气来的肥肿，怎么能不引起她的同情呢！

晚餐快完的时候，美酒佳馔使神甫已有点飘飘然，他的兴致就愈来愈高了。

一个得意的念头仿佛一下掠过他的脑筋，他突然叫道："我的教区里新来了一个教民，德·拉马尔子爵！我真应该把他介绍给你们。"

男爵夫人对本省的贵族世家一向是了如指掌，便问道："难道就是欧尔省的德·拉马尔这一家子人吗？"

神甫点头说："正是，夫人！他就是去年去世的约翰·德·拉马尔子爵的公子。"

于是这位对贵族最感兴趣的阿黛莱德夫人，便问长问短，提了许许多多的问题，终于她知道了这个年轻人为了偿还他父亲的债务，把老家的庄园卖掉了，不过他在埃都旺这一乡还有三个农庄，便在其中的一座农庄里安顿了下来。这些农庄的产业每年总共有五六千法郎的收入，但子爵生性俭朴，为人正派，他打算在农庄的住宅里过上两三年朴素的生活，积蓄起一笔钱来后，再到社会上去露面，结一门有利的亲事，这样既无须借债，也不必把农庄抵押掉。

这位教区神甫还补充说："这是一个很可爱的年轻人，多么稳重，多么沉静！只是他觉得当地没有什么可以消遣的地方。"

男爵说："神甫先生，带他到我们这儿来，这可以不时让他散散心。"

到这里谈话就转到别的方面去了。

他们喝完咖啡，回到客厅去的时候，神甫要求到花园里去散散步，因为他在餐后照例要稍稍活动一下。男爵陪他一起去。他们顺着邸宅正面的白石墙壁来来回回地从这一头走到那一头。他们在月下的影子，一个是瘦削的，另一个是滚圆的，滚圆的那个头上还覆着一顶香菌式的帽子。当他们面向月光时，影子就落在他们的身后，当他们背向月光时，影子又赶到他们的面前。神甫从口袋里掏出一支烟卷，叼在嘴边吸着。他以乡下人坦率的口吻解释着烟草的好处："这可以帮助消化，因为我的消化力不强。"

然后，在突然望望月色皎洁的天空后，神甫感叹说："这样的景色真是永远看不厌的。"

末了，他回到客厅里，向女主人们告别。

第三章

到了下一个星期日，出于对神甫表示一点敬意，男爵夫人和约娜去望弥撒了。

望完弥撒后，她们便等候神甫，想要约他在星期四到家里来共进午餐。神甫从圣器室出来时，一个高大漂亮的年轻人和他亲密地挽着胳膊同行。神甫一看到这两位女客，便显出惊喜交集的样子，叫道："真巧呀！男爵夫人和约娜小姐，请容许我给你们介绍你们的邻居德·拉马尔子爵。"

子爵弯腰行礼，说自己早就希望能认识男爵夫人和小姐，然后便自自然然地交谈起来。由于他是一个有社会经验的人，一切都做得恰到好处。他生有一副漂亮的面孔，让女人见了钟情，让男人见了生厌。乌黑的鬈发遮盖着光润的棕色的前额，两条匀称的长眉毛，像是特意修饰过的，使一双眼白微带蓝色的忧郁的眼睛显得幽深而温柔。

浓长的睫毛给他的目光中添上了一种热情的感染力，这会在客厅中使高傲的美妇心乱，在街头使头戴便帽手提篮子的贫家女顾盼。

他的眼神里那种懒洋洋的惑人的魅力，令人相信他的思想深刻，给他所说的一言一语都增添了力量。

他那厚密的胡子，又有光泽又细密，掩盖住了他那过方的腮骨。

大家各说了一番客套话之后就分手了。

两天之后，德·拉马尔先生第一次到男爵家里来拜访。

他到来时，主人们正在研究一张田园风味的长凳子，这是当天早晨刚安放在对着客厅窗口的那棵大梧桐树下的。男爵的意思是想在另一面的菩提树下也摆一张，形成对称；男爵夫人讨厌对称，表示反对。他们征求子爵的意见，他却赞成男爵夫人的看法。

然后他谈起当地的风光，认为真是美丽"如画"，又说他在孤独的漫步中，发现了许多悦目的"景致"。他的眼睛，像是出于偶然，常常和约娜的眼睛打个照面；这突然扫射过来而顷刻又避开的目光，在约娜心里挑起一种极不寻常的感觉，在这目光中既有亲切的赞扬，又有爱慕的情意。

德·拉马尔先生去年去世的父亲，恰巧生前认识男爵夫人的父亲居尔托先生的一个要好的朋友；这一重交谊的发现，就使他们滔滔不绝地谈论起婚姻、年代和亲戚关系来了。男爵夫人表现出惊人的记忆力，叙述着各家族的祖先和后裔；她在错综复杂的家谱的迷宫里绕来绕去，却能谈得有条有理，丝毫不乱。

"子爵，请告诉我，您可曾听到谈起过索努瓦·德·瓦弗勒这一族人吗？老大贡特朗，娶了库尔西家的一位小姐，老二娶了我的一个表姐妹德·拉罗舍·奥贝尔小姐，她和克里臧日家是亲戚。而克里臧日先生原是我父亲的至交，因此也一定和您父亲是熟悉的。"

"对呀，夫人。不就是那位亡命到国外，后来儿子弄得倾家荡产的克里臧日先生吗？"

"正是他。我姑母艾勒特利伯爵夫人寡居以后，他曾经向她求过婚；我姑母不肯答应，就因为他吸鼻烟。谈起这件事，我不免想问问您，后来维洛瓦兹这一家的景况变得如何？他们家道中落以后，于一八一三年左右离开土兰，迁到奥弗涅去居住，后来就一直没有他们的消息了。"

"就我所知，夫人，那位老侯爵仿佛是落马死的；两位小姐，一位和英国人结了婚，另一位据说被一个叫巴梭勒的富商利诱，后来就嫁给了他。"

他们把从幼年起在长辈聊天中印在心上的这些姓名都托出来了。这些名门望族之间的婚事，在他们心目中，就如同一般社会大事件一样重要。他们谈论这些从来没有见过面的人，仿佛就和谈论熟人一样；而这些人，在其他地区，也以同样的方式在谈论着他们；尽管相隔很远，彼此却都很熟悉，几乎就像是朋友或亲戚。这没有别的，只因为他们都属于一个阶级，门第相同，血统相等。

男爵生性不爱交际，他所受的教育使他和自己同一阶级的人们的信仰和偏见颇有距离，他与住在周围的一些望族都无来往，因此他才向子爵探问底细。

德·拉马尔先生回答说："啊！这一地区的贵族不多。"他说这话时的语调，就像说山坡上兔子不多一样地自然，然后他就详详细细地介绍他们的情况。附近一带可以算得上是贵族的不过三家——库特利耶侯爵，他是诺曼底贵族阶级的头；勃利瑟维勒子爵夫妇，他们都是世家出身，不过不大与人来往；然后就是福尔维勒伯爵,这人是个怪物,据说把他妻子都折磨得快愁闷死了,住在建筑在湖边的弗丽耶特庄园里,终年的消遣就是打猎。

此外还有几家暴发户——他们互通声气,这里买田,那里置地,但是子爵并不认识他们。

他告辞时,最后又向约娜瞟了一眼,那目光仿佛是对她表示的一种更亲切更温柔的特殊告别。

男爵夫人认为他很可爱,尤其是很懂道理。男爵回答说:"是呀!确实是这样,这是一个很有教养的年轻人。"

他们约他下一周来晚餐。从此他就经常来拜访了。

他总在下午四点光景到来,陪男爵夫人在"她的林荫便道"上散步,挽着她的胳膊帮助她"锻炼"。遇到约娜没有出门,她便在另一边挽着她母亲,这样三个人便不间断地顺着那条笔直的路,从这一头到那一头,缓缓地来回走。他很少和约娜说话,但他那黑绒般柔和的目光却时时和约娜蓝玛瑙色的眼睛遇在一起。

好几回他俩和男爵一同到意波尔去。

一天傍晚,当他们正站在海滩边上时,拉斯蒂克老爹凑上去和他们打招呼。这个船夫的嘴上总是衔着一根烟斗,他要没有这根烟斗,就会比缺了鼻子还更叫人诧异。拉斯蒂克老爹张口说:"老爷,趁这样的风,明天可以到埃特勒塔去逛一逛,来回都不费事。"

约娜高兴得拍起手来:"啊!爸爸,我们去吧!"

男爵转过身去,问德·拉马尔先生:"子爵,您同意吗?我们可以在那边用午餐。"

事情立刻就这样决定下来了。

第二天天刚亮，约娜就起床了。她等候她父亲，因为他穿衣起来需要更多的时间；然后父女俩便踏着朝露，穿过田野，走进鸟声啁啾的丛林。子爵和拉斯蒂克老爹已经都坐在拴船用的绞盘上了。

另外两个船户帮着把船拖进水里去。他们用肩膀抵着船舷，使出全部力气把船推出去。在海滩的砂石上要推动船身是十分费劲的。拉斯蒂克用涂了油的圆木棍塞到船身底下，然后回到他原来的位置上，拉长了嗓子，有节奏地喊出"嗨唷嗨"的声音，使大家跟着他一起用力。

当船被推到斜滩上时，他们一下就轻松了。小艇顺着圆卵石滑下水去，发出撕裂布匹似的喧声。船在激起泡沫的小浪花上停稳了，大家就都上了船，坐定在长板凳上；那两个留在岸上的船户把船一送，它就被推向了海面。

从海上吹来阵阵微风，水面漾起片片涟漪。帆扯上了，略微鼓着，小艇在微波上静静地滑行。

他们已远离海滩。一眼望去，地平线那里水天相连。靠陆地的一面，陡直高耸的峭壁在脚下的水面上投出一大片暗影，缺口处便是只有浴在阳光下的小片草坡。远处，在他们身后，可以望见棕色的帆船正在离开费康白色的码头；往前看时，有一块圆而带孔的山岩，样子非常奇特，就像一匹大象，在把象鼻伸进水波中。这正是

埃特勒塔小港的入口处。

　　海波的荡漾使约娜感觉有点眩晕，她一手攀着船舷，目光瞭望远方；她仿佛觉得在大自然中只有三件东西真正称得上是美丽的，那就是光、空间和水。

　　谁也不说话。拉斯蒂克老爹把着船舵和帆脚索，一面不时从他的坐凳下取出酒瓶，喝上一口，一面片刻不停地吸着他的瓦烟斗。那烟斗像是永远也不会灭一样，一缕青烟从他的烟斗口冉冉上升，同时另一股烟又从他嘴角边飘散出来。人们从来不见他点燃那比乌木还黑的瓦烟斗，或是添一些烟草进去。偶尔他会从嘴里取出烟斗，从喷烟的嘴角，向海中吐一大口浓痰。

男爵坐在船头上，占着船夫坐的位置，监管船帆。约娜和子爵并排坐着，两人都感到有点不大自在。一股不可知的力量，使他俩的目光时时相遇，像是有什么吸引力在叫他们同时抬起眼睛；在他们之间已经交流着一股微妙的、朦胧的感情，只要男孩子长得不丑，而女孩子又很漂亮，在年轻的男女之间，这种感情原是很容易产生的。他们相依在一起都感到快乐，也许这是由于彼此都在思慕着对方。

太阳上升了，像是要从更高的地方，来窥探仰卧在它下面的大海；海却像一个调情的女郎，用一层薄雾裹着身子，挡住了阳光。这是一种透明的金黄色的雾幕，贴近水面，但遮掩不了什么，只是使远方的景色更显柔和罢了。太阳射出它的光芒，把闪亮的雾幕溶化开了，在它发挥威力的时候，水雾便蒸发消失了；这时候，大海光滑如镜，在阳光下闪闪跳动起来。

约娜感动极了，低声说："多美呀！"

子爵回答说："对呀！真美！"

宁静明朗的晨景在这两颗心里唤出了回音。

忽然间，埃特勒塔巨大的拱门出现了，就像悬崖的两条腿跨在海上，高得连船只都可以穿行其中。在第一道拱门前面，矗立着一柱尖形的白色山岩。

小艇靠岸了。男爵第一个跳上岸，拉住船索，使船停住。这时子爵把约娜抱上岸，免得让她的双脚沾水；然后两人便并肩走在崎岖的沙滩上，心中都为那一瞬间的拥抱激动着；他们听见拉斯蒂克老爹对男爵说："我看这真可以结成一对小夫妻呢！"

他们在海滩附近的一家小旅店里共进快乐的午餐。一路上辽阔的海面，仿佛使他们的思维静止了，都沉默无言，而这时在餐桌面前，他们又像度着假期的小学生一般，言谈热闹了。

一点点小事情都叫他们高兴得欢笑不停。

拉斯蒂克老爹在餐桌前坐下时，小心翼翼地把那还在冒烟的烟斗收在便帽里，大家便都笑起来了。一只苍蝇，一定是受了他那酒糟鼻子的引诱，屡次飞来想停在他的鼻尖上；他用手去抓，可总是慢了一步，没有抓到，苍蝇就飞向蝇屎斑斑的洋纱窗帘上栖息下来，不过它对船夫的酒糟鼻子仿佛仍然恋恋不舍，因为它立刻又飞起来要去停在那上面。

每当苍蝇飞动一次，便引起一阵哄笑；老汉被刺痒得不耐烦了，叽里咕噜地说："这家伙真是烦人。"这时约娜和子爵都忍不住了，捧腹大笑，笑得眼泪也出来了，他们赶快用饭巾堵上嘴，来抑止住笑声。

大家刚喝完咖啡，约娜便建议说："我们出去散散步吧！"

子爵站起身来，但约娜的父亲却宁愿到沙滩上去躺一躺，晒晒太阳，他说道："孩子们，你们去吧，一个钟点之后再到这里来找我。"

他俩一直走，穿过当地的几家茅舍，后来又越过一个不大的庄园，来到了一个空旷的山谷面前。

海的波动曾使他们有些失去平衡，他们曾感觉困倦；不过海上饱含盐味的空气却刺激了他们的食欲，加上这顿喧嚣欢快的午餐时所产生的激动，此刻他们兴奋得真想在田野上飞奔。约娜听到耳朵里嗡嗡地响着，整个身心被新奇的突如其来的感觉所扰乱了。

烈日当空。道路两旁，成熟的谷物在炎热下弯着腰，低着头。蚱蜢多得像草叶，在小麦和黑麦地里，在岸边的苇草丛中，四外都发出微弱而嘈杂的鸣声。

在这酷热的天空下，再也听不到别的声音。天色蔚蓝耀眼，带着那种即将变成火红的橙黄，就像金属过于挨近炉火时一样。

他们望见右手稍远处有一个小树林，便朝着这个方向走去。

一条狭窄的小径穿行在两个斜坡中间，路旁大树参天，浓荫蔽日。他们一进去，便感到一种清凉的潮气，这种潮湿叫人毛孔发冷，沁入肺腑。由于缺乏日光和流通的空气，这里长不起青草，只有一片青苔掩盖地面。

他们向前走去。

"瞧！我们可以到那儿坐一下。"她说。

有两棵老树已经枯死了，它们仿佛在周围的绿叶丛中打开了一个天窗样的窟窿，一道阳光从那里射进来，温暖了大地，使青草、蒲公英、葛藤都发了芽，使地面布满了薄雾似的小白花和卷丝似的狐尾草。蝴蝶、蜜蜂、肥短的黄蜂、像瘪苍蝇似的大蚊子、带红色斑点的瓢虫、闪着绿光的硬壳虫、长着甲角的黑壳虫，各种各样的飞虫，都聚集在这一块井口似的明亮温暖的地方，在这周围，四面都是浓密树叶下的阴凉树荫。

他俩坐了下来，头躲在树荫中，脚伸到阳光下。他们观望着那些在阳光下浮动的小生命，约娜感慨起来，叹道："生活是多么有意思呀！乡间是多么可爱啊！有些时候我真想化成一只苍蝇或蝴蝶，藏在花朵里。"

他们谈起自己来，谈到各人的习惯和爱好，用低微亲切的声音，互诉衷曲。他说自己对社交生活早已厌烦了，倦于再过那种无意义的生活；天天都是老一套，从来遇不见一点真心和诚意。

社交生活！她却很想经历一番，不过她预料那必然不及乡间快乐。

两颗心越是接近，他们越是彬彬有礼地互相称呼着"先生"和"小姐"，他们的眼睛也就越发含笑相对；他们仿佛感觉在他们心头滋生出了一种从未有过的仁慈，一种更广阔的爱，一种对千万事物的兴趣和关怀。

他们走着回去了，但是男爵已经步行去游览悬崖顶上的那个"宫女洞"了，于是他俩便在小旅店里等他。

男爵在山坡上漫步了许久，直到傍晚五点钟才回来。

他们回到船上。小艇顺着风缓缓滑行，没有一点动荡，几乎不像是在前进。和风一阵阵地吹来，一下子把帆扬开，但紧接着它又瘫痪似的垂在桅杆上。不透明的海水像是静止的一样，消失了热力的太阳，循着弧形的轨迹，渐渐接近水平线了。

海上沉滞的气氛又一次使大家沉默起来。

终于约娜开口了："我是多么喜欢旅行啊！"

子爵接应说："是的，不过一个人旅行太孤单了，至少应该有两个人，彼此可以谈谈各人对旅行的印象。"

她沉思了一下，说道："这话是对的……不过我还是喜欢一个人出去散步……一个人独自沉思，该是多么有意思啊！"

他对她凝视许久，说道："两个人一起，也不妨碍沉思呀。"

她垂下了眼睛，心里想：这话中有什么含义吗？也许是有的。她凝望着水平线，像是想要看得更远；然后，她慢吞吞说："我想到意大利去……到希腊去……啊！是的，到希腊去……还要到科西嘉去！那里一定很粗犷，但也一定很美！"

他却喜欢瑞士，喜欢那里的木屋和湖水。

她说："不，我喜欢的就要是像科西嘉那样新鲜的地方，就要是像希腊那样古老而令人怀古的地方。这些民族的历史，我们从小就知道，要能去游览他们人民遗留下来的名胜和古迹，该是多么有意思呢！"

子爵比较实际，他说："我呢，倒很想去英国，在那里一定可以学到很多东西。"

这样，他俩谈遍了全世界，讨论着从南北两极直到赤道每一个国家的美妙之处，叹赏着他们意想中的某些国家的景物和人民奇异的风俗习惯，如中国和拉普兰①。最后他们得出结论，世界上

---

① 拉普兰，北欧面临北冰洋的地区。

最美丽的国家，还是要数法兰西。因为它有宜人的气候——冬温夏凉，有肥沃的田野、葱绿的森林、漫长的平静的河流，以及从伟大的雅典时代以来世界各国都未曾有过的艺术上的成就。

之后，他俩便沉默了。

落日像血一般地鲜红，一道宽广的耀眼的光波，在水上闪闪跳动，从海天相接的地方一直伸展到小艇的周围。

风完全静止了，水浪也平静下去，帆叶在晚霞中染成通红，无声无息地飘着。无际的沉寂笼罩了整个空间，在大自然的交合中，一切都静默了；这时候，大海在天空下袒露出它光润起伏的胸腹，等候那火一般热烈的情郎投入她的怀中。太阳被爱情的欲望燃烧着，急忙扑下身去。终于他们合并在一起，大海逐渐把太阳吞没了。

这时天边吹来一股凉气，使海面激起一阵颤栗，仿佛那被吞没了的太阳向天空舒出一口满足的叹息。

黄昏是短促的，夜色展开了，星光满天。拉斯蒂克老爹荡着双桨，他们可以看见海面发出点点磷火。约娜和子爵并肩凝视着被小艇抛在身后的荡漾的点点波光。他们几乎什么都不想，沉思着，在一种舒适甜蜜的氛围里欣赏夜色。约娜的一只手搁在长凳上，子爵的手指，似乎出于偶然，放下来时触到她的皮肤；她并不缩回手，这轻轻的接触使她感到吃惊、幸福和慌乱。

晚上她回到卧室的时候，感觉心乱如麻，同时却又那样地感动，看到什么，就止不住想流泪。她凝视着壁炉台上的那座时钟，心里想那只小蜜蜂的来回摆动，就像一颗友好的、跳动的心；这小蜜蜂将是她一生的见证人，它将用那活泼而有规律的滴答声分享她的欢乐和哀愁；于是她捉住那只金色的蜜蜂，在它翅膀上接了一个吻。她见到什么，就想亲什么。她记起自己在抽屉里藏着一个旧日玩的洋娃娃，便去寻找它，找到它后又快乐得像是重见一个心爱的朋友一样；她把它紧抱在怀里，热情地吻着那洋娃娃红润的双颊和浅黄色的鬈发。

她怀里抱着那个洋娃娃，沉思起来。

难道这个男人就是平日在自己内心里隐隐约约盼望着的终身伴侣吗？这个人就是主宰一切的天意投在她生命途中的人？他会不会就是为了她而创造的？而她自己是要把自己的一生奉献给他的吗？他俩之间会不会就是命定要心连心，永远紧抱在一起而产生爱情？

她还从来没有经历过这种全身心都能感受到的骚动的情绪，这种如痴如醉的欢乐，这种内心深处的激动，让她相信这就叫作爱情；她觉得自己开始爱上他了，因为她每一思念起他，便感到自己有点魂不守舍，之后又不断地想起他来。只要他在自己面前时，她的心就要跳动；他们目光相遇时，她的面色就红一阵白一阵；只要听到他的声音，她浑身就感到颤栗。

那一夜，她几乎没有入睡。扰人的爱情的欲念在她心中一天强似一天。她总是问自己，问雏菊，也问流云，还把钱币抛向空中来预卜自己的命运。

一天晚上，她父亲对她说："明天早晨，你多打扮打扮吧！"

她问道："那是为什么，爸爸？"

他答道："这是个秘密。"

第二天她换上了一身浅色的新装，更显得青春动人。当她下楼时，她看见客厅的桌上堆满了糖果盒子。在一把椅子上，放着很大的一束鲜花。

一辆车子驶进院子里，车身上写着："费康勒拉面包房，专办喜庆筵席"；厨娘吕迪芬在一个助手的帮助下，从后边车门口取出许多平扁的提篮，香味扑鼻。

德·拉马尔子爵到了。他的裤腿是笔挺的，裤管紧裹在一双精致的漆皮靴里，从皮靴的轮廓可以看出他的脚型是很细巧的。他的礼服在近腰处剪裁得十分合身，胸前露出衬衫的花边；一条考究的领巾，围着脖子绕了几道，使他棕黑头发的脑袋显得很挺直，完全一副高贵严肃的气派。他的神情和平时大不一样——最熟悉的面孔，一经打扮，就会突然给人这种出奇的印象。约娜惊得呆住了，凝视着他，仿佛过去从来没有见到过这个人似的；她觉得他从头到脚都看上去是一个极有气派的贵族。

他鞠了一躬，微笑着说："搭档，您准备好了吗？"

她嗫嚅地问："怎么回事呀？究竟是怎么回事呀？"

男爵说："一会儿你就知道了。"

马车过来了。阿黛莱德夫人由萝莎丽搀着，盛装从卧室走下楼来。萝莎丽看见德·拉马尔先生这么漂亮，倾慕极了，以至男爵小声对子爵说："您看，子爵，我猜想我们的使女可看中了您啦！"子爵脸红得一直到了耳根，假装没有听见，捧起那一大束鲜花，献给了约娜。她把花接了过来，却越发感到惊异了。四个人都上了车，厨娘吕迪芬替男爵夫人端来一杯冷肉汁，为的是给她提提精神，同时她还说："真的，夫人，别人会说这是在做喜事呢！"

到了意波尔，大家便下了车；当他们穿过小镇时，船户们身穿带着褶痕的新衣服，从屋子里出来向他们敬礼，并和男爵握手；然后跟在他们身后，像是排成列队前进一样。

子爵挽着约娜的胳膊，两人走在最前头。

到了礼拜堂门前，人们都站住了；唱诗班的一个儿童直挺挺地捧着一个银质的大十字架走了出来，后面还跟着一个白衣红袍的孩子，手上端着一个圣水盂，里边浸着一把洒水刷。

随后又出来三个唱圣诗的老人，其中一个是跛脚的，接着是一个吹奏蛇形管的乐师，然后是那个肚子上佩着金十字绣花圣带的教区神甫。他用微笑和点头向两人道了早安，然后他眯上眼睛，嘴里念着祷告。他那顶四角形的法冠已经压到鼻子上。他跟在一群穿白法衣的侍僧后面，一直朝着海边走去。

海滩上，一大群人围着一艘系着花环的新游艇，在那里等候。船桅、船帆和绳索上都缠了彩带，迎风飘扬，船尾用金色漆上了这艘游艇的名字："约娜"。

拉斯蒂克老爹就是这艘由男爵出资建造的游艇的船主，他走上前来，迎接这一行人。所有男人一齐脱帽致敬，信女站成一排，身穿宽大的黑道袍，肩上带有下垂的大褶裥。她们一望见十字架，便围成一圈跪倒在地上。

教区神甫左右跟着两个唱诗班的儿童，走向船的一端。在船的另一端，有三个唱圣诗的老人。他们身穿白色法衣，面容污浊，满腮胡髭，态度严肃；一边眼睛盯着唱本，一边放开喉咙，在明净的晨空里大声歌唱。

每当他们停声换气的时候，那个蛇形管的吹手便独自继续呜呜地奏乐。他鼓胀起双颊，吹得那么起劲，连前额和脖子上的皮肤仿佛都已和肉脱开，他那双灰色的小眼睛也缩小得看也看不见了。

平静而透明的大海，仿佛也变得十分严肃，前来参加这艘小艇的命名典礼。它也只漾起指头般高的小浪花，轻击海滩边的砂石，发出轻微的声响。白色的大海鸥展开双翼，在蔚蓝的天空中盘旋，飞过去，又转回来，在那些跪着祷告的人们头上飞翔，像是要看看人们究竟在做什么。

在一声拖得长到有五分钟之久的"阿门"之后，唱圣诗的声音就停止了。神甫用滞重的声调，喃喃地背诵了一段拉丁文，而人们听出来的，只是拉丁文响亮的语尾。

然后他边环绕小艇走一圈，边洒圣水，接着又喃喃地诵读起祝福的祷告。这时他站在船边，面对那两个手牵手一动不动站着的游艇保护人德·拉马尔先生和约娜小姐。

男士保持着美少年的庄重面容，而少女却由于过分激动，身

子发软，颤抖得连牙齿都打战了。这一久久在她脑海中盘旋的梦想，仿佛猛然在一种幻觉里，已成了现实。她听到人们用了"喜事"这个字眼，而且神甫又站在那里为他们祝福，身穿白色法衣的人们还唱着圣诗，这难道不是在为她举行婚礼吗？

她手指头感觉到的，难道只是一种神经质的颤栗吗？她内心的苦恼，会不会已经通过她自己的血管传达到她身旁站着的那个人的心坎上去了呢？他明白吗？他猜想得到吗？他也和她一样沉醉在爱情中了吗？或是他只从经验里知道什么女人也抵抗不了他？她突然感觉到他在按她的手，起初是轻轻的，后来越来越重，快要把她的手捏断了。他的面容上却一无动静，谁也注意不到他在轻声对她说，是的，很清楚地说："啊！约娜，如果您愿意的话，这就算是我们的订婚吧。"

她慢慢低下头去，意思或许就是表示同意。这时神甫还在洒着圣水，有几滴正落到他们的手指上。

仪式完毕了。妇女们全站了起来。回去时，一路上全乱哄哄的。唱诗班儿童在人群中穿来穿去，东歪西撞，有时还几乎要扑倒在地上了。已经不再念经的神甫，跟在后面一直跑；唱圣诗的和那蛇形管的吹手，因为忙着要脱去法衣，便抄了一条小路，早走得无影无踪；船户们也成群结队地急忙赶路。他们脑筋里都只转动着一个念头，这一个念头就像厨房里飘来的香味——使他们的腿伸得更长，使他们嘴里流着口水，钻进到他们的肚皮里，使他们的饥肠辘辘地歌唱。一顿丰盛的午餐，正在白杨山庄等候着他们。

一张长餐桌摆在了院子里的苹果树下。船户和农民约有六十人都已入座。男爵夫人坐在正中，意波尔的神甫和本区的神甫，分坐在她两边。男爵坐在对面，他左右两边是镇长和镇长的妻子。镇长的妻子是一个细瘦的上了年纪的乡村妇女，她向四处点着头，打招呼。她那狭窄的面庞，紧裹在一顶诺曼底式的大帽子里，看上去真像一个长着白冠的鸡脑袋，一双滚圆的眼睛总是带着惊惶的神情；她吃东西时，小口小口地吃得很快，像是用鼻子在盘中啄食一般。

约娜坐在子爵身边，梦游在幸福中。她什么也看不见，什么也听不见。她默默地坐在那里，脑袋里快乐得嗡嗡直响。

她问他："那么您的教名叫什么呢？"

他回答说："于连。您以前不知道吗？"

她不作声，心中却在想："这个名字，今后我会不断地挂在嘴上。"

吃完午餐，院子里就只剩下船户们了，其余的人都转到邸宅的另一面去了。男爵夫人开始她的"锻炼"去了，她由男爵搀着，还有两位神父簇拥着。约娜和于连向灌木林一直走去，然后进入枝叶密集的小路；突然，他握住她的双手问道："说呀！您肯做我的妻子吗？"

她低下头去，他又嗫嚅地追问说："答复我呀，我央求您！"她缓缓地抬起眼睛望着他，在这目光中他已看到了她的答复。

第四章

一天早晨，约娜还没有起床，男爵便走进她的卧室里，坐在床脚边，告诉她说："德·拉马尔子爵到我们这里来向你求婚呢。"

她真想把脸藏到被单里去。

她父亲接着又说："我们没有立刻答复他。"她激动得说不出话来，只是喘气。过了一会儿，男爵又微笑着补充说："没有你的同意，我们决不会硬作主张的。我和你母亲都不反对这门亲事，却也不想替你来做主。你远比他富有，不过说到人生的幸福，就不能够光从财产上来着眼了。他是个没有了父母的人，倘若你和他结婚，那就等于我们家里招进了一个女婿，如果嫁给别的人，那就是你——我们的女儿，到陌生人家去过活了。这孩子讨我们喜欢。不过你呢……你喜欢他吗？"

她脸红到头发根，羞涩地回答说："我也很愿意，爸爸。"

父亲凝视着她的眼睛，始终微笑着，低声说："我猜得差不多，小姐。"

这一天，从早到晚，她浑身都飘飘然似的，不知道自己在做什么。她随手抓起一件东西，却把它错当成是另一件东西，虽然并没有走什么路，两条腿却软绵绵地感觉疲乏不堪。

快到六点的时候，当她陪她母亲坐在那棵梧桐树下时，子爵来了。

约娜的心突突地跳动起来。年轻人不慌不忙地走到她们跟前，吻了男爵夫人的手指，然后又握起少女颤动着的手，把嘴唇贴在上面，温柔而怀着感激地印上了一个长吻。

订婚后最幸福的时光开始了。他俩单独地在客厅的角落里谈心，或是面对着靠海的旷野，并坐在灌木林里的斜坡上。有时他们一同在白杨路上散步，他谈说着将来；她呢，低着头，眼睛望着男爵夫人在泥土上留下的脚印。

事情既然已经决定，大家都想早日完成婚事；婚礼选定在一个半月以后的八月十五日举行，然后新夫妇立刻动身去度蜜月旅行。征求约娜的意见时，她选定到科西嘉去，因为那里要比去游览意大利的城市更清静些。

他们等着这结婚的一天到来，心里倒并不过于焦急；他们被缠绕在一种细腻的柔情中，轻微的爱抚、手指的接触，都使他们体味到一种不可言传的甜情蜜意；有时在相互热情的凝视中，两颗心仿佛就连接住了；但是朦胧的希望紧紧拥抱在一起的欲念，也常使他们暗暗地感到苦恼。

举行婚礼时，他们除邀丽松姨妈参加，决定不再请其他客人。这位姨妈是男爵夫人的妹妹，住在凡尔赛的一个女修道院里。

在她们父亲去世之后，男爵夫人原想留她妹妹和她住在一起；但是这位老小姐，认定自己给无论什么人都是添麻烦，既无用又啰嗦，就退隐到一个女修道院里，那里专门备有房子，出租给寂寞孤独的人居住。

她只偶尔到她姐姐家里来住上一两个月。

丽松姨妈是一个矮小的女人，不大讲话，不爱露面；只在进餐时才出来，然后又上楼去，整天把自己关在自己的卧室里。

她的态度很和善，目光温柔而带有哀愁，虽然才四十二岁，样子却显得衰老了；她在家里毫不受人重视。小时候，她既不美丽，也不顽皮，从来没有人吻过她抱过她；她总是很安静很老实地待在墙角。后来她就一直被人奚落。及至成了年轻的小姐，便也没有人来关心她了。

她就像一个影子，或是一件常见的物品，一件活动的用具，大家天天都见到它，却无人去注意它。

她姐姐在父母家里时，就养成一种习惯，把她看成是一个无足轻重、可有可无的人。大家对她也都很随便，毫无拘束，但这种亲密里隐藏着一种轻蔑。丽松姨妈原来的名字叫丽丝，她仿佛嫌这名字太漂亮了，听上去不舒服。后来大家看她不结婚，而且已经再没有结婚的可能，就把丽丝这名字改成了丽松。自从约娜出世以后，她就成了"丽松姨妈"。这位没有地位的亲戚，喜欢洁净，非常胆小，连对她姐姐和姐夫也是十分怯生生的。他们待她不错，不过那只是出于一种泛泛的同情，一种不自觉的怜悯和一种天生的仁慈。

有时候，男爵夫人谈到自己遥远的青年时代的往事，为了指明发生在什么年代，便说："就在丽松头脑发疯的那时期。"

此外再没有更多的说明，因此，关于"头脑发疯"这回事，就像笼罩在雾中。

原来丽丝二十岁那年，一天晚上，她忽然投水自杀，谁也不知道原因是什么。她的生活、她的行为，都绝不能叫人想到她会做出这种怪事。她被救起时，已经半死；她父母气得高举起胳膊，但并不去追究其中的原因，只说她"头脑发疯"，就算完事了。这正像他们谈那匹叫作科科的马的遭遇一样，这匹不幸的马，就在这事情发生前不久，在车辙里跌断了一条腿，后来只好宰掉了事。

丽丝，也就是不久以后的丽松，从此就被人看作是一个神经不很健全的人。一家人对她的淡然的轻蔑心理，逐渐感染给她周围所有的人了。就连小约娜，出于孩子天然的敏感，对她也满不放在心上，从来不上楼去到她床上和她亲吻，从来不进入她的卧室。只有使女萝莎丽，由于替她料理必要的打扫，仿佛是唯一知道她的卧室是在哪里的人。

当丽松姨妈到餐室来进午餐时，"小家伙"才照例走过去，伸出前额让她亲吻，这就包括一切了。

如果有人要和她说话，就得派仆人去找她；她不在时，谁也注意不到，谁也想不起她来，谁也不把她放在心上，谁也不会顺口提一句："真的，今天早晨，我还没有见到过丽松呢。"

她是一点地位都没有的，她就属于这样一种人——连自己的亲人对她也毫不了解，死了，在这家庭里也不会感觉缺少了什么，或是引起空虚和遗憾；她正是这样一种人——不善于参加到她周围人的生活中去，迎合大家的习惯，使大家关心自己。

当人称呼"丽松姨妈"时，这几个字在别人心目中并不带有任何感情的成分，就像人们说"那个咖啡壶""那个糖缸"一样。

她总是用急促而无声的小步走路，从来不嚷嚷，从来没有碰响过什么东西。她像是把不声不响的性质传给了她周围的一切用物。她那一双手像是棉絮做成的，不论接触什么东西，都感觉轻柔而灵活。

丽松姨妈是七月中旬来的，这场婚事使她感到无比的兴奋。她带来一大堆礼物，但就因为是她送的，谁也没有放在心上。

她到达后的第二天，人们就不再注意到有她这个人的存在了。

但是在她内心里异常激动，眼睛老是盯着那一对未婚夫妇。她为新娘做贴身的衣物，独自把自己关在卧室里，就像一个普通的女裁缝，谁也不进去看她，但她干得那么起劲，那么专心。

她不断把亲手锁了边的手绢，或是绣好了字的餐巾，拿给男爵夫人看，问："阿黛莱德，这样行吗？"而男爵夫人不过顺手翻一翻，回答说："你用不着这样费心，我可怜的丽松啊！"

那是七月底的一个夜晚。白昼逼人的炎热过去了，月亮已经升起来，夜色明净而温暖。正是这种令人烦恼、令人感动、令人兴奋的夜晚，它似乎要唤醒一个人灵魂深处隐藏的诗情。田野温暖的气息飘向安静的客厅里来。遮着灯罩的灯在桌上投射出一轮光圈，男爵夫人和她丈夫无精打采地在那里玩纸牌，丽松姨妈坐在他们身旁织毛衣；那一对年轻人，凭倚窗栏，从开着的窗口眺望月光下的花园。

菩提树和梧桐树的影子洒在草地上，那一大片浴着月光的草地，一直伸展到黑压压的灌木林边。

约娜不由自主地被温柔娇美的夜色，被树木和林中朦胧的光影所吸引，转过身来对她父母说："小爸爸，我们到邸宅前面的那片草地上散一回步去。"

男爵一面玩牌一面回答说："孩子们，去吧！"他又继续玩他的牌。

这对年轻人走出去了，开始在银色的草地上慢慢地散步，他们一直走到顶端的小树林边。

时候晚了，他俩还不想转回来。男爵夫人已经疲倦，要上楼回她的卧室去。"把那对情人叫回来吧。"她说。

男爵向月光下宽阔的花园里望了一望，只见一双人影正在月光里慢步徘徊。

他便说："随他们去吧，外边的月色多好啊！丽松会等他们的。对吧，丽松？"

老小姐抬起那双发愁的眼睛，用她那胆怯的声音回答说："当然，我会等他们。"小爸爸搀起男爵夫人，由于白昼的炎热，他自己也累了，便说："我也要去睡了。"

他就和他妻子一同离开了客厅。

这时丽松姨妈也站起身来，她把手上的活计、绒线和钢针都搁下，放在圈椅的靠手上，走向窗口，倚着窗栏，欣赏动人的夜色。

那一对未婚夫妻在草地上来回不停地散步，从灌木林到台阶前，又从台阶前回到灌木林。他们紧握着手，都不作声，心灵仿佛脱离了形骸，和大自然活生生的诗情诗景合二为一了。

约娜忽然望见窗口被灯光映出的那位老小姐的侧影。

"瞧！丽松姨妈望着我们呢！"她说。

子爵抬起头来，不假思索地应声说："是的，丽松姨妈望着我们。"

然后他们继续梦幻，继续漫步，互相热恋着。

夜露沾湿了草地，凉气使他们略微有点寒颤。

"我们回去吧。"约娜说。

他们就回来了。

当他俩走进客厅时，丽松姨妈已经又在那里织毛衣了；她低下头在做活计，纤瘦的手指有点发抖，像是十分疲倦了的样子。

约娜走近去，说道："姨妈，该睡了。"

老小姐转过脸来，眼圈发红，像是刚哭过似的。这一对情侣却丝毫没有注意到，但是青年人忽然发现约娜薄薄的凉鞋上已沾满了露水。他有点担心，温柔地问道："这双可爱的娇小的脚，一点不觉得冷吗？"

姨妈的手指一下子颤抖起来，抖得那么厉害，她的活计也落在地上了，毛线球在地板上滚得远远的；她慌忙用手遮住了脸，抽搐着，伤心地哭泣起来。

那对未婚夫妻站在那里呆望着她，都发愣了。约娜突然跪下去，拉开她的胳膊，惶惑地一再问道："怎么啦？怎么啦？丽松姨妈！"

于是这个可怜的女人，声音里满含着哭声，全身伤心地抽搐着，断断续续地哭道："他刚才问你……说这双……可爱的……娇小的脚……不觉得冷吗……从来没有人对我讲过这样的话……这样的话……从来没有过……"

约娜又惊讶，又觉得可怜，只是一想到果真有人来和丽松谈情说爱，就使她忍不住想笑；子爵早已转过身去，为了掩藏起自己的笑脸。

这时姨妈忽然站起来，毛线球落在地板上，活计留在圈椅里，她没有拿灯便跑向黑暗的楼梯口，自己摸着回到卧室去了。

当只剩下这对年轻人时，两人互相望着，觉得有趣而又难过。约娜悄悄地说："可怜的姨妈呀……"

于连答道："她今天晚上一定有点疯了。"

他俩手握着手，还舍不得分离；温柔地，十分温柔地，在丽松姨妈刚刚离开的那张空椅子面前，两人的嘴唇第一次相遇在一起。

第二天，他们便全然忘记那老处女的眼泪了。

结婚前的两个星期，约娜过得很平静，仿佛这一阶段来卿卿我我的柔情已使她疲乏了。

决定她终身的那天早上，她也没有时间去思索。她只感到全身都有一种空洞的感觉，仿佛她的肉、她的血、她的骨骼，全在皮肤下溶化了；她发现自己在接触东西时，手指颤抖得厉害。

直到在教堂里举行婚礼的时候，她才重新镇静下来。

结婚了！她终于结了婚！她仿佛觉得自从清早起，连续不断的种种场面、行动和事件，全像一场梦，一场真正的梦。人生中有些时刻里，仿佛我们周围的一切都改了样子，一举一动都有了新的意义，就连每日的时辰都和平常不一样了。

她感觉有点眼花缭乱，特别是感觉有点惊慌。昨天晚上，她生活里还没有起一点变化；她长期以来的希望不过是更接近了，几乎伸手可及了。她睡下去时还是一个年轻的女孩子，而现在，她成了别人的妻子。

她已经越过了一道防线，幻想中未来的种种欢乐和幸福都已在眼前。她觉得一扇大门已经在她面前打开，她就要进入她所梦想的境界里去了。

仪式完毕了。他们进入圣器室，那里显得冷冷清清，因为他们没有邀请任何来宾，接着他们就退了出来。

他们一出现在教堂的门口，一阵惊人的轰响使新娘吓了一大跳，弄得男爵夫人呼叫起来——这是农民们放的礼炮，礼炮声一路不停，一直伴送他们回到白杨山庄。

约娜全家、本区的神甫、意波尔的神甫、新郎和当地富农中挑选来的证婚人，都先用了茶点。

然后大家在花园里溜达，等候喜筵。男爵、男爵夫人、丽松姨妈、镇长和比科神甫都在男爵夫人经常"锻炼"的那条林荫路上散步，而意波尔的神甫则在对面的那条林荫路上踱着大步，嘴里念着祈祷经文。

从邸宅的另一面，可以听见农民们快活喧嚣的声音，他们在苹果树下痛饮苹果酒。附近的居民都穿着新衣服，挤满了院子。小伙子们和姑娘们相互追逐着。

约娜和于连穿过灌木林，登上斜坡，两人都不作声，远望着大海。虽然正在八月中旬，天气却还凉爽，风从北面吹来，炽烈的阳光辉耀在一碧无际的天空。

这一对年轻人想寻找一个幽静的地方，便往右穿过旷野，走向面对意波尔的绿荫起伏的山谷。他们一走进矮树林，一点微风也吹不到了，于是他们便离开便道，走向一条树叶密集的小径。他们几乎不能直着身走，这时她觉得有一条胳膊轻轻地伸过来抱住了她的腰。

她不作声，喘着气，心房跳动着，呼吸感到急促。低垂的树枝抚弄着他们的头发，他们时常须弯下身子才能过去。她摘下一片叶子，叶下隐着一对瓢虫，像是两个纤细的红贝壳。

这时约娜已平静一些，天真地说："瞧！正好一对。"

于连用嘴轻轻吻着她的耳朵，说道："今天晚上您就要做我的妻子了。"

虽然从她住到乡间以来，已经懂得了许多事情，但她心里所想的，还只是爱情的诗意的一面，因此她觉得惊讶了。他的妻子？难道这还不算是他的妻子？

于是他又接连迅速而急促地吻她的鬓角和颈部那些靠近小卷发发根的地方。这种男性的接吻，她还没有习惯，每一吻到达时，她本能地把头歪在一边，躲避那使她快乐的戏弄。

他们突然发现自己已经走到丛林的边缘了。她停住脚步，奇怪怎么已经走得这样远。别人会怎么想呢？

"我们回去吧。"她说。

他把胳膊从她腰间抽出来，两人都转过身子，恰好面对面，站得那么贴近，各人脸上都可以感到对方的呼吸了；他们彼此眼对着眼，相互凝视。这种凝固的、锐利的、能穿透一切的目光，仿佛使两个人的灵魂都已融化在一起了。他们想从彼此的眼睛里，透过眼睛，从生命不可窥测的深处，来认识对方；他们默默而固执地彼此探究着。他们彼此的命运将是怎样呢？他们正在共同开始的生活将是怎样的呢？在这悠长而不可分解地融合在一起的婚姻生活中，各人能给对方的是欢乐，是幸福，还是幻灭呢？他们两个人都觉得彼此仿佛还是第一次见面。

出其不意地，于连把双手搭在他妻子的肩膀上，对准她的嘴，紧紧地接了一个长吻。她从来没有这样地被人吻过。这个吻深深地渗透到她的血管里，到她的骨髓里，在她身上引起那样一种神秘的震动，她用双臂猛力推开于连，而自己也几乎跌倒在地上。

"我们走吧！我们走吧！"她颤声说。

他不回答，只抓住她的双手，紧握在自己的手中。

他们一直走回家去，谁都没有再说话。午后这段时间过得很慢。

快黄昏时，大家才入席。

喜筵和一般诺曼底人的风俗相反，既简单，时间也不长。客人显得都很拘束。只有那两位神甫、镇长和四位被邀请的庄稼人还能开点玩笑，增添几分热闹。

欢笑快冻结时，镇长说了一句话，才算又鼓起了大家的兴致。时间已快到九点，就要喝咖啡了。在屋外第一个院子的苹果树下，田园风味的舞会正刚开始。从开着的窗口，人们可以望得见喜庆的全部情景。挂在树枝上的彩灯，照得树叶发出青灰色的光彩。附近的农民，男男女女，围成一圈，边跳舞，边唱着古老的曲子。两把提琴和一支笛子微弱地在伴奏，乐师高坐在放在厨房的一张大案桌上。农民们喧嚣的歌唱有时完全淹没了乐器的声音——那微弱的音乐，通过喧嚷的歌声，割裂成支离破碎的音节，零零落落，像是从天上降下的破片。

两个大酒桶，周围燃着火炬，供应给人群解渴的饮料。两个女仆不停地在一只木盆里洗杯洗碗。杯碗还滴着水，就拿到酒桶的龙头下面去接红色的葡萄酒，或是金黄的纯苹果酒。口渴了的舞客、静观的老人、满头大汗的姑娘们都纷纷挤过来，伸出胳膊，接住不论什么样的杯子，仰着头，把自己喜欢的饮料一口气灌进喉咙里去。

一张桌上摆着面包、黄油、奶酪和香肠。随时有人过来，抓在手里，吞下一口。在这灯光照明的绿荫丛中，这番健康而狂热的节日景象，引诱着那些在餐厅里待得发闷的上宾，也都想来跳一次舞；从圆而粗的大肚皮的酒桶里倒一杯来狂饮，嚼一口抹上黄油的面包和生葱头。

镇长用手里的餐刀敲着音乐的拍子，叫道："天哪！这真不错，正像人家说的加纳希的婚宴。"

这时响起一阵压抑不住的笑声。比科神甫和地方上的掌权者原是天敌，便驳他说："您的意思是说加纳 ① 吧！"

镇长不接受这番教训，回敬说："神甫先生，我明白我要说的是什么；既然我说加纳希，那就是加纳希。"

大家站起身来，向客厅走去。宾客们接着又挤到狂欢的人群里去混了一阵，然后才向主人告辞。

男爵和男爵夫人低声地争吵着。比平时更喘不上气来的阿黛莱德夫人，像是正在那里拒绝她丈夫的一个要求，最后她几乎大声嚷着说："不行，我的朋友，我干不来，我简直不知道怎么开口。"

男爵这时突然丢下他妻子，走到约娜身边。

"孩子，你愿意和我出去溜达溜达吗？"

她很感动地回答说："只要你高兴，爸爸。"

父女俩便一同出去了。

一走到门口，从海边迎面吹来一股凉风。虽然还是夏天，这阵风却已叫人感到秋意了。

云在天空奔腾，星星一时被遮隐了，一时又露出脸来。

男爵让女儿的胳膊紧贴在自己的身边，同时温柔地握住了她

---

① 加纳是《新约》中古叙利亚的一个地名。镇长把加纳误读作加纳希。

的手。他们步行了几分钟。他显出犹疑不决，仿佛很为难的样子。最后他才打定了主意。

"我的宝贝，这个角色本来应当由你母亲来担当的，我来做就很为难；但是她拒绝了，我便不得不替代她。你对人生的事情，究竟知道了多少，我不清楚。人生中有些秘密，一向都是小心地不让孩子们知道的，尤其是女孩子们；因为女孩子要保住心灵的纯洁，白璧无瑕的纯洁，直到把她们交到某一个男人的怀里为止，这个男人就应当照顾她一生的幸福。他有权利去揭开这层隐藏人生欢乐的纱幕。倘若女孩子们根本没有想过这种事情，到那时，便要对这种没有梦想到的、比较粗暴的现实，发生反感了。她们在心灵上，甚至肉体上受了伤，便会拒绝她们的丈夫；但是不论从人类的法律，或是从自然的法则来说，这都是做丈夫所应有的绝对权利。我的好宝贝，我不能讲得更多了；只是千万不要忘记这一点：你完全是属于你丈夫的。"

她听懂了什么呢？她猜测些什么呢？她开始颤抖了，一种沉重而痛苦的悲伤，像一种预感似的，压得她透不过气来。

他们走回去。到了客厅门口，两人都惊得愣住了。阿黛莱德夫人正倒在于连怀里痛哭。她的眼泪，滴滴答答的眼泪，像是被鼓风箱所扇动，同时从鼻孔、嘴角和眼睛一起往下流；那个惊惶失措的年轻人，滑稽地托住这位胖太太。她扑倒在他的怀里，就是为要嘱咐他好好体贴她的小女儿、小心肝、小宝贝。

男爵急忙赶上前去，劝阻说："啊! 别做戏了，别哭哭啼啼啦，我求求您!"

于是他把妻子接过来，让她在一张圈椅上坐下，这时她还不停地擦着眼泪。然后转过身来对约娜说："来吧，小东西，赶快亲亲你母亲，然后就去睡吧!"

约娜几乎也要哭了，她匆匆吻过了她父母，便逃走了。

丽松姨妈已早回到自己的卧室去了。男爵夫妇俩单独和于连留在客厅里。三个人都觉得很窘，谁也找不出一句话来讲。两个男人身穿晚礼服，站在那里茫然若失，阿黛莱德夫人倒在圈椅里，不时还有点抽噎。这局面的窘迫已到不能忍受的地步，于是男爵便开始谈起新婚夫妇旅行的事情来，他们准备在几天之后就要出发。

萝莎丽正在约娜的卧室里，帮她解衣服，使女哭得泪如泉涌。她的双手慌乱地摸索着，连带子和扣针都找不着了。她显然比她的女主人还激动得厉害，但是约娜并没有注意到使女的眼泪；她仿佛觉得自己已走进另一个世界，到了另一个天地，过去她所熟悉的和她所心爱的种种，都已恍若隔世了。她觉得自己生命里和思想里的一切都引起了剧变，甚至她产生了这样一个奇怪的念头："她真的爱她丈夫吗？"这时他在她眼里成了一个几乎不相识的陌生人了。三个月以前，她完全不知道有这个人的存在，而今她却成了他的妻子。这都是为什么呢？为什么要这样快落入结婚的圈套，就像走路不当心跌到脚下的窟窿里去一样？

她穿好睡衣，上了床。被单有点凉，使她的皮肤寒战，这更加深了两小时以来重压在她心头的那种寒冷、悲哀和寂寞之感。

萝莎丽走开了，始终是哭哭啼啼的，约娜等待着。她焦虑不安地等待那已被她猜到了几分、而后来由她父亲用含糊的语言暗示给她的莫测底细的意外事情，这个所谓爱情中最大的秘密。

她并没有注意有人上楼来的声音，这时却听见门上轻轻敲了三下。她大吃一惊，害怕得答不出声来。又有了敲门声，接着门上的锁簧嚓嚓地响了。她把头藏进被窝里，仿佛有贼进了她屋子似的。靴声轻轻地踏在地板上，突然间有人触动着床了。

她的神经震动了一下，轻轻地叫唤了一声。她探出头来，看见于连站在面前望着她微笑。

"啊！您真让我害怕！"她说。

他问道："那么您没有等着我吗？"

她不回答。他穿着晚礼服，露出美少年的一副正经面孔。约娜觉得在一个穿得这样整齐的男人面前，自己却躺在床上，实在太害羞了。

在这严肃而紧要的关头，在他们一生幸福所系的这一时刻，他们却都不知道说什么，做什么，甚至彼此都不敢互相看一眼。

他或许已多少感觉到了这场战斗的危险性，思量着应该如何灵活自如，如何运用聪明的温柔手腕，才不致使一个充满幻想的少女的心灵——它那种极度的敏感和细微的害羞心理——受到伤害。

他轻轻地握住她的一只手，拿起来亲吻，然后他像在祭坛前一样跪倒在床边，用轻如呼吸的声音，悄悄地说："您爱我吗？"

她这时忽然安心了，从枕头上抬起戴了镶花边睡帽的头，微笑着说："我爱您呀，我的朋友。"

他把他妻子纤巧的指头贴在自己的唇边，由于把嘴堵住了，从指缝中发出压抑的声音："您愿意证明您爱我吗？"

她又重新为难起来了。她联想到她父亲所说过的话，虽然她并不很明白这话的意思，这时便用来回答说："我就是您的，我的朋友。"

他在她手腕上热烈地吻着，然后慢慢地抬起身来，贴近她的脸去，但她又躲藏了。突然，他的一只胳膊从床下伸过去，隔着被，搂住他的妻子，同时他把另一只胳膊插到枕头底下，连枕带头一起托了起来，低声问道："那就是说您愿意在您身旁留一点小小的地方给我？"

她害怕了。这是一种出于本能的恐惧，她嗫嚅说："啊，先不要，好不好，我央求您。"

他似乎失望了，略微有点生气，虽然还是央求着，但语气更急躁了："既然迟早要躺在一起，那还等什么呢？"

这句话很引起她的反感，但出于顺从和退让，她又一次地重复说："我就是您的，我的朋友。"

他立刻进到盥洗室去。她可以清晰地听到他在室内的声音和动作——他窸窸窣窣地脱去衣服，口袋里的钱币丁丁当当地响着，然后两只皮靴先后落到地板上。

他突然匆匆地穿过卧室，去把表放在壁炉台上，身上只着了一条短裤和一双短袜。他又跑回到那个小房间去，翻弄了一阵，约娜听到他就要出来了，连忙闭上眼睛，把身子侧转到另一边去。

一条毛茸茸的凉腿擦到她腿上时，约娜惊跳起来，像要扑到床下去。她慌慌张张地用双手蒙住脸，缩进被窝里，惊慌和害怕得想要叫喊起来。

她背朝着他，但他还是立刻把她搂在怀里，贪婪地吻着她的脖子、她睡帽上飘着的花边和睡衣上的绣花领子。

她的身子僵硬地躺着，一动不动，心里真是又急又怕，她用双肘夹着胸脯，但这时她感觉到一只粗壮的手，正向胸脯上摸来了。她的呼吸急促起来，全身被这种粗暴的接触所震动。她真希望能逃走，逃出屋子去，把自己禁闭起来，远远地躲开这个男子。

他却不动了。他热乎乎的体温传到她的背上。这时她的恐惧就又平息了下去，她突然想到，只要转过身去，她就能和他拥抱了。

最后他像不能再忍耐了，发愁地说：“那么您真的不愿意做我的小妻子吗？”

她从指缝中轻轻地说：“难道我现在不是吗？”

他烦恼地回答说：“亲爱的，好啦，别和我开玩笑了。”

他语气中的不满，使她感到难受；她便立刻向他转过身去，求他原谅。

他如饥似渴地把她整个抱在怀里，急促地、猛烈地、疯狂地吻遍她的面部和脖子，把她抚弄得透不过气来。她松开了双手，毫不抗拒地仟他摆布。她的思想完全混乱了，她再不知道自己在做什么，他在做着什么，她什么也不知道了。这时她感到一阵被撕裂似的剧痛，她呻吟起来，在他的怀里扭动着。她被他粗暴地占有了。

她完全慌乱了，后来的经过，她已不很记得；她只感觉他感激得在她的嘴唇上，雨点一般，不停地吻了又吻。

之后他一定对她说过话，她也一定回答了。接着他又想再来尝试，她惊慌地推开他。当她挣扎时，她接触到他胸前浓密的硬毛，和他长在腿上的一样。她猛然一惊，便把身子躲开了。

一再要求没有成功，最后他也倦了，便仰身躺着不动了。

这时她独自沉思起来。她从心灵深处，感到了绝望，这和她梦想中的爱情是多么不同啊！多年来的希望被打碎了，幸福成了泡影。她在幻灭中自语说："看哪！这就是他所谓做他的妻子，原来就是这么回事！原来就是这么回事！"

她这样伤心地躺了许久，眼睛转来转去，望着墙上的挂毡，寻思那环绕着她卧室的古老的爱情传说。

因为于连不说也不动，她便把目光慢慢转移到他身上。她发现他已经睡着了！他半张着口，泰然自若地真的睡着了！

她简直不能相信有这样的事。她气愤极了。他的酣睡比他的狂暴更使她受到侮辱，他竟拿她当作不拘什么样的人看待了。他能在这样的一个夜里睡熟吗？那么他俩之间所发生的关系，在他心上就完全不足为奇？啊！她宁愿被鞭打、被蹂躏、受那种种可厌的戏弄直到使她失去知觉！

她躺着不动，用肘支着身子，望着他，听他从唇边发出轻微的呼吸，这呼吸时而像带着鼾声。

黎明了，天色起初是黯淡的，不过渐渐明亮起来，转成玫瑰色，最后就大放光明了。于连睁开眼睛，打了个呵欠，伸一伸懒腰，望望他的妻子，微笑着问道："亲爱的，你睡得好吗？"

她发现他用"你"称呼着她了。她微微一惊，回答说："好呀，您呢？"

他说："我吗，啊！好极了。"

他转过身来，吻了她一下，平静地谈起天来。他讲到他一生的计划和他的经济观点，他多次提到"经济"这两个字，这叫约娜有点诧异。她听着他讲，可是捉摸不住他话中的意思，她的眼睛望着他，千头万绪的思虑都从她心头飘拂过去。

钟敲八点了。

"该起来了，"他说，"晚了，别人会笑话我们呢！"

说着他首先下了床。他自己打扮好了，就殷勤地替他妻子在梳妆时干些零星事情，他不肯让她使唤萝莎丽。

出卧室时，他又叫住她说："你要知道，我们之间，从此可以'你''我'称呼了，但是在你父母面前，暂时还不能这样称呼，等到我们蜜月旅行回来，那时听着就自然了。"

她到午餐时才露面。这一天过得和平常一样，仿佛并不曾起过什么新的变化。只是家里多了一个男人。

第五章

　　四天之后，一辆四轮马车来到门前，他们就坐着这辆车子去马赛。

　　约娜经历了初夜的苦恼之后，已经习惯了于连的接吻和温柔的抚弄；但对夫妇间更进一层的亲密关系，仍然抱着厌恶的心情。

　　她觉得于连很漂亮，她喜欢他，她又感到幸福而快乐了。

　　这次离别是暂时的，并没有什么值得悲伤。只有男爵夫人又动了点感情，车子快要动身的时候，她把一个沉甸甸的大钱包塞到女儿的手里，嘱咐说："这是给你当新娘留作零花用的。"

　　约娜把钱包放进衣袋里，马就拉着车子走了。

　　傍晚时，于连问约娜说："你母亲给你的那个钱包里有多少钱？"

　　她完全没有想起过，这时她便把钱倒在膝上。金光闪闪的一大堆，总共是两千法郎。她拍着手说："我可以花个痛快了！"然后她又把钱收了起来。

　　在酷热的天气里，途中走了一个星期，他们才到达马赛。

　　第二天，一条小海轮"路易王"号，载他们到科西嘉去，这条船是开往那不勒斯去的，中途要在阿耶佐靠岸。

科西嘉！那里的丛莽！强盗！山岳！拿破仑的故乡[1]！约娜仿佛觉得自己正在摆脱这个平凡的现实生活，睁着眼睛，踏入梦境中去。

她和于连并肩站在海轮的甲板上，眺望那从眼前滑过的普罗旺斯的悬崖。在无垠的蔚蓝的天空下，伸展开一片静止的、碧绿的大海，太阳灼热的光芒像是使海凝固了，成为坚硬的了。

约娜说："那次我们乘拉斯蒂克老爹的小艇到海边去游玩，你还记得吗？"

作为答复，于连轻轻地在她耳边吻了一下。

———————
[1] 科西嘉岛西南端的一个港口是拿破仑的诞生地。

海船的机轮鼓动着水，惊醒了海的酣睡；船驶过时，留下一条长长的航迹，翻腾着香槟酒般白色的泡沫，笔直地拉长到眼界所不及的远方。

忽然，离船头不过几十尺远的海上，一条大鱼——一条巨大的海豚，跃出水面，随即头向下钻进水去，不见了。约娜吓了一跳，惊叫了一声，扑在于连怀里。之后，看到自己的大惊小怪，便又笑起来了。她焦急地望着，想看那条大鱼是否还会再出来。不到几秒钟，果然它又出现了，像一个机械玩具似的跳了起来。它钻进水去，又钻出来。后来来了两条、三条、六条，它们在船身周围跳跃着，像是护送它们的弟兄——这条铁鳍木身的大怪鱼。有时它们游向船的左舷，有时又出现在右舷；忽而成群，忽而一条跟着一条，仿佛是在游戏，在追逐作乐。它们会猛然跳起，飞向空中，划成一道弧线，然后又一条接着一条地没入水中。

那些动作灵活的大鱼每出现一次，约娜便全身感到颤动，随即快活得为它们鼓掌。她的心，跟鱼一样，在一种原始而童贞的欢乐中跳跃着。

忽然间，它们都消失了。后来，在很远的大海上，又出现了一次，从此便再也不见了。约娜为它们的离开，刹那间感到一阵伤心。

黄昏来临了，那是一个灿烂的宁静的充满了幸福与和平的黄昏。天空和水面，没有一丝波动；天和海无限的宁静沁入到那同样没有一丝波动的沉醉了的心灵里。

太阳在远方静静地沉落下去，沉向那望不见的非洲，那大地如燃烧般的非洲，它那灼人的炎热仿佛已经有点叫人感觉到了；但在落日完全隐没之后，却有一阵清凉的气息，微弱得几乎不能叫作微风，拂过人面。

他们不想回到船舱里去，那里散发出海船上特有的叫人恶心的气味。他们裹着大衣，并排睡在甲板上。于连马上就睡熟了，但是约娜依然睁开着眼睛，旅行的新奇使她感到兴奋。机轮单调的转动声在替她催眠，她仰望那灿烂的繁星，在这南方明净的天空里，水晶般闪烁着夺目的光芒。

黎明时，她迷迷糊糊地睡着了。喧哗的人声使她惊醒，原来水手们唱着歌已在洗刷甲板。她推醒还在酣睡中的丈夫，他们便都起来了。

约娜得意地呼吸着带有盐味的海雾，它一直渗入她的指尖，四外都是海。但在前方，在曙光里已望得见一种灰色的、模糊的东西，像是一簇畸形的、尖尖的、罅裂的云飘浮在水上。

随后就显得更清楚了——在明朗的天空里，轮廓映得更加分明的峰峦起伏的群山出现了，那就是笼罩在薄雾里的科西嘉岛。

太阳从山后升起，把所有突出的尖峰如暗影般刻画出来，接着山巅上都被染得通红，而岛上其余的部分依然被淹没在雾气里。

船长走上甲板来，这是一个身材矮小的老人，被带有盐味的强烈的海风吹得变成焦黄、干瘦、起皱、坚硬而枯缩；三十年来的发号施令和在暴风雨中的喊叫，使他的声音发哑了。他对约娜说："您闻到了吗，那个女妖精的香气？"

她的确嗅到了一股类似草木浓烈而奇特的香气，一种野生植物的芳香。

船长接着说："夫人，这就是科西嘉的香气，就是这个漂亮女人特有的香气。即使离别了二十年，在海上五海里远的地方，我还是可以辨别出来。我是这岛上的人。据说他①在那边，在圣赫勒那岛上，也还仍然一直在谈他故土的香气。他和我是同族的人。"

这时船长摘下了帽子，向科西嘉致敬，跨过海洋，又向被囚禁在那边的他的同族人大皇帝致敬。

约娜被感动得几乎要哭出来了。

然后船长手指着天边，说道："那就是桑吉奈尔群岛②。"

于连站在妻子身旁，搂着她的腰，这时两人都望向远处，探寻船长所指的目标。

他们终于望见了几座金字塔形的山岩，船马上就要绕过那里，驶进一个宽阔平静的海湾里去；海湾四周都是高山，山坡上看上去像是长满了青苔。

船长指着那一大片绿叶葱茏的地带说："那就是丛莽。"

船徐徐前进，群山的环抱仿佛就在船的后方合拢了；船在碧绿的湖上缓缓航行着，海水透明得有时可以望得见湖底。

---

① 指被囚禁在圣赫勒那岛上的拿破仑。
② 在科西嘉岛阿耶佐海湾的进口处，航行危险，但风景瑰丽。

在海湾尽头的傍山面水处，突然出现了一片耀眼的白色的市区。

几艘意大利的小船停泊在港口。四五条划子穿梭在"路易王"号周围迎接乘客。

于连正在把行李集在一起，他小声问他妻子说："给服务员二十个苏不算少吧？"

一个星期以来，他老是爱问这一类问题，而她每次听到都很烦厌。她有点不耐烦地回答说："多给点总比少给好。"

他总是和旅馆主人、仆役、车夫以及各种商贩讨价还价，每当费尽口舌才得到一点便宜时，他就擦着双手对约娜说："我不愿意上人的当。"

她一看到账单送来时，心里就要发抖，因为她料到她丈夫在每一项目上都会有意见；她为这些计较感到很丢脸，特别当仆役们手里摊着那给少了的酒钱，用轻蔑的眼光望着她丈夫时，她的脸会羞红得直到头发根上。

他和送他们上岸的船夫又发生了争论。

她看见的第一棵树是棕榈。

他们到了一家没有旅客的大旅馆里。旅馆在一个辽阔的广场的拐角上，他们在那里午餐。

他们刚吃完甜食，约娜站起来想到市上去游玩，于连就牵住她的胳膊，温存地附在她耳边轻声对她说："我们去睡一会儿好不好，我的小乖？"

她吃了一惊："去睡一会儿？我可并不感觉累呀！"

他搂着她说："我想你。你懂我的意思吗？已经有两天啦……"

她羞得满脸通红，支吾着说："啊！就在现在！别人会怎么说呢？别人会怎么想呢？你怎么敢在白天里问他们要房间呢？啊！于连，千万不要这样。"

但他插嘴说："我才不在乎旅馆里的人爱怎么说或是爱怎么想。你就看我来办好啦。"

他按了铃。

她不再作声了，垂下了眼睛，不论在精神上还是在肉体上，她对丈夫这种无休止的欲望都很反感。她虽然嫌恶，却又不能不忍痛而委屈地服从，她把这看作是一种兽性，一种堕落，总之它是龌龊的。

她的性感还没有觉醒，而她丈夫却以为她已分享感受到他的热情了。

服务员走来时，于连叫他带他们到卧室去；这是一个地道的科西嘉人，胡子一直长到眼睛边，他起初不明白是什么意思，连说晚上一定能有房间。

于连忍耐不住了，只好又向他解释："不，我的意思是现在就要。我们在路上疲乏了，想要休息一下。"

这时服务员从他的浓胡髭里现出一道微笑，约娜简直想要逃走了。

一小时以后，他们下楼来时，约娜不敢再在众人面前经过，认为别人一定会在背后窃笑他们，议论他们。她对于连不了解她这种心情，不顾她的一点面子，缺乏天生的细腻和敏感，心里很是生气。她感到她和他之间隔着一层帘子，横着一道屏障。她第一次发觉，既然是两个人，就永远不能从心底里，从灵魂深处达到相互了解。他们可以并肩同行，有时拥抱在一起，但并非真正的合二为一，因此我们每个人的精神生活会永远是感到孤独的。

他们在这个蓝色海湾尽头的小城市里住了三天。城市包围在群山中，吹不进一丝风来，热得像关在火炉里一样。

然后他们把旅行的路线确定下来了。为了能穿行任何难走的道路，他们决定骑马。他们在雇了两匹目光凶猛、瘦小而耐劳的科西嘉种的小马后，便在一天清晨起程了。一位骑着骡子的向导陪他们同行，并且带了食品，因为在这种荒野的地方，是没有什么旅店的。

他们前进的道路最初沿着海湾，不久进入一个浅谷，之后便对着高山直上了。他们不时越过几条几乎干涸了的溪涧，乱石下还流动着一条细水，像隐伏的野兽般发出微弱的咕噜咕噜的声音。

这地方还没有开垦过，看上去是一片荒芜的景象。山腰上长满了高高的野草，在火热的天气里它们已晒成焦黄。偶尔他们会遇见一个山上的居民，在步行，或是骑了一匹小马，或是跨在一头狗一般大的毛驴上。他们人人背上都有一杆装好了弹药的枪，虽然是生了锈的旧武器，但拿在他们手里还是让人害怕的。

岛上遍地都是香料植物，发出浓烈的香味，仿佛使空气也变得沉重了。前进的道路在群山中盘旋，慢慢愈伸愈高。

蔷薇色或青色的花岗岩的山峰，使远近的景色染上了仙境般的色彩，由于起伏的坡度十分险峻，较低的山坡上一望无际的栗树林，看去就像是长满绿叶的灌木。

有时向导会伸手指着峻峭的高峰，说出一个名字来。约娜和于连便抬头望去，却看不见什么，最终才发现了一点点灰色的东西，好像是从山顶滚下来的一堆乱石块。原来这是一个小村落，一个坐落在花岗岩上的孤零零的小村，像一窝鸟巢悬贴在那里，在这高山上几乎望也望不见。

长时间坐在马上蹒跚而行，使约娜厌倦起来。"我们跑一阵吧！"她说。她的马就冲向前去。由于听不见她丈夫的马在她身边奔跑的声音，她便回过头去，当她看见他面色发青，揪住了马鬃，在奔驰的马上扑通扑通地跳动，她不禁大笑起来。他那副漂亮的打扮，那副骑士的神气，越发使他的笨拙和胆小显得滑稽。

于是他们策马小步前进。这时道路两旁，逐渐伸展开无边无际的丛林，就像一件大衣裹着整个山坡一样。

这就是丛莽，不可探测的丛莽——这里有青橄树、杜松、岩梨、乳香树、水蜡树、石南竹、月桂、桃金娘、黄杨，在这些树木的枝叶间，还有如头发似的绞缠在一起的牡丹蔓、巨大的羊齿草、金银花、金雀花、迷迭香、薰衣草、野蔷薇，它们在山脊上摊成乱羊毛般无法被清理的一团。

他们都渴了。向导赶上来，带他们到一处美丽的泉眼边，这种泉眼在岩石崎岖的山区里是常见的，冰冷的泉水从岩石的小洞里，像一条细线似的喷射出来，然后流到一片栗树叶子上，叶子是过路行人留下在那里的，用来引导水接到嘴里去。

约娜觉得那么幸福，她禁不住要大声欢呼了。

他们继续前行，开始沿着环绕着萨贡海湾的下坡路走去。

傍晚时分，他们穿过了卡耶斯村，这是从前一群希腊的亡命者在被祖国驱逐出来时建立起来的。在一口水泉边，围聚了一群美丽的少女——细手纤腰，拥有圆圆的臀部，苗条的身材，姿态十分动人。于连高声向她们道了"晚安"，她们用故国悦耳的语言，带着音乐般的声调答谢他。

到了皮亚纳，他们必须遵从古老时候僻远地区的遗风，向人求宿。于连去叩门，约娜等着别人开门，快乐得都浑身发抖了。啊！这才是真正的一次旅行，没想到在这荒僻的旅途中可以遇到种种意料不到的事情。

他们去求宿的那家人，恰好是一对青年夫妇。主人接待他们，有如古代的族长接待神所派遣来的远客一样。这是一所已经蛀虫了的古老的房子，木料上全部都有蛀洞，专吃横梁的长条的蛀木虫在上面蠕动着；屋架窸窸窣窣地发出响声，像活人的叹息。约娜和于连就在那房子里铺着玉蜀黍的草荐上睡着了。

天明了，他们就又动身，不久后他们在一座石林面前停下来休息。这是一座由紫红色花岗岩形成的森林，这里岩石的形状有石峰、圆柱、钟塔，等等，都是多少年代来经海风和海雾剥蚀成的。

这些令人惊异的岩石，有高达三百米的，还有别的细长的、圆形的、弯扭的、钩状的、残缺的，以及一些出人意料而古怪有趣的；它们看去像树、像草木、像野兽，也有像碑石、人物、穿袈裟的和尚、生犄角的魔鬼和巨型的飞鸟，这所有的"怪物"，这梦魇中的兽苑必然是按一个狂妄的神的意志而塑造成的。

约娜在心中感动得说不出话来，她紧紧地握住于连的手，面对着这瑰丽的景物，她的心渴望爱情了。

从这片神奇诡异的石林中出来后，猛然间他们又碰上了另一片海湾，它被一圈血红的花岗岩的峭壁所环抱着。血红的岩石倒映在碧绿的海水上。

"啊！于连！"约娜叫了一声，感动得说不出话来。满怀对眼前所见的赞美仿佛把她的喉咙扼住了，两颗泪珠从她的眼里滚了出来。于连望着她，惊得怔住了，问道："我的小乖，你怎么啦？"

她擦去眼泪，微笑着，声音有些发抖，说道："没有什么……只是神经有点……我不知道为什么……有点太感动了。我太快乐了，一点小事情都激动了我的心。"

于连对于女性的这种神经质是不理解的。她们往往为了一点小事就可以浑身震动起来，一股热情可以使她们兴奋得像是遇了大祸，一种不可捉摸的感动可以使她们神魂颠倒，快乐得或是失望得发狂。

约娜这种眼泪在他看来是滑稽的，他一心只注意山路的崎岖。"你最好还是多照顾些你的马吧。"他说。

他们从一条几乎无法通过的道路上，向着海湾下行，然后转往右首，开始攀登阴暗的奥塔山谷。

不过这条小路实在太难走了，于是于连便建议说："我们步行怎么样？"约娜十分同意，在刚才那阵感动之后，能够单独和他步行，在她看来是最让她快乐不过的了。

向导带着骡子和两匹马在前面先走了，他俩缓缓地在后面步行着。

那座从上到下中间裂开了的山，中间有一道空隙，小道就在裂缝中。小道两边都是巨大的石壁，一股汹涌的激流在裂罅间奔腾。空气是冰凉的，花岗岩看着是黑色的，向上一望，一线青天令人目眩心惊。

忽然的一阵响声，使约娜吃了一惊。她举目看时，看见一只巨鸟正从一个窟窿里飞了出来——那是一只苍鹰。它那展开的翅膀，仿佛在探索着这条坑道的两壁，然后它便直上青空，不见了。

再往前，山的裂缝便分成两股，小道曲曲折折地上升，两边都是深谷。约娜轻松雀跃地走在前面，踢着脚边的鹅卵石，勇敢地俯瞰着深渊般的山谷。于连追随着她，气喘吁吁的，两眼盯着地，生怕头晕。

阳光忽然照耀在他们身上了，他们觉得像是走出了地狱。他们都口渴了，便顺着一条水迹，穿过许多乱石堆，找到了一个泉眼。泉水由一条小木管接引出来，是供牧羊人使用的。周围的地面上覆满了青苔。约娜跪下身去饮水，于连也仿效着她照做了。

当她正享受着泉水的清凉时，他把她拦腰抱住了，他想抢夺她在泉眼口用木管接水的地盘。她抵抗着，他俩的嘴唇你推我挤地战斗着。在这场争夺中，他们都有机会抢到管子的尖端，然后咬住不放开。那一线清凉的泉水，在不断的你夺我抢中，时而中断，时而喷射出来，溅在他们脸上、颈上、衣服上和手上。水珠缀在他们头发上，珍珠般地闪着光。他们的吻和流水合二为一了。

约娜忽然动了爱的灵感。她嘴里含满了一口泉水，把面颊鼓得像个小皮囊，然后授意给于连，嘴对着嘴，让她替他解渴。

他微笑着，张开胳膊，伸长了脖子，头向后仰——一口气从这活的泉眼里吸尽了泉水，让一股热火般的欲望注入肺腑。

约娜超乎寻常温柔地偎依在他身上，她的心扑通扑通地跳着，她的乳峰膨胀起来，眼睛娇弱无力、水汪汪地闪着光。她轻声悄悄地说："于连……我爱你！"这次是她来挑逗他了，她仰起了身子，用双手掩着羞红的脸。

他扑在她身上，热烈地拥抱她。她在兴奋的期待中喘着气，突然她尖叫了一声，像是被她所招来的刺激雷电般地击中了。

他们很久才到达山顶，她的心一直在跳，并且已疲惫不堪，傍晚时分，他们到了爱维沙，在向导的一个亲戚保利·巴拉勃莱蒂家里住下。

这是一个身材高大的汉子，微微驼背，带有肺病患者那种忧郁的神情。

他带领他们到住宿的房间里。这是一间阴暗的石屋，室内一无陈设，但在这个人们不懂享受的地区里，这已算是很像样的了。

他用科西嘉的方言——一种法语和意大利语的混合语——表达他对他们的欢迎。这时，另一个爽朗的声音插了进来——一个长着棕色头发的矮小女人，眼睛又黑又大，皮肤焦黑，腰身纤细，露出牙齿微笑着。她抢前一步，拥抱了约娜，热烈地握着于连的手，反复说："你好，太太，你好，先生，你们都好吧？"

她用一只手臂就接过了帽子和披肩，因为她的另一只手臂是用带子悬着的，她叫大家一起到外边去，她对她丈夫说："带他们去散一会儿步，到晚餐时再回来。"

巴拉勃莱蒂先生便立刻顺着她的意思，走在这对青年夫妇中间，带他们到村庄上去看看。他慢吞吞地走着，慢吞吞地说话，常常咳嗽，每一咳嗽便说："这是山谷里的凉气吸进到我的胸口里去了。"

他带领他们走在一条荒僻的小路上，路旁长着穿天的栗树。他忽然停住脚步，用低沉的音调说："我的表兄让·里纳尔迪就是在这里被马蒂奥·洛利杀死的。瞧！当时玛提在离我们十步远的地方出现时，我就站在那里，离让很近。'让，'他喊道，'你不要再到阿尔贝塔斯那里去，你不要再去；让，你去我就宰了你，这我可先关照你。'

"当时我拉住让的胳膊：'让，别去了，去了他可真会干得出来的。'

"那是为了一个女孩子，他们两个都在追求她，她的名字叫保利娜·西娜古比。

"但是让大叫说:'我要去的,玛提,你不能阻止我。'

"这时玛提端起枪来,我还来不及拿起我的枪,他就开枪了。

"让双脚同时跃起,如同孩子跳绳似的;是的,先生,他倒下来了,正倒在我身上,打落了我的枪,这杆枪一直滚到那边那棵大栗树下。

"让的嘴张得很大,但他一个字也说不出来,他已经死了。"

这对青年夫妇惊呆了,睁大了眼睛望着这一桩凶杀案的冷静的见证人。约娜问道:"那个凶手呢?"

保利·巴拉勃莱蒂咳嗽了一大阵,接着说:"他逃到山里去了。第二年,我哥哥把他杀了。您知道,我的哥哥菲利皮·巴拉勃莱蒂是一个强盗。"

约娜打了一个寒噤。

"您的哥哥?是一个强盗?"

那个沉着的科西嘉人眼睛里掠过一股自豪的神采。

"是的,太太,他是很出名的,真的。他打死过六个宪兵。后来他和尼古拉·摩拉里在尼奥洛被包围了,经过六天的战斗,直到快要饿死了,他才和尼古拉一同送了命。"

他毫无怨言地补充道:"这是本地的风气。"这声调和他说"这是山谷里的凉气"是一模一样的。

他们回去准备用晚餐,那个科西嘉的小妇人招待他们,就像她和他们相识已有二十年了一样。

约娜被一种忧虑苦恼着。回头被于连抱在怀里时,会不会像在泉水边的青苔上一样，又感觉到那种奇怪的、猛烈的震动呢？

当只剩下他们俩在卧室时，她发愁了，生怕于连的热情不能引起自己同样的反应；但她很快就安心了，而那竟成了她爱情的第一夜。

第二天要动身的时候，她几乎舍不得离开这所简陋的房子，因为正是在这里，她觉得她开始了一种新的幸福。

她把这家的女主人拉进卧室里，一面说得明明白白并非想送她什么礼物，可是一面她又坚持一定要在回去之后，从巴黎寄一件纪念品来，而这一件纪念品，在她看来几乎是具有神圣的重要意义的。

这位科西嘉的少妇推托了很久，不肯接受。最后才同意了："好吧，"她说，"替我寄一支小手枪来，一支很小很小的。"

约娜睁大了眼睛。那少妇又凑近她的耳边，像吐露一桩可喜的、内心的秘密似的，悄悄地说："这是为杀死我小叔子用的。"

她微笑着，一面兴冲冲地解开那只受了伤的胳膊上的绷带，露出雪白滚圆的肌肉，上面有一块很宽的刀伤，现在已快结疤了。

"如果不是我力气和他一般大，"她说，"我早被他杀死了。我丈夫并不妒忌，他是了解我的；而且他有病，您知道，火气也小一些。何况我是一个正经的女人，太太，但是我的小叔子听见什么都相信。他替我的丈夫抱不平；他一定不肯罢休。所以如果我有了一支小手枪，我就安心了，不怕不能报复了。"

约娜答应寄枪来，温柔地拥抱过她新交的朋友，便又起程了。

她后来的旅行，过得就像一场春梦——夫妇二人难分难解地拥抱在一起，陶醉在百般的恩爱中。她什么都不放在心上了，不论是风景、人物或是她停留过的地方。她的眼睛里只剩有于连。

他俩之间产生了一种孩子般动人的亲昵，他们在爱情中胡闹开了，他们制造出种种甜蜜的、无聊的称呼，替身体上经常吻到的每一根线条、轮廓和隐蔽的角落都取了动听的名字。

约娜睡觉时身子总侧在右边，这样，睡醒时左边的乳房便悬在空中。于连注意到了，就称左乳为"游荡汉"，而由于右乳峰上蔷薇色的花苞被吻时更为敏感，就被称为"有情郎"。

两乳之间的空道，成了"小母亲林荫路"，因为他经常在那里游玩；另一条路更隐蔽，为纪念奥塔山谷中的爱情，被命名为"大马士革路"①。

到了巴斯蒂亚，他们应当付钱给向导了。于连在口袋中掏了一阵，数目不合适，便对约娜说："你母亲给你的两千法郎，你现在不用，交给我带着吧！放在我身边更稳当些，这样我也免得再去换零钱了。"

她便把钱包交给了他。

他们到了来航，游览了佛罗伦萨、热那亚，以及沿科尔尼希大道全部的风景区。

---

① "大马士革路"的出典见《新约·使徒行传》。这个典故广泛应用来指思想、感情或观念的突然转变。这里暗指约娜从最初对性爱的反感到后来在奥塔山谷泉边所产生的性的觉醒。

在一个刮着北风的早晨，他们终于回到了马赛。

他们离开白杨山庄，已经有两个月了。这时已到了十月十五日。

这像是从遥远的诺曼底吹来的寒冷的大风，使约娜感到几分愁闷。近来，于连仿佛变了样子——既疲惫又冷淡，让她心里起了一种无名的忧虑。

她有点舍不得离开阳光明媚的南方，因此便又把归期延缓了四天。终于，她觉得自己完成了幸福的旅程。

他们终于不得不离开了。

他们准备到巴黎购置在白杨山庄安家所需的一切用物。约娜想到可以用母亲给她的钱，带回许多心爱的东西，不禁快乐起来；但她首先想到的，就是她答应寄给爱维沙那位科西嘉少妇的小手枪。

他们一到巴黎的第二天，她便对于连说："亲爱的，你把妈妈给我的钱还给我，好不好？我要去买东西。"

他满脸不高兴地转过身来，问她说："你要多少呢？"

她吃了一惊，讷讷地说："这是怎么回事？……你说多少就多少吧。"

他接着说："我给你一百法郎，可千万不要乱花。"

她真不知道怎么说才好，感到既惊愕又狼狈。

最后她踌躇着说："但是……我把那钱交给你……是为了……"

他不等她说完，就抢着说："是的，一点不错。既然我们生活在一起，钱放在你的口袋里或是放在我的口袋里，那又有什么区别呢？我并没有不给你，我不是给你一百法郎吗？对不对？"

　　她不敢开口要得更多，就一言不发地接过那五枚金币，除了那支小手枪之外，她什么也没有买成。

　　一个星期之后，他们起程回白杨山庄了。

第六章

全家的人，上上下下都在砖柱子的白栅栏门前等候着。驿车到来了，大家抱吻了许久。男爵夫人哭了，约娜一阵心酸，也掉了眼泪，男爵兴奋得来回地走着。

门口的人还在卸行李的时候，约娜已在客厅里的炉火前讲述他们旅行的经过。她谈得十分起劲，除了有些细节在这匆忙的叙述里不免被遗漏掉，其他一切在半小时之内，全被她说尽了。

然后她去解开那些小包。萝莎丽也很兴奋，在一旁帮助她整理。当一切都安排妥当——衬衫、连衣裙、化妆品也都归了原位后，使女才离开她的女主人，约娜这时也有点疲倦了，坐了下来。

她不知道这以后该做什么，她的心需要有个寄托，她手上需要有件事情可以做。她不想再下楼到客厅里去，那里她母亲正打着瞌睡，于是她想出去散散步，但是野外的景色显得那么凄凉，仅仅从窗口眺望，已使她心头感到一种沉重的忧伤。

她觉得自己再没有什么事可做了，从此再没有什么事可做了。在修道院时，她青春的岁月全部指望着将来，沉湎于梦想。在那个时期，盼望和期待无时无刻不激动着她，所以她注意不到岁月的飞逝。她一离开那曾经使她遐想奔放的严峻的围墙，她的爱情的期望就立刻实现了。她遇见了、爱上了她心目中所希望遇见的男人，并且像那些一见钟情的男女一样，在几个星期之内就结了婚，她来不及作任何考虑，已被那个男人抱在怀里了。

但是如今，温柔的蜜月已成过去，摆在眼前的，将是日常生活的现实；它把无限的希望之门关上了，把不可知的美丽的向往之门关上了。确实，再没有什么可期待的了。

再没有什么事可做了，今天如此，明天如此，以后也永远如此。她模糊地意识到这种幻灭的心情，她的梦想消沉了。

她站起身来，把额头贴在冰冷的玻璃窗上。她向那阴霾的天空望了一阵，便决心到外面去走一走。

哪里再见得到五月间的草木和景色？树叶上阳光的嬉跃、草地上那种葱绿、那火焰般的蒲公英、血红的罂粟花、耀眼的雏菊，还有那像是系在眼不能见的线梢上飞舞的黄色蝴蝶，这诗一般的景色都到哪里去了？再不见那充满着花粉和香味、充满着生命的令人陶醉的空气了。

被连绵的秋雨浸湿了的林荫路在颤巍巍的白杨树下伸展着。白杨树几乎都已光秃秃的了，枯叶落了满地。瘦长的树枝在寒风中摇摆，抖动着那即将飘向空中的残叶。这些黄得像金币一般仅存的残叶，整日里，像不停的秋雨，凄凄切切，离开枯枝，回旋飘舞，落到地上。

约娜一直漫步到灌木林中。这里如今凄惨得如同死人的卧室。围绕着曲折的小径并使它隐蔽得分外幽静的碧绿的枝叶都已凋零。嫩枝交织成花边似的密植的灌木，只剩下枯瘦的树干。风扫落叶，在地面卷成一堆一堆，瑟瑟作响，有如垂死的季节发出深沉的叹息。

小得可怜的鸟儿，畏寒啁啾，四处跳跃着，寻觅栖身之地。

只有那棵菩提树和那棵梧桐树，受到防御海风的榆树林的保护，还是枝叶繁茂。在这初寒天气，根据树液不同的性质，一棵像是披上了红色的天鹅绒，另一棵穿上了橙黄的锦缎。

约娜沿着库利亚尔家的农庄男爵夫人经常散步的那条小道，慢慢地来回走着。她的心情十分沉重，像是预感到展开在眼前的，将是单调生活中数不尽的烦恼。

后来她又在面海的斜坡上坐下来，这是于连第一次和她谈恋爱的地方；她懵懵懂懂地呆坐在那里，心灰意冷，几乎什么也不想，她巴不得能躺下身子睡一觉，来躲开这愁闷的日子。

忽然她望见一只海鸥，乘风掠过长空，这使她回想起在科西嘉阴沉的奥塔山谷里曾经见过的那只苍鹰。想到那已逝的欢乐，她心中感到一阵酸痛，她眼前突然又出现了那弥漫着野花香味的明媚的海岛，那使橙子和柠檬成熟的阳光，那蔷薇色花岗岩顶峰的群山和碧绿的海湾，以及那湍流奔泻的深谷。

然而在她的周围，却是落叶飘零，阴霾愁人，这一种潮湿凄凉的景色，使她陷入在那样深沉的悲伤中；她再也回不去了，她简直要放声痛哭起来了。

她母亲呆坐在壁炉前瞌睡，她已经过惯了这种漫长乏味的日子，也就感觉不到什么了。男爵和于连到外面散步去了，他们忙着谈自己的事情。夜色来临了，宽阔的客厅笼罩在惨淡的暗影中，只有壁炉偶然投射出明亮的火光。

窗外，暮色中一线余光，还能让人分辨出岁末大自然的凄凉景象，和沾上污泥般的灰暗的天空。

不久，男爵进来了，于连跟在他身后；一走进这间阴暗的客厅，男爵就打铃叫人，嚷着说："快点灯！快点灯！屋子里阴暗得好难受呀！"

他在壁炉面前坐下来。他那双沾湿了的鞋子，在炉火边冒出热气来，鞋底上的泥泞被火烤干了，碎落下来；他快活地摩擦着双手，说道："我看就要结冰了。北面的天色晴朗起来，今晚是满月，夜里一定冷得很！"

然后转过身来对他女儿说："我说，小宝贝，你又回到了家乡，回到了自己的家里，和老人团聚在一起，你满意吗？"

这一句简单的话，却使约娜浑身激动了。她扑到父亲怀里，眼眶里噙着眼泪，兴奋地吻着他，像是在请求他的原谅，因为尽管她心里想强作欢笑，她却已伤心得不能自持了。她想起原先觉得再见到父母时，自己一定会很快乐的，而她诧异她所预期的亲昵，被一种冷漠的心情束缚住了，就像我们在远地思念自己所爱的人，及至一下见了面，由于许久不在一起，感情仿佛突然中断一样；必须经过共同生活中的种种接触，才能恢复过来。

晚餐吃了很久，话却讲得很少。于连似乎已经忘掉他的妻子了。

后来回到客厅里，约娜坐在壁炉前沉沉欲睡，男爵夫人在对面已经睡熟了。两个男人谈话的声音，一下子使约娜清醒过来，她想振作精神，自问以后会不会也和她母亲一样，在无尽的沉闷的常规生活中，陷入可悲的昏睡状态中去呢？

白天壁炉里微红而无力的火焰，这时变得活泼、明亮，发出哔哔剥剥的爆炸声。有时火焰会突然射出亮光，照在圈椅褪了色的锦毡上，照见狐狸和仙鹤，还照见忧郁的鹭鸶、秋蝉和蚂蚁。

男爵面带笑容，走近炉边，伸开手指在跳动的火上取暖，一面说道："啊！今晚这火烧得真旺。要结冰了，孩子们，要结冰了。"

然后他把一只手搭在约娜的肩膀上，指着火说："孩子，你看，这就是人世间最可爱的东西——炉边，一家人团聚在炉边。没有比这更有意思的了，但是大家该去睡觉了吧。孩子们，你们一定都疲了吧？"

上楼回到卧室时，约娜不禁自问，为什么两次回到她所心爱的老家来，这一次和上一次竟是那么不同呢？为什么她觉得自己像是受了创伤？为什么这所房子，这可爱的故乡，以及至今使她心弦为之激动的一切，今天都使她觉得是这么凄凉呢？

她的目光偶然落在那座时钟上。钟摆上的那只小蜜蜂，依然轻松而连续地，在金色的花朵上，左右摆动着。于是一种突然的感情冲动，使她在面对这个像是有生命似的、替她报时、像自己胸口一般跃动着的小机件时，伤心得落泪了。

确实，当她和父母拥抱时，她也没有这么伤心过。人心中原有许多秘密，不是任何理性所能窥测的。

自从结婚以来，这是她第一次独自一个人睡在床上，于连推托说他疲了，便睡到另一间卧室去了。他们原已便同意各人有各人自己的房间。

她很久不能入眠，自己身旁少了一个人，感觉很是异样。她失去了独自睡眠的习惯了，而且阴惨的北风飕飕地吹打着屋顶，使她心烦。

早晨，一片通红的日光照在她的床上，把她催醒；结霜的玻璃窗也映得通红，像是整个天空都着了火一样。

她裹上一件厚厚的浴衣，跑向窗口，把窗打开。

一股爽朗透骨的寒风侵入室内，使她觉得皮肤上冷如针刺，眼泪流了出来。在红艳艳的天空中，旭日像醉汉的面孔涨得通红，从树后出现了。大地上覆满了白霜，干燥而坚硬，在农庄人们的脚下，被踏得簌簌作响。一夜之间，白杨树上的叶子完全落光，在那片荒地后面，可以望得见一条长长的碧绿的波涛，翻腾着白色的泡沫。

梧桐树和菩提树的叶子在疾风中纷纷凋落了。每吹过一阵寒风，经霜的树叶猝然脱离树枝，像一群飞鸟一般，在风中飞舞。约娜穿好衣服，走出门去，由于无事可做，便去看望左右两个农庄的农户去了。

马丁一家人招手欢迎她，主妇在她面颊上接了吻，接着他们一定要她喝干一小杯果仁酒。然后她又到另一个农庄去。库利亚尔这一家人招手欢迎她，主妇在她耳边上吻了一下，她又被灌下一小杯覆盆子酒。

之后，她回家午餐。

这一天和前一天一样，在不知不觉中过去了，所不同的只是寒冷代替了潮湿。一个星期里的其余各天和这两天并没有不同，一个月中的每个星期也都和第一个星期一样。

她对远方的怀念逐渐淡却了。她慢慢在生活中习惯于听天由命，就像有些水使水壶逐渐积起一层水碱一样。她的心思用到对日常生活中琐琐碎碎的事情上去了，简单而平凡的每天例行的事务也都成了她的牵挂。对生活失去了幻想，她的心情逐渐变得忧郁。她还需要什么呢？她所希望的是什么呢？她全不知道。她没有任何世俗荣华的向往，没有任何人间乐趣的渴望，连任何欢乐的念头都没有。再说，有什么可欢乐的呢？正像客厅里那些古老的圈椅年久而褪了色，在她眼里，一切都逐渐失去了光彩，一切都暗淡了，显出一种苍白而幽暗的色调。

她和于连的关系完全改了样。自从蜜月旅行回来之后，他仿佛完全成了另外一个人，就像一个演员扮演完一个角色，现在恢复他平时的面目了。他很少关心她，连说话也很难得；任何爱情的影子都突然不见了，夜里到她卧室去已经成为稀有的事情。

他接管了全家的财产和房屋，修订契约，刁难农民，紧缩开支；并且由于改换成土财主的装束，他在订婚时期的那种光彩和仪表也都不见了。

他从年轻时穿过的衣服里，找出了一身带铜钮扣的绒料的旧猎装，虽然上面都是污斑，穿上后却不再脱掉了，但他觉得没有讲究修饰的必要了；因此他脸也不刮，胡子又长又乱，看去简直不成样子。他从此不再修饰他那双手，而且每当餐后，总要喝上四五小杯白兰地酒。

约娜想要委婉地规劝他几句，他便粗暴地回答她："不要管我的事情，行不行？"从此她再也不敢给他提意见了。

她对这些变化竟能听其自然，连她自己都觉得惊讶。于连在她心里已成了一个陌生人，一个在精神上和情感上都使她猜不透的陌生人了。她常常想着这件事，不理解为什么起初两个人遇见了，相爱了，并在一股热情的冲动下结了婚，后来会突然间彼此成了几乎是素不相识的人，像是他们并不曾在一起睡过似的。

对于他的冷淡，她何以并不感到更深的痛苦呢？难道人生就是这样的吗？难道双方都看错了人吗？难道她一生就是这样了吗？

如果于连还是像从前一样漂亮、整齐、优雅、动人，是否她会感到更痛苦呢？

已经商量好了，新年之后，这对新婚夫妇将单独住在这里，男爵和他的妻子要回卢昂的住宅去住几个月。这对年轻人今年冬天不再离开白杨山庄，为的是可以定居下来，使他们对自己要过一辈子的这个地方能够习惯，并且对它产生好感。此外，这里也有几家邻居，是于连准备带他妻子去拜访的。那就是勃利瑟维勒、库特利耶和福尔维勒这几家人。

但是这对年轻夫妇还不能出去做客，因为马车上的纹章还是原来那个样子，那位专画纹章的油漆匠始终没工夫来。

事实是男爵已把家里的这辆旧马车让给他女婿用了，而于连坚持要把德·拉马尔家的纹章和勒培奇·德沃家的纹章画在一起，否则他决不同意到邻近的庄园去做客。

然而这一带只有一个人还懂得纹章图案这项专门技术，那就是博耳贝的一个油漆匠，名叫巴塔伊。诺曼底省的所有贵族家庭都约请他去描绘用在车门上的这项珍贵的装饰，所以他忙得东奔西跑。

终于，在十二月的一天里，快用完午餐的时刻，他们看见一个人推开栅门，从笔直的白杨路上走来。这人背上背着一口小木箱。他就是巴塔伊。

他们把他请到餐厅里，招待贵宾似的替他准备了午餐。因为他有这项专门技能，他就同本省的所有贵族经常有来往，他对有关纹章学及其专门术语的各种知识，使他成了专家一样的人物，贵族们可以同他握手而无愧色了。

他们立刻叫人取来铅笔和纸张，在巴塔伊用午餐的时候，男爵和于连便在设计两家纹章如何安排的草样了。男爵夫人一遇到这类事情，便异常兴奋，提出自己的意见，连约娜也参加了讨论，仿佛某种神秘的兴趣把她也唤醒了。

巴塔伊一面用午餐，一面发表他的意见，有时拿起铅笔，画出一个草样，他举了好些例子来描述本省各贵族家庭马车的式样，以至于仿佛在他的见解里，甚至在他的声调里，都带有一种贵族的气息。

他是一个身材矮小的人，头发已灰白，并且剪得很短，满手带着油漆的痕迹，身上发出一股煤油味儿。据说他从前在男女问题上出过一些丑事，但是因为他受到所有世家的重视，这个污点也就早被忘掉了。

他刚喝完咖啡，他们就带他到车房里，揭开了盖在车上的油布。巴塔伊察看了一番，随即对图案上所用的尺寸认真地发表了他的意见；经过又一次磋商之后，他便着手工作了。

男爵夫人不顾寒冷，叫人端来一把椅子，为的是坐在那里看他工作，后来她的脚凉了，又叫人送来一个脚炉。她同那个油漆匠静静地谈着天，向他打听她所不知道的各家生男育女、婚丧喜事等近况，用来补充那牢记在她心里的贵族家谱。

于连跨坐在一把椅子上，守在他岳母身旁。他吸着烟斗，随地吐痰，一边倾听，一边看着巴塔伊用油彩描绘他家的纹章。

不久，西蒙老爹肩着铲子到菜园去，也停住脚步来观望了。巴塔伊到来的消息，传到了那两个农庄，两家的主妇少不得立刻赶来。她们站在男爵夫人两旁，赞叹不止，连连地说："干这细巧的活儿，得要多大本领啊！"

两扇车门上的纹章，直到第二天上午十一点，才算完工。人们立刻都赶了过来，他们把车子拉到外面，方便仔细观察。

大家都很满意。巴塔伊受过一番夸奖后，背起他的小木箱告辞了。男爵、男爵夫人、于连和约娜都一致承认这个油漆匠是大有天才的，如果遇到更好的环境，毫无疑问一定是个艺术家。

于连由于想节省开支，已经进行了一些改革，这就必然要作许多新的安排。

原来赶车的西蒙老爹已经派作园丁，子爵自己担任了这个职务；为了节省一笔草料钱，驾车的马也早卖掉了。

不过当主人下车的时候，总要有人牵住牲口，于是他把原来放牛的牧童马里于斯改作一个小跟班。

最后，为了要有驾车的马，他在库利亚尔和马丁家的佃约上附加了一个额外条款——规定两个农户每家每月在他指定的那一天，必须出一次马来拉车，并以免缴他们贡奉的鸡鸭作为交换条件。

这样，库利亚尔家牵来了一匹黄毛大马，马丁家带来了一匹长毛的小白马，两匹马并驾在一起。马里于斯缩在西蒙老爹穿的那套旧号衣里，把马车带到邸宅的台阶前。

于连自己也修饰了一番，挺直了腰板，多少恢复了一点他过去动人的仪表；但是他的长胡须，仍然使他摆脱不了那股土气。

他把那两匹马、那辆马车和那个小跟班，一一观察了一遍，觉得都还满意，因为他唯一看重的东西，是车门上新漆的纹章。

男爵夫人靠在她丈夫的胳膊上，从卧室走下楼来，十分吃力地上了车，坐下身去，背上放了靠垫。约娜也出来了。她首先就笑那两匹马的配搭，她说那匹小白马是黄毛大马的孙子。及至看到牧童马里于斯，面孔埋在那顶缀有帽徽的大帽子里，全靠鼻子把它托住，两只手消失在那又长又肥的袖管里，两条腿被号服的下摆像裙子似的围着，下面滑稽地露出套在大鞋子里的两只脚，要看东西时，必须仰着脑袋，每走一步，必须像过河似的弓起膝盖，全身淹没在肥大的号服里，一听到吩咐，动作简直像一个瞎子，当她看到这副样子，她怎么也忍不住放声大笑，而且简直笑得不可收场。

男爵回头一望，看到这小家伙手足无措的那副狼狈样子，立刻受到感染，也哈哈大笑起来，笑得简直说不上话来，他拼命叫他的妻子："快……快……快看马里于斯！他多滑稽呀！天哪，真是滑稽，真是滑稽！"

这时男爵夫人从车窗口探出头来，一看这情景，笑得浑身发抖，使车身在弹簧上跳个不停，像是走在高低不平的路上一样。

于连面色变得铁青，问道："什么事情会有这么可笑，你们一定都疯了！"

约娜笑得扭成一团，实在按捺不住，便坐在一级台阶上。男爵也跟着坐下来，这时在车子里，爆发出一阵阵喷嚏声、连续不断的咯咯声，这说明男爵夫人笑得透不过气来了。突然，马里于斯的大礼服也摆动起来了，毫无疑问他明白了别人为什么在笑，因此他把头躲在大帽子下面，自己也尽情地大笑起来。

这时于连怒不可遏地冲了过去。他一巴掌打掉了牧童头上的帽子，这顶奇大无比的帽子一直滚落到草地上；然后转过身来面对他的丈人，声音气得发抖地叽咕说："照我看，您没有发笑的资格。如果您不坐吃山空，浪费财产，我们还不会弄到这步田地呢。

家道衰落，这应该怪谁？"

欢笑完全冻结了，鸦雀无声，谁也不再说一句话。约娜这时几乎要哭出来了，她一声不响地上了车子，坐在她母亲身旁。男爵也惊得怔住了，默默无言，面对母女俩坐下，于连先把那个打肿了脸、流着眼泪的孩子举到车子前头的座位上，然后自己坐在他的身旁。

路上走得很久，气氛令人愁闷。车里的人谁都不说话。三个人都心情黯淡，很不自在，谁也不愿意提自己的心事。他们都感觉到只要这痛苦的思虑还纠缠在心头，就无法谈别的事情，与其触到这个令人难堪的话题，倒不如保持忧闷的沉默。

两匹步调不同的马，拖着车子擦过许多农庄的院落，几只黑母鸡吓得急忙跑开，钻进篱笆缝里躲藏起来，偶尔有一条狼狗吠叫着跟在车子后面奔跑，然后又回到它的窝里，竖直了毛，回转头来，再对着车子吠叫。一个少年穿着泥泞的木靴，无精打采地拖着两条长腿，双手插在口袋里，蓝布罩衫在背上被风吹得鼓鼓的，懒散地走着，看到车子过来时，站在一旁，笨手笨脚地摘下他的鸭舌帽，露出贴在脑门上的光滑的头发。

每座农庄之间，都留有一片空旷的平地，一处接着一处，远远地伸展开去。

最后他们进入和大路连接着的一条宽阔的大道，道旁都种上了松树。车子在泥泞而深陷的车辙上东倒西歪，把男爵夫人震得叫喊起来。大道尽头，是一道关着的白栅栏门；马里于斯跳下车去把门推开，车子便进到一条环抱着一大片草地的便道上，最终在一所高大而阴森的邸宅前停了下来，邸宅的百叶窗都紧闭着。

正中的大门忽然开了，里面出来了一个上了年纪的老仆人。他穿了一件黑条纹的红披肩，外面系着一条工作时穿的白围裙；他侧着身子迈着小步从台阶的右侧走了下来。他问过了客人的姓名，便把他们引到一间宽大的客厅里，很费力地去打开那些一直关着的百叶窗。客厅的家具上都罩了套子，座钟和高脚烛台上蒙着白纱布，一种发霉的气息，一种陈腐、冰冷和潮湿的气息一直渗入到客人的皮肤、心脏和肺腑里，叫人感到十分忧闷。

大家都坐下来，等待着。他们可以听见楼上走廊里传来的慌慌张张的脚步声。被惊动了的庄园主人正在急忙打扮起来。那是需要费很长时间的。唤人的铃声响了好几次。下楼来上楼去的脚步声都很紧张。

男爵夫人经不起刺骨的寒冷，接连打着喷嚏。于连来回地踱着步，约娜垂头丧气地坐在她母亲身边。男爵低着头，背靠在壁炉的大理石台上。

终于，客厅中一扇高大的门被推开，勃利瑟维勒子爵夫妇进来了。两个人都瘦小利落，看不出多大年纪，装腔作势，显得很不自然。太太穿着一件花丝袍，头上戴着一顶结丝带的小帽，嗓音尖酸，说话很快。

丈夫穿了一身绷得很紧的华贵的礼服，向客人答礼时膝有点屈。他的鼻子、眼睛、长长的牙齿、打过蜡似的头发、华贵的礼服，像受人们细心保护的东西一样，都闪闪地发出光亮。

经过见面时的客套和寒暄之后，大家都找不到什么话可说了。于是东一句，西一句，凭空地互相恭维了一番。双方都表示，希望这种亲密的来往能保持下去。因为常年住在乡间，大家互相见见面，是最好不过的事情。

客厅里冰冷的空气刺人骨髓，连说话时嗓子都发哑了。男爵夫人既咳嗽，又打喷嚏。于是男爵表示要告辞了，勃利瑟维勒子爵夫妇却竭力挽留："怎么？那么急吗？何不再多坐一会儿呢。"尽管于连作着手势，认为拜访的时间过短了，但约娜已经站起身来。

主人想要打铃唤仆人去叫马车开过来，但铃是坏了的。主人急忙亲自赶出去，回来时说马已经牵在马房里了。

大家只好等着。每个人都想找一两句话来说，于是就谈到多雨的冬天。约娜愁闷得直打寒噤，便问主人，两个人孤单单地成年做些什么。但是勃利瑟维勒夫妇为这个问题吃惊了——他们整天都很忙碌，他们经常要和散布在全法国境内的贵族亲戚们通通信，平日有那么多琐琐碎碎的事情要处理，夫妇间像陌生人一样保持着各种礼节，还要像煞有介事地商讨着无聊的芝麻般大的事情。

在这间无人来往的宽大的客厅里，头上是黑魆魆的高大的天花板，所有东西都罩上了布套。这一对那么娇小，那么洁净，那么讲规矩的夫妇，在约娜看来，正像是封在罐头中保存起来的贵族。

最后车子由两匹搭配得不相称的马拉着，终于来到窗前了，但是马里于斯不见了。他以为天黑以前不会有他的事情，一定是跑到附近闲溜去了。

于连气极了，叫人关照他自己走路回去，双方再三行礼告别，然后客人便上路回白杨山庄去了。

他们一上马车，约娜和她父亲尽管心里还没有忘掉于连先前那种粗暴的态度，却都笑了起来，模仿勃利瑟维勒夫妇谈话时的姿势和音调。男爵装丈夫，约娜扮演他的妻子，但是男爵夫人心里不乐意，觉得这有伤对贵族的尊敬，便说："你们不应该这样嘲笑人，他们都彬彬有礼，不愧是世家出身的人。"

为了不触犯男爵夫人，他们不作声了，可是过了一阵，父亲和约娜互相望着，禁不住又开起玩笑来了。男爵先是规规矩矩地一鞠躬，然后用庄重的腔调模仿说："夫人，你们那白杨山庄，整日面临海风，奇冷无比吧！"

于是约娜就模仿他妻子那种装模作样的神气，像鸭子洗澡一般，迅速地摆一摆脑袋，又娇又媚地说："噢！男爵先生，我可整年忙不过来呀！我们有这么多亲戚，都要给他们写信。勃利瑟维勒子爵万事不管，一切都堆在我身上。他呀，他光和贝勒神甫做研究工作。他们一起在写一本诺曼底的宗教史。"

男爵夫人又有点生气，又觉得好笑，一再劝导说："可不许这样讥笑我们自己阶级的人。"

但是马车忽然停住了，于连大声嚷着，在呼唤后面的一个什么人。约娜和男爵把头探向窗口，望见一个怪样子的东西，像是向他们飞滚过来。这正是马里于斯使出他全部脚力拼命在追赶车子——他的两条腿被号服飘着的下襟牵制着，眼睛在那顶不断下沉的帽子里，两只大袖子像磨坊风车的翼子似的挥舞着，他慌乱地踩过一个又一个的大水坑，不断被路上的石头绊倒，他蹦着跳着，满身沾上了污泥。

他刚赶上车子，于连就弯腰一把抓住他的衣领，把他提了起来放到身边，丢开缰绳，举起拳头，照准他的脑袋就打，打得那顶帽子一直罩到孩子的肩膀上，击鼓似的咚咚作响。孩子在帽子里嘶叫，挣扎着想要从车座上跳下去逃走，于连用一只手把他按住，另一只手还在打。

约娜害怕得说不出话来，频频地呼喊着："爸爸……啊！爸爸！"

男爵夫人也气愤极了，抓住她丈夫的胳膊说："雅克，快拦住他呀！"

男爵这时急忙放下前座的玻璃窗，伸手牵住他女婿的袖子，声音气得发抖，嚷着说："你把这孩子打得还不够吗？"

于连吃惊地回过头去，说："您不看见这畜生把号服糟蹋成什么样子了吗？"

男爵把头插到他们两个人中间，说道："这算什么！何必粗暴到这种地步。"

于连重新发起火来："请您不要管，好不好，这和您不相干！"说着他又动手要打，但是他丈人立刻把他的手抓住，往下直拉——

用力过猛，使那只手撞到座位的木板上，他厉声喝道："您再打，我就下车，我有办法阻止您！"这时子爵才突然平静下来，耸了耸肩，没有答话，在马背上抽了几鞭后，两匹马拉动车子奔跑起来了。

两个女人，脸色发青，一动也不动地坐在那里，人们可以清楚地听到男爵夫人胸口突突跳动着的声音。

晚餐时于连反显得比平时更可亲些，好像并没有发生过任何事情一样。约娜和她父母本着那种息事宁人的厚道，很快就把过去的事忘了，他们看见他这么和悦，也就带着病后恢复健康时的那种舒坦心情，跟着他高兴起来。约娜又谈起勃利瑟维勒夫妇来，于连一同打趣，但他很快便补充说："到底他们是很有气派的。"

他们不再去拜访其他邻居了，因为大家都害怕又引发出马里于斯的问题来。他们决定在新年时发个贺年片，等到明年春暖时节再去访问。

圣诞节到了。他们请了神甫和镇长夫妇一同晚餐，新年时又邀请了他们一次。这是他们日复一日的单调生活中唯一的调剂了。

男爵老夫妇预定一月九日离开白杨山庄。约娜想要留他们，但是于连没有表示挽留，男爵看到女婿的态度愈来愈冷淡，便派人到卢昂去雇了一辆长途马车来。

别离前夕，虽然地上结了冰，但夜色很明净；行李收拾好了，约娜和她父亲决意到意波尔去走一趟，因为从科西嘉旅行回来之后，他们再没有到那里去过。

他们穿过那个树林子，这正是她在结婚那一天和那个已成为自己终身伴侣的人散步过的树林子，那时她心中只有他。就在那个树林里，她接受了他第一次的爱抚，她第一次从爱情中感到浑身的战栗；至于肉欲的爱，那时她还只是有一种预感，这是直到她在荒僻的奥塔山谷里，在泉水旁嘴对着嘴吸水时，才真正体味到的。

如今树叶落尽了，蔓草不见了，只有枝柯在冬天的树林里发出干枯的声响。

他们走到那个小镇上。街道上静寂无声，不见一个人影，只留下海水、海藻和鱼的气息。棕色的大渔网依旧晾在那里，有的挂在门前，有的铺在沙滩上。灰色而寒冷的大海，载着永远起伏动荡的泡沫，正在开始退潮。费康那边，悬崖脚下灰绿色的岩石已经露出海面。斜躺在海滩一带的大渔船，看上去就像一条条死了的大鱼。夜降临了，渔夫们穿着水手的大靴子，迈着沉重的步子结队而来，脖子上裹着毛围巾，一手提着酒瓶，一手提着船上用的风灯。他们在斜躺着的渔船四周转来转去，转了很久，以诺曼底人固有的从容不迫的姿态，把渔网、浮标、一大块面包、一罐黄油、一只酒杯和一瓶烈酒一一放到船上。然后把船摆正了，向水里推去，船在沙滩上摩擦着，发出切切咔咔的响声；随后冲开泡沫，漂到水浪上，摇晃了一会儿，张开棕色的帆翼，带着桅杆顶上的小灯光，在黑夜中消失了。

渔人们的妻子，个儿高大，在单薄的连衣裙下，可以看出她们拥有结实的骨骼。她们守在海边，一直等到最后一个渔夫上了船，才回到静寂沉睡的小镇去。她们尖锐响亮的声音惊动了黑夜中街巷的睡梦。

男爵和约娜一动也不动，默默地看着渔人们在黑暗中消失，他们为饥饿所迫，夜夜都要这样去冒生命的危险，然而他们还是那么贫困，嘴里从来吃不上肉。

男爵面对大海，感慨起来，他低声说："真是既叫人害怕又吸引人。看这片大海，黑夜渐渐地降下来，多少人的生命正在受着威胁，但它又是多么壮丽啊！小约娜，你说对不对？"

她冷淡地微笑说："远比不上地中海。"

但是她父亲不服气地说："地中海！那就像油和糖水，或是洗衣桶中发青的漂白水。你看看这个海，翻腾着汹涌的泡沫，多可怕呀！再想想那些出发的人们，现在都已无影无踪了。"

约娜叹了一口气，表示同意："是的，如果你爱这么说。"

但是地中海这个名字一到了她口边，不免又刺痛了她的心，把她的种种思想吸引到寄托着她的梦想的遥远的国土去了。

父女俩不再从树林回去，他们走大路，慢步顺着山坡走去。他们都不说话，眼看就要分离，心头感到悲伤。

父女俩走到农家的沟渠边时，一阵阵捣碎了的苹果气味扑面而来，在这个季节，在所有诺曼底的乡村里，都散发出这种新鲜的苹果酒的香味。偶尔还从牛栏里吹来一股浓烈的气味，这是牛粪里发出来的一种好闻的热乎乎的气息。从小小的窗口，透出一线灯光，说明院子的尽头住着一户人家。

约娜觉得自己的心灵扩大起来，并能洞察目力所不及的事物。分散在原野上的点点灯光，猛然使她强烈地感觉到一切生命的孤独，他们被分散、被隔绝，远远离开自己所心爱的一切。

她感到无可奈何地说："人生，可并不总是快乐的。"

男爵叹息说："孩子呀，这有什么办法呢，我们谁也无能为力。"

第二天，当男爵夫妇离开后，白杨山庄只剩下约娜和于连了。

第七章

纸牌成了这一对小夫妻生活中的消遣品了。每天午餐后，于连总和他妻子玩上几盘纸牌，这时他一面吸着烟斗，一面慢慢地喝着白兰地酒，他渐渐已能喝到六杯或八杯之多。之后，她上楼回到自己的卧室去，在窗口坐下，尽管风雨吹打着玻璃窗，她却把全副精神用在刺绣裙子上用的一道花边。有时疲倦了，她便抬起头来，静看远处阴沉的、白浪翻腾的大海。这样茫然眺望了几分钟之后，她又回头做她的活计。

此外她也没有任何其他事情可做了，因为全部家务的管理已由于连一手包揽，这样就充分满足了他做主人的威风和处处节约的愿望。他吝啬到了极点，对下人从来不赏一点酒钱，伙食减缩到最低限度；约娜自从回到白杨山庄以来，每天早晨总要叫面包店送来一个诺曼底式的小蛋糕，于连把这笔开支也取消了，限定她吃普通的烤面包。

她一句话也不讲，为了避免解释、辩论和争执，但是每当她丈夫表现出一种新的吝啬作风时，她心中就像针刺般感到痛苦。她觉得那是卑鄙可耻的，因为她生长的家庭，从来没有拿钱当过一回事。她经常听到她母亲说："钱本来就是为人花的。"如今于连却一再说："难道你不能改掉乱花钱的习惯吗？"每次他在工资或是账单上克扣掉几个小钱的时候，他便沾沾自喜地把钱放进自己的口袋里说:"积少就能成多呀。"

有些天约娜又沉入幻想中了。她轻轻地放下活计,双手无力,目光茫然,重温起她做女孩子时的美梦来,迷失在动人的浪漫冒险的境界中,但是于连在那里吩咐西蒙老爹的声音,猛然打断了她甜蜜的梦境,这时她重新拿起她孜孜不倦在进行的活计,自言自语说:"完了,一切都成过去了!"一滴泪珠落到她正在穿针的手指上。

萝莎丽以前是很快活的,经常歌唱,但是近来也变了样子。她那圆鼓鼓的腮帮子失掉了红润,几乎凹成两个坑,有时看上去带着土青色。

约娜常常问她:"孩子,你病了吗?"小使女总回答说:"没有,太太。"她脸上会微微泛起红潮,然后急忙退出去了。

她不像以前一样爱跑爱跳,现在连迈步也很吃力了,而且不再注意打扮。那些小贩把丝带、胸衣和各种香水放在她面前时,她却什么也不买了。

这所大邸宅现在显得非常空洞,完全是一副阴森的气象,雨水在墙上留下了一道一道灰色的痕迹。

到了正月底,天下雪了。从远处阴暗的海面上,可以看到从北方飘来的朵朵乌云,团团的雪花开始下降了。一夜之间,整个原野都被掩埋,到清早树木都像是穿上了冰雪的冬装。

于连脚上穿了长靴子,一身破旧的打扮,走到灌木林里,躲在面对荒野的壕沟后面,窥伺着迁徙的候鸟,消磨时光。不时一声枪响，震动了原野冰冻的沉寂，成群的乌鸦从大树上惊飞起来，绕空盘旋。

约娜闷得不堪，有时下楼来站到台阶上。从遥远地方传来的嘈杂的人声，在死一般沉寂的阴凄惨白的雪地上发出了回声。

随后她什么也听不见了，除了远方波浪的冲击声和不停地下降的雪花的沙沙声。

轻松而稠密的飞絮无止无休地下降，地面的积雪愈来愈厚。

就在这样一个阴沉的早晨，约娜呆坐在卧室里，双脚伸在炉边取暖，这时萝莎丽正在慢慢地替她铺床，小使女的样子已经一天一天地起了变化。突然间约娜听见自己身后发出一声痛苦的叹息，她没有回过头去，便问道："你怎么啦？"

使女像平时一样地回答说："没有什么，太太。"

但是她的声音非常凄凉并且微弱得几乎听不见。

约娜心里已想着别的事情，忽然她发觉听不见小使女的动静了。她叫道："萝莎丽！"仍然没有一点动静。她心想也许她已悄悄地出去了，便更大声地叫她："萝莎丽！"她正要伸手去打铃，这时候，就在她身边发出一声深长的呻吟，她一阵寒战，立刻站了起来。

小使女脸色惨白，两眼发愣地坐在地上，伸着腿，背靠在床边。

约娜冲上去问她："你怎么啦？你怎么啦？"

萝莎丽一言不发，一动也不动，她的目光呆呆地盯着女主人。

她像是被一种无比的痛苦折磨着，老是喘着气，然后突然挺直了全身，仰翻在地上，咬紧牙关，发出一声痛苦的叫唤。

这时她那裹在连衣裙里的、叉开着的双腿下，有什么东西在动了，并且从那里发出来一种异样的声音，波浪波动一般的声音，一种被扼住了脖子的窒闷的喘息；接着忽然是一种拖长的猫一般的叫声，一种脆弱而已感到痛苦的哀鸣，这是婴儿进入人世来第一声痛苦的叫唤。

约娜顿时明白了，她慌乱极了，赶忙跑到楼梯口，大声喊叫："于连！于连！"

他在楼下回答："干什么呀？"

她十分为难地说："是……是萝莎丽，她……"

于连两步并作一步地冲上了楼，冲进卧室，一下撩开小使女的连衣裙，发现一小团难看的起皱裥的血肉，浑身带着黏液，抽搐着，哀鸣着，在那赤裸的大腿中间蠕动。

他面色凶恶地站起身来，把那吓坏了的妻子推到门外，说道："你不必管，走吧！把吕迪芬和西蒙老爹叫到这里来。"

约娜浑身发抖，下楼到了厨房里。她不敢再上楼去，便走进那冰冷的客厅。自从她父母走了以后，客厅里就没有再生火，她在那里忧闷地等候消息。

不久她看见男仆跑着出去。五分钟之后，他带了当地的接生婆当蒂寡妇回来了。

之后楼梯上忙乱了一阵，像是在搬运一个受伤的人似的；最后于连进来告诉约娜，说她可以回到自己的卧室去了。

她发着抖，像是刚遇见了一桩惨剧似的。她重新在炉火边坐下，然后问道："她怎么样啦？"

于连怀着心事，焦躁不安，在屋子里踱来踱去；一阵怒火像是激动着他。起初他一字也不回答，过了几秒钟，他站住了，问道："你打算怎么处理这个女孩子呢？"

她没有听懂他的意思，眼睛望着她的丈夫，说道："怎么？你说什么？我不知道呀！"

突然他像激怒起来，大声嚷着说："我们总不能在家里收留一个私生子呀。"

约娜感觉很为难了。长时间的沉默以后，她建议说："不过，朋友，也许我们可以把孩子寄养出去吧？"

于连不等她说完，紧接着问："那么谁来付钱呢？当然又是你喽？"

她又思索了许久，想找出一个解决问题的办法，终于她说："当然这个孩子的父亲要负责任，而且只要他娶了萝莎丽，一切困难也都解决了。"

于连似乎再也不能忍耐了，怒气冲冲地说："孩子的父亲！孩子的父亲！……你知道孩子的父亲……是谁吗？你也不知道，是不是？那么怎么办呢？……"

约娜心中受了震动，语气也激昂起来："但他总不能就这样把这个女孩子扔了。那这个人就太卑鄙了！我们一定要探问出他的名字来，这个人，我们一定要把他找到，非叫他把事情说个明白不可。"

于连那股气平下去了，又开始踱来踱去："亲爱的，她不愿意说出那个男人的名字来；难道她对我不肯说对你就肯说吗？……而且，如果那男人不要她，又怎么办呢？……我们总不能在家里留下一个养了私生子的小姑娘和她的私生子，这你懂吗？"

约娜还是固执地说："那么，这个男人真是可恶到极点了；但是我们一定要弄清他究竟是什么人，到那时候，我们就去和他办交涉。"

于连面色涨得通红，怒气又上来了："但是……目前怎么办呢？"

她也拿不定主意，问道："那么，你主张怎么样呢？"

他马上说出他自己的主张："啊！我看这事情很简单。我赏给她一点钱，就让她和那孩子一起滚出去算了。"

约娜很气愤，反对说："这个，我怎么也不能答应。她是我的同奶姐妹，我们是一起长大的。她犯了错误，那是她活该，但是我决不能因此就把她赶出去，如果必要的话，归我来养这个孩子就是了。"

于是于连暴怒起来："那样我们就要有好名声了，我们这些人，还有我们的门第和我们所来往的人！别人会到处说我们包庇罪恶，收容贱货，以后有声望的人都不敢上我们的门了。你到底怎么想呢？我看你疯了！"

她还是非常镇静。

"我决不让人把萝莎丽赶出去，如果你不愿意把她留下，我母亲会要她的，迟早我们一定要把孩子父亲的姓名弄个清楚。"

于是于连砰的一声带上门，十分气愤地出去了，一面嚷着说："女人和她们的想法真是蠢！"

下午约娜上楼去看产妇。小使女由当蒂寡妇看护着，她睁大了眼睛，一动也不动地躺在床上，看护把初生的婴儿抱在怀里摇着。

萝莎丽一看见女主人就痛哭起来，用被蒙住脸，伤心得浑身颤抖。约娜想抱吻她，她盖住脸躲开了。看护过来把被揭开，使她露出脸来；这时她不再躲藏，但仍然低声哭泣着。

微弱的火在壁炉里燃烧，屋子里很冷，婴儿在啼哭。约娜不敢提到那个小东西，生怕又伤她的心，她握住使女的手，不由自主地反复说："不要紧，不要紧。"

可怜的小使女偷偷往看护那里望去，孩子一哭，她就心惊；她心头的悲伤还没有完全消除，时而迸裂出一两声抽搐的哽咽，她抑止住眼泪，吞回到嗓子里，发出咯咯的声响。

约娜又一次吻了吻她，小声在她耳边安慰她说："我们会很好照顾他的，你放心好了，好孩子。"

于是萝莎丽又哭泣起来，约娜便赶忙退出去了。

约娜每天都要去探望一次，而萝莎丽每次看到她的女主人时，便伤心地哭泣起来。

婴儿送到邻居家去寄养了。

于连很少和他妻子说话，自从约娜拒绝辞退使女以后，他好像一直对她怀着很大的愤怒。有一天，他又提起这个问题来，约娜便从口袋里掏出男爵夫人的一封信，信中告诉他们说，如果白杨山庄不留萝莎丽的话，可以立刻把她送到他们那里去。于连气极了，大叫说："你母亲和你一样的蠢。"

不过从此他也不再坚持了。

半个月以后，产妇已能起床，并又照常工作了。

一天早晨，约娜叫她坐下，她握住她的双手，眼睁睁地盯着她，说道："孩子，把一切都告诉我吧！"

萝莎丽哆嗦起来，支吾说："讲什么呢，太太？"

"那孩子究竟是什么人生的？"

小使女满脸露出痛苦而绝望的神色，她慌张地想把手挣脱出来，遮住面孔。

但是约娜仍然抱吻了她，安慰她说："这是一桩不幸的事情，但是有什么办法呢，孩子？你一时软弱了，不过这也是很多人都免不了的。如果那孩子的父亲娶了你，以后也就没有人谈论了；我们可以雇用他，让他在这里和你一起工作。"

萝莎丽像是受了酷刑似的呻吟着，时时挣扎着想要脱身逃走。

约娜接着又说："我很了解你心里感到的羞愧，但是你看我并没有生气，我耐心地和你谈。我之所以向你追问那个男人的名字，是为了你好，因为看你悲伤的样子，我想是他抛弃了你，不过我不能容许他这样做。于连会把他找来，我们可以迫使他和你结婚；我们要把你们两个人都留在这里工作，我们一定要他使你幸福。"

这时萝莎丽猛一挣扎，把手从她女主人手里摆脱出来，她像疯了一般地逃走了。

晚餐时，约娜对于连说："我劝说了萝莎丽，叫她把那个引诱她的男人的名字告诉我，结果她不肯说。你也从你那方面试一试，我们总要做到叫那个可恨的家伙娶她。"

于连立刻生气了："唉！你知道，这件事情我早听厌了。你舍不得这个使女，你就留下她好了，但是再也别拿她的事情来给我添麻烦。"

自从萝莎丽分娩以来，他的脾气比过去更坏了。他已养成一种习惯，每和他妻子说话，就要大嚷一通，仿佛他怒不可遏。她却相反，总是小声地说话，采取温和的、商量的态度，避免争执起来。不过到了夜间，她常常躺在床上，独自流泪。

自从他们旅行回来之后，于连很少和他妻子同床，现在他尽管经常发脾气，夫妇之爱却恢复了，难得有相隔三夜他不到妻子的卧室去的。

不久萝莎丽完全恢复健康了，她也不再那样伤心，不过她仍然很惊慌，一种不知名的恐惧始终追逐着她。

有两次当约娜又想追问她时，她都逃开了。

于连忽然也变得更可亲了，年轻的妻子开始展望未来，又有点乐观起来。她的心情比以前快乐了，只是偶尔生理上出现某种不舒服的感觉，不过她从来也不谈起。冰雪还没有解冻，五个星期以来，白天天空明净得像蓝色的水晶，夜间繁星闪烁，有如严寒季节中的满天冰霜，覆盖在纯洁、坚硬而闪光的雪地上。

农庄孤零零地被隔绝在四方的院子里，藏在缀满霜雪的大树后面，就像是穿上白色的睡衣睡熟了。再不见有人和牲畜从那里出来，只有茅屋的烟囱吐出缕缕炊烟，飘升到寒冷的天空中，显示出这里还隐藏着生命。

原野、篱垣和御风的榆树林全像被寒气杀害了。时而可以听到树木的折裂声，仿佛它们的肢体在树皮下碎裂了；偶尔一截粗大的树枝断下来落到地上，那是由于严寒冻结了树液，把纤维折断了。

约娜焦急地盼望着春暖的日子到来，以为她浑身的不舒适都是由于季节寒冷的缘故。

有时她一点东西也吃不下，看见任何食品都觉得恶心，有时脉搏跳动得非常剧烈，有时稍稍吃进一点东西就要呕吐，神经紧张得嗡嗡地响，使她不断地生活在一种难以忍受的兴奋状态中。

一天晚上，寒暑表上的温度降得更低了。餐后于连浑身哆嗦着，因为他要节省木柴，餐厅总是烧得不够热，他擦着双手取暖，一面低声地说："这样的晚上两个人睡在一起多好呢，小猫儿，你说对不对？"

他用他从前那种孩子气的笑声笑着，约娜伸出胳膊搂住他的脖子；但不巧那天晚上她身上感觉很不舒服，心里烦乱而又异样地紧张，她便嘴对嘴轻声地央求他，让她一个人睡。她向他解释了几句，说她很不舒服："亲爱的，我央求你，确实我很不舒服。明天一定能好些。"

他不坚持。

"随你高兴吧，亲爱的，既然病了，就应该好好休息。"

后来就谈别的事情了。

约娜早早地睡了。于连破例叫人在她睡的屋子里生起炉子来。等到他们通知他说"炉子生好了"，他在妻子的额上吻了一下，就出去了。

整所房子像是受着寒气的侵袭，连墙壁也轻轻地发出颤动的声音，约娜在床上冷得发抖。

她两次起来，在壁炉里添一些木柴，又把袍子短裙和旧衣服都找来压在被上。然而什么也不能叫她暖过来，她的脚冷得发木，从小腿直到臀部都发着抖，使她不停地翻来覆去安不下心，神经焦躁到极点了。

不久，牙齿格格作响，两手发抖，胸口紧压得难受；心怦怦地跳得很慢，有时简直像要停止跳动了，嗓子仿佛就要喘不上气来。

难以抵挡的寒冷一直透入她的骨髓，同时她精神上也产生了一种极度的恐怖。她从来没有过这种感觉，从来没有这样地受到过生命的威胁，简直就只剩下最后的一口气了。

她心里想："我活不下去了……我就要死了……"

受了恐怖的袭击，她跳下床来，打铃喊萝莎丽。等了一阵，又打铃，又等，身子冰冷地颤抖着。

小使女始终不见来。她一觉睡过去，一定是睡得死极了，怎么也叫不醒。约娜急了，不顾一切，光着脚跑到扶梯口。

她不声不响地摸上阁楼去，摸到了门，推了进去，叫唤："萝莎丽！"她再往前走，撞在床上，用手在床上摸了一下，发觉床上并没有人。床是空的，而且冰冷，不像有人在上边睡过。

她惊讶了，自语说："这是怎么回事！这样的天气，她竟然跑出去了！"

这时她的心突然跳动得很猛烈，使她喘不过气来，她的腿很软弱，她下楼来想去叫醒于连。

她以为自己一定快要死了，希望在没有失去知觉以前能见到他，便猛然闯进他的卧室去。

在炉子快要熄灭的火光下，她看见她丈夫的头和萝莎丽的头并排躺在枕头上。

她一声叫喊，两个人都坐了起来。这一发现使她惊傻了，约有一秒钟光景，她站在那里不能动弹。然后她逃跑了，逃到自己的卧室里，于连惊惶地叫着："约娜！"这使她引起了一种剧烈的恐怖——她怕看见他，怕听到他的声音，怕听他辩解和说谎，怕面对面地遇到他的目光，于是她又冲到扶梯口，冲下楼去。

这时她在黑暗中奔跑，她已顾不得会从梯级上滚下去，会在石头上跌断四肢。她一直向前冲去，急于要躲开一切，什么事都不想知道，什么人都不愿意看见。

当她下了楼，她坐在梯级上——两脚光着，身上只穿着一件睡衣，她出神地坐在那里。

于连已从床上跳下来，急忙穿上衣服。她听到他的声音，听到他的脚步声。她要躲开他，就立即站立起来了。这时他正在下楼，他叫喊着："听我说，约娜！"

不，她不愿意听，也不愿意让他的指尖触到她，她像逃避杀人犯一样闯进餐厅去。她在寻找一条出路，一个可以隐藏的地方，一个黑暗的角落，一种能够躲避他的办法。她蹲到餐桌底下去了，但是他已经把门推开了，手里拿着蜡烛，连声叫着"约娜"，她像野兔一般又冲了出去，蹿进厨房，像被围的野兽似的兜了两个圈子，看他还要追来，她就猛力打开那扇通向花园的门，直奔野外而去。

她赤裸的脚在雪地上有时深陷到膝盖，这种冰冷的感觉突然给了她在绝望中挣扎的力量。虽然全身几乎是光着的，她却并不觉得寒冷，她没有什么感觉了，内心的痛苦已使她的躯体麻木，她向前奔跑，脸色惨白得和地面的积雪一样。

她顺着林荫路，穿过灌木林，越过壕沟，在旷野中奔跑。

天上没有月亮，灿烂的群星像是撒在黑暗天空里的点点火种，原野上积雪反射出一片黯淡的白光。一切都凝冻成无声无息，大地笼罩在无垠的静寂中。

约娜屏住呼吸，飞快地往前跑，她脑海中什么也不知道，心里什么也不想。突然她发现自己已经走到悬崖的边缘。她本能地急忙站住，在雪地上蹲了下来，什么也不想，失去了意志和力量。

在她面前是阴暗的深渊，沉默的、望不见的大海从那里散发出潮退时海藻上的咸水气息。

许久她呆在那里，精神和肉体都已麻木了，然后突然她开始发抖，颤抖得就像在风中摇摆的船帆。她的胳膊、她的手和她的脚被一种不可抗拒的力量所震动，猛烈而急促地抖动起来，她的知觉突然清醒了。

往事的回忆一一出现在她的眼前——和于连在拉斯蒂克老爹小艇上的漫游，他们的谈心，她爱情的开端，那艘小艇的命名典礼；然后她回想得更远，一直想到她初返白杨山庄时那通宵的梦想和陶醉。而如今！啊！如今她的一生已经毁灭了，一切的欢乐已成泡影，一切的期望都成为不可能了，展示在她眼前的，是漆黑的未来，充满着痛苦、欺骗和绝望。倒不如一死，一切也就立刻化为乌有了。

这时，远处有人在叫喊："在这里，这是她的脚印。赶快，赶快，快往这里来！"

这是正在寻找她的于连的声音。

啊！她不愿意再看见他。深渊就在她面前，她听到海波轻轻地冲击着岩石的声响。

她猛然站起来，决心要向空中跳去，她向生命作最后的告别，叫出了人们在临死时，年轻的士兵在战场上牺牲时最终的呼声："妈妈！"

母亲的形象突然在她心中出现了，她看见她在痛哭，她看见父亲跪在她血肉模糊的尸体面前，刹那间她感到了他们在绝望中的痛苦。

于是她软弱无力地倒在雪地里了。之后于连和西蒙老爹，还有提着灯跟在后面的马里于斯都过来了，她也就不再躲避了，他们握住她的胳膊往里拖，因为她的身子已经紧挨在悬崖边上了。

她听任他们摆布，因为她已一点不能动弹。她觉得他们把她抬走了，后来放到一张床上，用热手巾替她擦拭；这以后她一切都不记得了，她完全失去了知觉。

后来她做了一场噩梦——真是一场噩梦吗？她睡在自己的卧室里。天亮了，但是她起不来。什么缘故呢？她一点都不知道。她只听见地板上有微弱的声音，一种爪抓和轻轻擦过的声音，突然一只老鼠，一只灰色的小老鼠从她被上蹿过去。另一只跟着来了，接着又是第三只，它轻松活泼地跳动着，直向她的胸前奔来。约娜并不害怕，她想捉住它，她伸出手去，但是捉不到。

这时又有许多只老鼠——十只，二十只，几百只，几千只，都从四面八方钻出来。它们往床柱上爬，在挂毡上跑，后来满床都是老鼠了。不久它们就钻进被窝里，约娜觉得它们在她的皮肤上溜过，使她腿上感到痒痒，又在她整个身上跑上跑下。她看到它们从床脚边跑出来，钻进被里，扑向她的胸口，她挣扎着，伸手想要捉住一只，但总是扑一个空。

她被激怒了，想要逃走，她大声叫喊，但仿佛有人按住了她，不让她动，仿佛有人用粗壮的胳膊把她拖住了，叫她无能为力，但是她并看不见有人。

她已经失去了时间的观念。这种状态延续了很久很久。

然后她醒了，醒后又疲倦又疼痛，但心里很安静。她觉得浑身都很软弱。她睁开眼睛，看见她母亲坐在她的卧室里，此外还有一个她不认识的肥胖的男人，对这一切她都并不惊奇。

她有多大年纪了？她一点也不知道，她以为自己还是一个小女孩子。此外，过去的事情，她一点也不记得。

那个肥胖的男人说话了："瞧，她恢复知觉了。"

这时她母亲就哭了。

于是胖子又说："安静一些，男爵夫人，现在我可以向您担保了。不过不要和她讲话，什么也不必讲。让她睡吧！"

约娜觉得自己又迷迷糊糊地过了很久，每当她要想些什么事，她就昏昏沉沉地熟睡。她不去回想任何事情，像是暗暗地害怕在记忆中又会触到过去的种种。

有一次，她刚醒来，看见于连独自站在她身边。突然，就像那掩盖起她过去生活的幕布被揭开了，她想起了一切。

她内心感到万分的痛苦，于是她又想逃走。她推开被子，跳到地板上，她的双腿支持不住，跌倒了。

于连赶忙想去搀她，她尖声叫喊起来，不准他去碰她。她蜷曲着身子，在地上打滚。门开了，丽松姨妈和当蒂寡妇都跑来了，接着是男爵，最后是男爵夫人惊慌得上气不接下气地也赶来了。

他们把她放回到床上，她立刻故意把眼睛闭上，免得和他们说话，同时也可以静静地想一想。

她母亲和姨妈在她身边手忙脚乱地守护着她，争先恐后地问她："约娜，小约娜，我们现在说话，你听得见吗？"

她装作没有听见，什么也不回答，她很清楚地知道天快黑了，夜已来临。看护守在她的床边，时时给她点水喝。

她喝着水，却什么也不说，但她再也睡不着了。她竭力思索着那些记不起来的事情，好像她的记忆中有漏洞，有着整片的空白点，许多事情都没有留下痕迹。

经过长时间的努力之后，她才逐渐把事情的经过都想起来了。

她把全副精神都用到这上面去了。

既然她母亲、丽松姨妈和男爵都来了，那么她一定病得很厉害。但是于连呢？他说了些什么呢？她父亲都知道吗？还有萝莎丽呢？她在哪里呢？而且以后怎么办？怎么办？突然她想出了办法——像从前一样，和父母回到卢昂去吧。她就算成了寡妇，一切也不过如此而已。

于是她等待着，静听她周围的人们在讲些什么，她都听懂了，但不让旁人看出来。她庆幸自己又能理解事物了，她很耐心，知道需要用一点手段。

到了晚上，终于只留下她和男爵夫人两个人时，她低声叫道："小母亲！"

她自己的声音使她吃了一惊，仿佛和以前不一样了。男爵夫人握住她的双手："我的女儿！我亲爱的约娜！我的女儿，你认得我吗？"

"认得，小母亲，可是你不要再哭，我们有好多话要说。于连和你说过为什么我要逃到雪地里去吗？"

"是呀，我的宝贝，你当时高烧得厉害。"

"不是这样的，妈妈。发高烧是以后的事情，可他对你说过我是怎么发烧的吗？为什么我要逃走呢？"

"没有，我的宝贝。"

"那是因为我发现萝莎丽睡在他的床上。"

男爵夫人以为她又神志不清了，便安慰她："睡吧，小宝贝，安静一些，想法子睡吧。"

但是约娜固执地要说下去："现在我完全清醒了，小妈妈，我不像前几天那样语无伦次了。有一天夜里，我觉得我病了，我就去找于连。萝莎丽和他睡在一起。我伤心得失掉了理智，我就逃到雪地里，想从悬崖上跳下去。"

但是男爵夫人又重复说："是的，我的宝贝，你当时病得很重，病得很重。"

"事情不是这样的，妈妈，我发现萝莎丽睡在于连的床上，我不愿意再和他生活下去了。你把我带走吧，像从前一样，带我回到卢昂去。"

男爵夫人曾经受医生的嘱咐，绝不可违拂约娜的意思，便答应说："好的，我的宝贝。"

但是病人不耐烦起来："我知道你不相信我的话。把爸爸叫来吧，他一定会了解我的。"

男爵夫人很吃力地站起身来，扶着两根手杖，拖着脚步出去了。几分钟以后，男爵搀着她一同进来了。

老夫妇俩坐在床前，约娜立刻开口了。她把一切都说了——于连古怪的性格、他的冷酷、他的吝啬和他对妻子的不忠实。她说话很缓慢，声音很微弱，但叙述得清清楚楚。

她讲完之后，男爵看得很明白，她不是在说梦话。但是他不知道如何来考虑，如何解决，如何回答。

他十分慈爱地握着她的手，就像从前为要使她入睡，他给她讲故事时一样。

"亲爱的，听我说，我们做事要慎重，急躁不得。在我们没有决定出一个办法之前，对你丈夫，暂且迁就一些吧……你肯答应我吗？"

她絮声说："我同意，但是我病好之后，我决不能再留在这里了。"

接着她又低声说："现在萝莎丽在哪里呢？"

男爵回答说："你再也见不到她了。"

但是她还是追问："她在哪里呢？我要知道。"

这时男爵才承认她还没有离开白杨山庄，但是他肯定地说她就要离开了。

男爵从病人的屋子里出来，做父亲的心受了创伤，憋着一肚子气，便去找于连。他开门见山地对他说："先生，我来请您解释一下您对我女儿的行为。您和她的使女一起做了见不得人的事情，这对她是一种双重的侮辱。"

但于连说这是冤枉他的，他竭力否认，指着上帝发誓，而且他们有什么证据呢？约娜不是在说疯话吗？她不是刚得过脑膜炎吗？她刚生病时，有一天晚上，突然发狂了，她不是逃到雪地里去了吗？而正是在她发狂的时候，她几乎赤身裸体在屋子里乱跑，才胡说她看见她的使女睡在她丈夫的床上！

他大发脾气，他以提出诉讼来威胁，他表示愤慨极了。男爵倒被弄得糊涂起来，又向他道歉，又赔不是，真心地伸出手去请他原谅，于连却拒绝和他握手。

当约娜知道她丈夫说了些什么以后，她一点也不生气，只回答说："爸爸，他撒谎，但是我们最后一定有办法叫他承认的。"

整整两天，她一声不响，集中精神，独自在那里思考。

到了第三天早晨，她要见萝莎丽。男爵不许人叫那使女上楼来，说她已经离开了。约娜不答应，一再说："那么派人到她家里把她找来吧！"

当医生进来时，她已经非常激动了。他们把一切都对他讲了，好让他判断，但约娜突然哭起来了，神经紧张到了极点，几乎喊叫着说："我要见见萝莎丽，我要见她！"

这时医生握住她的手，低声向她说："镇静一些，太太，任何激动都会引起严重的后果，因为您已经怀孕了。"

她像挨了一下打，惊傻了，她立刻觉得自己身子里像有什么东西在动。她呆着不作声，甚至也不听别人在说什么，完全陷入了沉思。在她肚子里怀着孩子的这个新奇的观念，使她彻夜辗转不能入眠。想到这是于连的孩子，就使她心里难过和悲痛，害怕那孩子将来也会像他父亲，就又使她忧虑不安。天一亮，她就叫人把男爵请来。

"爸爸，我已经下了决心，我要把一切都弄个明白，尤其是在现在的情况下。你明白吗，我一定要这样做，你知道在我目前的情况下，阻止我是没有好处的。你听我说，你去把神甫先生请来。我需要他，免得萝莎丽撒谎；他一到，你就把使女叫上来，你和小母亲也都不要走开。最要紧的是先别让于连怀疑。"

一小时之后，神甫来了——他比以前更胖了，和男爵夫人一样，气喘得厉害。他坐在她旁边的一张圈椅里，肚子垂到两条张开的腿中间。他照例一面用他那条方格子的手绢擦着前额，一面用诙谐的口吻开始说："可不是，男爵夫人，我看我们是瘦不下去了，我说我们简直可以成双搭对了。"

说着把脸转向床上的病人："嗳！嗳！少夫人，我听人说，不久我们又要来一次新的洗礼了吧？啊！啊！啊！这一次可不是一只小船了。"接着又用庄重的语调补充说，"将来一定是个祖国的保卫者，"然后，又一动脑筋，说，"要不然就是一位贤妻良母，像您老夫人一样。"说时向男爵夫人弯了一弯腰。

卧室靠边的门开了。萝莎丽满脸泪水，惊慌万分地攀住门框子不肯进来，男爵在后面推着她。他已经不耐烦了，一使劲就把她推进了卧室。于是她用手遮着脸，站在那里啼哭。

约娜一看见她，就猛然坐了起来，脸色比被单还白，她的心在那贴身的薄衬衣下突突地狂跳着。她连话也说不出了，呼吸困难得喘不上气来。最终她开口了，由于情绪的激动，声音时断时续。

"我……我……没有必要……来盘问你。只看你……在我面前……这副惭愧的样子……也就够了。"

她喘不过气来，停了一阵，又接着说："但是我要知道一切，一切……一切。我把神甫先生请了来，就是要你说真话，你懂吧。"

萝莎丽一动也不动，在颤抖着的双手间，发出几乎像是号叫的哭声。

男爵恼火了，抓住萝莎丽的双臂，猛力拉开，把她按倒在地上，让她跪在床边："说吧……回答吧！"

她跪在地上的姿势就像画像中的玛格德莱娜①一样。她的软帽歪在一边，围裙铺开在地板上，她又用双手把面孔掩盖起来了。

这时神甫对她说："孩子，问你什么，你就回答什么。我们不是要伤害你，而是要知道事情的经过。"

约娜偏着身子，歪在床边，眼睛望着她，问道："我撞见你们的时候，你正在于连的床上，这完全是事实吧？"

---

① 即《新约》中的抹大拉的玛丽亚，被耶稣所感化的一个妓女。

萝莎丽从指缝间哭泣说："是的，太太。"

男爵夫人这时也突然哽咽地哭泣起来，她那抽噎着的哭声和萝莎丽的交织在一起了。

约娜的目光死盯在使女身上，问道："这种事情已经有多久了呢？"

萝莎丽吞吞吐吐地说："自从他来了以后。"

约娜不懂了。

"自从他来了以后……那么……自从……自从春天起？"

"是的，太太。"

"自从他进了我们家以后？"

"是的，太太。"

约娜心里压着一连串的问题，这时都倒了出来："但事情是怎么发生的呢？他是怎么向你要求的呢？他是怎么把你弄到手的呢？他当时对你说了些什么呢？什么时候你就答应了呢？你怎么能把自己的身子给了他呢？"

这一次萝莎丽把手放了下来，她也激动得想要说话，想要回答问题："我怎么知道呢？就是那一天，他第一次到这里来晚餐，他进到我的屋子里来了。他先是藏在阁楼里。我不敢叫喊，怕让人笑话。他就和我睡了，当时我也不知道我在做什么，他爱怎么样就怎么样。我什么也没有说，因为我觉得他很可爱！……"

这时约娜尖叫一声，问道："那么……你……你的孩子……就是他的？……"

萝莎丽呜咽说："是的，太太。"

接着两人都沉默了。

只听得见萝莎丽和男爵夫人嘤嘤啜泣的声音。

约娜心里感到十分伤痛，眼眶里也挂满了眼泪，泪珠簌簌地滚落到颊上。

她的使女的孩子竟和她自己的孩子是同一个父亲生的！她的愤怒平息下去了。她沉浸在一种忧伤、消沉、深刻而无止境的绝望中。

她终于又开口了，但声音已完全变样，是一种嘶哑的、女人哭泣时含泪的声音："当我们回来时……从旅行回来时……他又是什么时候开始和你在一起的呢？"

小使女已经完全伏倒在地上，讷讷说："第……第一天晚上他就来了。"

每一句话绞痛着约娜的心。原来第一夜，就在他们回到白杨山庄后的第一夜，他就抛开了她去找这个丫头了，所以他让她自己一个人睡！

她现在已经知道得够多了，她不想再听下去，她喊道："快走吧，快走吧！"

萝莎丽已经精疲力竭，不能动弹了，约娜便招呼她父亲说："带她走吧，拖她走吧。"

但是直到现在，神甫还没有说过一句话，他看这正该是由他来训诫一番的时候了。

"我的孩子，你做了坏事，做了很坏的事情，仁慈的天主不会轻易饶恕你的。想想地狱吧，今后你的行为再不改好，地狱就等着你哩！眼前你已经有了一个孩子，你应该重新做人了。男爵夫人免不了要给你一点照顾的，我们会替你找一个丈夫……"

他还会不断地说下去，但是男爵已抓住萝莎丽的肩膀，把她从地上拖了起来，一直拖到门口，然后把她当作一包东西似的扔到走廊里了。

男爵气得面色比他女儿的还苍白，神甫等他一回来，便接着说道：

"这有什么办法呢？这里的女孩子都是这个样子。这是可悲的事情，可是谁也想不出办法来，所以我们只好宽容一下这种人性的弱点。她们从来没有不先怀孕而后结婚的，夫人，从来没有的。"他又微笑着说："这几乎成了当地的风俗。"然后用愤慨的语调说："就连孩子们也跟大人学。去年我不就在坟地里碰到过两个孩子么，一男一女，还都是在教理问答班听讲的孩子呢！我通知了他们的父母！您说他们怎么回答我？'神甫先生，这有什么办法呢，这些脏事情，不是我们教他们的呀，我们也没有办法。'所以，男爵先生，您那使女的行为和其他的人是一样的……"

男爵气得发抖了，截断他的话说："她吗？我倒没有放在心上！叫我气愤的是于连，他这种做法是下流的，我要把我的女儿带走。"

他踱来踱去，愈来愈激动了，气愤地说："这样欺负我的女儿，太无耻了，太无耻了！这个人，是个流氓，是个坏坯子，是个下流的东西；我要当面说给他听，我要给他几个耳光，我要用我的手杖打死他！"

神甫坐在满脸是泪的男爵夫人身旁，从容地吸着鼻烟，正在想怎样能做到息事宁人，于是他接着说：

"男爵先生，听我说句自家人的话，他也不过和大家所做的一样。忠实的丈夫，您倒认识多少呢？"他又狡猾地用半开玩笑的态度说，"您看，我敢打赌，您自己年轻时也胡闹过。我说，问问您的良心，这话对不对？"

男爵一愣，面对神甫站住了。神甫又说："对吧，您也和别人一样。谁知道您就没有调戏过这样的小丫头呢。我对您说，人人都有过这种事情的。您夫人却也并没有因此少得到幸福和爱情，您说对吧？"

男爵被弄得不知所措，站着不动了。

的确，这话是真的，他也同样有过这类事情，而且绝不止一次，问题就看有没有机会；他也并没有尊重过夫妻之间的家庭生活，只要太太的使女长得漂亮，他也就毫无顾忌了！难道因此他就是个下流东西吗？既然觉得自己这样的行为不算一回事，为什么对于连就要这样苛刻呢？

泪痕未干的男爵夫人，一想到她丈夫年轻时的风流行为，唇角上不禁现出了微笑，因为她属于多愁善感的那一类好心肠的人，在她看来，爱情的浪漫行为原是人生的一部分。

疲乏不堪的约娜，垂着双臂，直挺挺地仰卧着，茫然地睁大了眼睛，落在悲痛的沉思中。萝莎丽的那一句话，有如锥子刺进了她的心坎，最使她伤痛："我呢，我什么都没有说，因为我觉得他很可爱。"

她也觉得他很可爱，正是为了这一点，她才嫁给他，和他结成终身夫妻，终于放弃了任何其他的希望，放弃了原先的种种打算，放弃了日后可能的良缘。她所以掉进这个婚姻的圈套里，掉进这个再也爬不出来的陷阱里，掉进这种不幸、悲伤和绝望的境地里，也和萝莎丽一样，因为她当时觉得他很可爱！

门被猛然地推开了。于连气势汹汹地走了进来。他瞥见萝莎丽在楼梯上啜泣，就知道有人在设圈套，使女一定已经把事情讲了出来，所以他要来知道个究竟。一进门看见神甫在那里，他就突然站住不动了。

他用微颤而又镇静的语调问道："什么事情呀？怎么啦？"

刚才还是那么激愤的男爵，这时却一点也不敢作声了。他害怕神甫的论断，也怕女婿反过来引用他的例子。男爵夫人又泪如泉涌了，但是约娜用手支起身子，喘着气，望着这个那样狠心地带给她痛苦的人，断断续续地说道：

"事情就是我们什么都知道了，你所做的那一切不要脸的事……自从……自从你到这里来的那一天起……事情就是……那个使女的孩子是你生的，正像……正像……我的那个……他们倒是兄弟了……"

她一想到这儿，伤心到极点了，倒在被窝里，放声痛哭起来。

他愕然站在那里，不知道该说什么，该做什么。神甫又来解围了。

"好了，好了，我们不用伤心到这种地步，少夫人，理智一些吧！"

他站起身来，走到床前，把他温暖的手放到伤心绝望的少妇的前额上。这种简单的接触产生了意外的效果，她立刻安静下来并且感觉疲倦了，仿佛这个乡下神甫的粗手，经常替人赎罪，给人以希望和慰藉，凭它这一抚摸，给她带来了不可思议的和平心境。

神甫一直站在那里，接着又说："少夫人，我们应该经常地宽恕人。您看，厄运落到了您头上，但是仁慈的天主用最大的幸福来报偿您了，因为您就要做母亲了，这孩子将来就是您的安慰。现在我以他的名义恳求您，恳求您原谅于连先生的过错吧。这孩子将成为您两位之间的新的结合，也是以后他对您忠实的保证。您身子里怀着他的孩子，难道您和他能老是两条心吗？"

她答不出话来，她的心碎了。她感觉又伤心又疲乏，连愤慨和怨恨的力气都没有了。她觉得自己的神经已经松懈了，一一地被割裂了，她已只剩下最后的一口气了。

男爵最不习惯对人记恨，他也最缺乏一种持久的意志力，这时轻声地说："算了吧，约娜。"

于是神甫握住年轻人的手，拉他到床边，把他的手放到他妻子的手里。他在他俩手上轻轻地一拍，像是从此就把他们永久地结合在一起了，然后收起他作为神甫的说教的口吻，满意地说："好了，事情就这样办妥了。相信我，这样做是最好的。"

两只手，合拢了一会儿，很快又分开了。于连不敢亲他妻子，在他岳母的额上吻了一下，转过身去，挽住男爵的胳膊。男爵看到事情这样解决了，心里已经很满足了，其他也就算了，他们两人就一同到外面吸雪茄烟去了。

神甫和男爵夫人还在那里低声商谈，这时约娜已精疲力竭，已快睡熟了。

神甫进一步解释并发表自己的看法，男爵夫人点头同意。最后，作为结束，他说："那么，事情就这样说定了——您把巴维勒的农庄给这个丫头，我来负责替她找一个丈夫，找一个稳重的规规矩矩的小伙子。啊！凭两万法郎的财产，就不怕没有人找上门来。我们会感到为难的，主要是挑选谁的问题。"

男爵夫人满意了，脸上也有了笑容，只是泪痕虽然已干，面颊上还挂着两颗泪珠。

她再三叮嘱说："事情就这样说定了。巴维勒这份产业，少说也值两万法郎，但要写明产业是属于孩子的——他父母在世的时候，他们只能有使用权。"

神甫站起身来，和男爵夫人握手告辞："您千万不要送，男爵夫人，千万不要送，我知道对您我来说，走一步路是多么费力啊！"

他出去时正好遇见丽松姨妈，她是来看望病人的。她什么也没有察觉，和平时一样，别人什么也不和她讲，而她也就什么都不知道。

第八章

萝莎丽已经离开白杨山庄，约娜进入了痛苦的怀孕时期。她丝毫没有因为要做母亲而心里感到快乐，数不尽的忧伤压在她的身上。她毫无兴致地等待着孩子的降临，内心沉重地怀着不可知的灾难的预感。

春天悄悄地来到了人间。赤裸裸的树木还在阵阵的寒风中颤抖，沟渠里，秋天的败叶正在腐烂；但那里，黄色的莲馨花已在潮湿的草丛中开始探出头来。在整个原野上，在农庄的院子里，在渗透了水分的耕地里，到处可以闻到一种潮湿的、发酵似的气息。无数嫩绿的幼芽从褐色的泥土里钻出来，在阳光下闪闪发亮。

一个生得十分魁梧的胖使女接替了萝莎丽，她搀扶男爵夫人在那条白杨路上单调地来回散步，那一条特别沉重的腿，不断在路上留下湿润而泥泞的印迹。

男爵把胳膊伸给约娜挽着，她现在身体已一天天笨重起来，而且总不是很舒服；丽松姨妈在另一边扶着她，她为约娜即将到来的大事十分担心，并对这项她自己无缘体会的神秘感到忧虑。

他们就这样一起走着，几个钟头也不说话，这时于连却骑着马在乡间驰骋，他这种新的爱好是突然产生的。

再没有什么来惊动他们沉闷的生活。男爵夫妇和女婿曾到福尔维勒家去拜访过一次，于连倒像是已经和他们很熟悉，只是谁也不了解其中的经过。和勃利瑟维勒家又互相作了一次礼节上应有的拜访，这对夫妇总是隐居在他们死气沉沉的邸宅里。

一天下午，四点光景，一男一女骑着马跑进了白杨山庄的前院；于连大为兴奋，跑到约娜的卧室里。

"赶快，赶快下楼去。福尔维勒夫妇来啦。他们知道你的身体情况，作为邻居顺便来看看你。你就说我出门了，就要回来的。我去换一下衣服。"

约娜觉得很惊异，走下楼来。一个面色苍白的、漂亮的年轻妇人，不慌不忙地替她丈夫作了介绍。她的面容带有病态，双眼闪闪发光，金色的头发枯黄得像是从来没有见过太阳；男的像个巨人，那种满脸长着大红胡子的怪物。之后她又说："我们已和德·拉马尔先生会面过好几次了。我们从他那里知道您身体很不舒服，我们不想再耽误时间，就作为邻居，毫不拘礼节地来看望您了。您看，我们骑着马就来了。前几天，承蒙令尊和令堂光临舍间，我们感到十分荣幸。"

她说话自然、亲切而又文雅。约娜受她迷惑了，立刻觉得她很可爱。她想："这真够一个朋友。"

福尔维勒伯爵恰巧相反，就像跑进了客厅的一只大熊。他坐下后，把帽子搁到身旁的椅子上，迟疑了一阵，不知道把手搁在哪里——先放在膝头上，然后又放到圈椅的靠手上，最后把指头交叉起来，仿佛在做祷告。

这时于连忽然进来了。约娜吃了一惊，简直不认得他了。他刮了脸，就像他们订婚时期那样漂亮、整齐而诱人了。他一进来，伯爵仿佛也醒了。于连握了握伯爵毛茸茸的大手掌，吻了伯爵夫人的手，这时伯爵夫人象牙般的面颊上微微一红，眼皮一上一下地跳动。

他说话了。他又像从前一样和蔼可亲。那双大眼睛，像爱情的明镜，又显得非常动人；刚才还是黯淡而枯涩的头发，经过刷子和香膏的润饰，突然恢复了柔软而光亮的波纹。

当福尔维勒伯爵夫妇告别的时候，伯爵夫人转过身来对他说："亲爱的子爵，星期四我们骑马去散步好吗？"

他一面鞠躬一面低声说道："一定奉陪，夫人。"

这时伯爵夫人握住约娜的手，深情地微笑着，用温柔而恳切的音调说："啊！将来等您身体好了的时候，我们三个人一起骑马到乡下跑跑。那该多有意思呢！您愿意吗？"

她顺手撩起骑马服的长后襟，鸟儿般轻捷地跳上了马鞍。这时候，她丈夫笨拙地行完了礼，跨上他那匹诺曼底种的大马，四平八稳地安顿在马背上，就像神话中半人半马的怪物。

当他们转过木栅门不见了的时候，于连得意洋洋地叫道："这两口子多么讨人喜欢啊！交这种朋友将来对我们是大有好处的。"

约娜不知道为什么也很高兴，答道："伯爵夫人生得小巧玲珑，怪讨人喜欢的，我觉得我一定能和她合得来，但她丈夫真像是个老粗。你在哪里认识他们的呢？"

他快活地搓着双手："我是偶然在勃利瑟维勒家遇见他们的。

丈夫虽然显得有些粗鲁，这家伙真爱打猎，但不失为一个真正的贵族。"

这一天的晚餐吃得有说有笑，仿佛家里不知不觉中又有了新的幸福。

直到七月末，再没有发生什么新的事情。

一个星期二的晚上，他们都坐在那棵梧桐树下，围着一张木桌，桌上放着两只小酒杯和一瓶烧酒，约娜忽然叫喊了一声，手抱着肚子，脸色变得非常苍白。一下子她浑身感到一种急剧而尖锐的疼痛，但很快疼痛就过去了。

过了十分钟，又一阵疼痛上来了，虽然不及前一次厉害，但时间持续得更久。她费了很大的力气，几乎由她父亲和她丈夫抬着，才走回卧室去。从梧桐树到她卧室这一段短短的距离，在她看来遥远得走也走不完，她不由自主地呻吟着，肚子里那种难以忍受的沉重的感觉，使她不能不走几步，就得歇下来坐一阵。

她怀孕还没有足月，生产预计要在九月，但怕发生意外，就由西蒙老爹套上马车，飞奔着去接医生了。

半夜时，医生赶到了，他一看情况，就肯定是早产的征象。

约娜躺在床上，痛苦虽然稍稍缓和了，但心中感到一种难以忍受的恐惧，像是整个生命已绝望地瘫痪下去，自己已面临死亡的边缘了。生命中有时有这样的时刻，死神离我们那么近，从我们身边轻轻擦过，他的气息使我们的心都感到冰凉了。

满屋子都是人。男爵夫人倒在圈椅里，喘得透不过气来。男爵双手发抖，忙乱地张罗着，递送东西，和医生商量，脑子被弄得糊里糊涂了。于连踱来踱去，面色很紧张，心里却很平静；当蒂寡妇站在床脚边，不动声色——类似的场面她经历得多了，什么也不会使她感到惊慌的。看护、接生和守尸都是她的职业，她迎接那些新生的婴儿，第一声听到他们啼哭，第一次用水替他们洗干净新生的肌肤，第一次将他们包在襁褓里；她用同样安静的态度，听到垂死者最后的遗言、最后的喘息和最后的战栗，最后一次替他们打扮起来，用醋擦净他们衰亡了的躯体，裹进到尸衣里——面对生生死死的任何场面，她已养成了一种绝对冷静的态度。

厨娘吕迪芬和丽松姨妈一直悄悄地隐藏在靠近走廊的门口。

产妇时时发出微弱的呻吟。

两个小时过去了，可以肯定短时间内还不会有什么变化；但快到天亮的时候，疼痛又突然剧烈起来，而且很快就可怕地发作了。

约娜咬紧牙关，但痛叫声仍然不由自主地迸发出来。她不断地想起萝莎丽，想到她当时并不受什么痛苦，几乎哼也不哼一声，便毫不费力、毫不受折磨地把那个孩子——那个私生子，生下来了。

在她心灵的痛苦和纷乱中，她一再拿自己和萝莎丽来比较，她就诅咒起一向她都认为是公正的天主，她愤恨命运不可原宥的偏爱，愤恨那些宣扬正直和善良的人们口中的罪恶的谎言。

有时阵痛来得那么剧烈，她脑子里任何想法都没有了。力量、生命、知觉，一切都用来抵御痛苦了。

在几分钟平息的时间里，她的眼睛就盯在于连身上，这时便有

另一种痛苦，一种心灵的痛苦吞噬着她。她想到那一天，她的使女就是倒在这同一张床的床脚边，双股间夹着那个孩子，而那孩子却正是如今使她痛裂脏腑地翻腾着的这个小生命的兄弟。她十分清楚地记得她丈夫那天在那个躺在地上的使女面前的动作、目光和言语；而现在他的一举一动上，还是反映了他的思想，她可以看出他对她也和对萝莎丽一样，表现的是同一种苦恼，同一种冷淡——总之是一个自私自利的男人不愿做父亲的那种漠不关心。

这时一次可怕的抽搐又袭来了，这阵剧痛是那样残酷，她就想："我可要死了，要死了！"于是她心灵中充满了一种愤怒的反抗，一种诅咒的欲念，她对这个给她惹起这一切痛苦的男人，对这个正在残害她的不相识的婴儿，痛恨到了极点。

她挺着身子，使出生平最大的力气，要扔掉身上的这个包袱。她突然觉得她肚子里的一切都倒出来了，她身上的痛苦也平息了。

看护和医生都歪在她身上忙碌起来。他们取出了一件什么东西，马上一种她曾经听到过的憋闷着的声音使她颤抖了，接着是初生婴儿脆弱的呱呱的哭声钻进了她的灵魂、她的心脏和她那精疲力竭的可怜的全身，她下意识地动了一动，企图伸出手去。

展示在她眼前的是一幅新的幸福的图景，喜悦顿时在她的心头欢腾起来。仅仅一秒钟，她已经得救了，她轻松了，她从来没有像现在这样感到幸福过。她的心情和肉体都复活了，她觉得自己已经做了母亲！

她要看一看自己的孩子！孩子由于早产，还没有头发，也没有指甲；但当她看到这个幼小的软体动物蠕动着，张开小嘴呱呱啼哭，当她摸着这个带皱纹的、怪样子的、动弹着的不足月的孩子时，她沉醉在一种不可抗拒的喜悦中了。她知道自己得救了，不怕再受任何绝望的侵袭了。她的爱情有了寄托，其他一切都可以不顾了。

从此她只有一个念头——她的孩子。她立刻成了一个盲目地溺爱孩子的母亲，正因为她在爱情中受了骗，她的希望幻灭，她的母爱也就显得特别狂热。她一定要把摇篮昼夜搁在她自己的床边，后来当她能起床时，她就整天坐在窗口，轻轻地摇着婴儿的小床。

她妒忌孩子的奶妈。每当那个饥饿了的小生命张着手偎向那满布青筋的丰满的乳房，贪婪的小嘴吸住褐色起皱的乳头时，她面色发青，浑身颤抖地望着那个强壮安详的农妇，心里真想抢过她的儿子来，用指甲把他贪婪地在吮吸的乳房抓个稀烂。

为了打扮孩子，她要亲自替他绣精致复杂的衣饰。孩子满身都裹上了花边，头上戴着华丽的软帽。她一开口，就离不开这些，她不惜打断别人的谈话，为了叫人欣赏一块小毛毯，一个围嘴或是一条精制的丝带；她周围的人在说什么，她一律都听不见，她的全副精神都被几件小衣服吸引住了——拿在手上，转来转去，然后再举高一些，以便更仔细地端详一番，然后突然问道："你们看他穿上这个漂亮吗？"

男爵夫妇对这种狂热的母爱，一笑置之；但是于连因这个吵吵嚷嚷而势力高于一切的小暴君的来临搅乱了他的生活、削弱了他的威严、夺取了他在家庭中的地位，不自觉地对这小家伙怀着妒忌，他忍耐不住，一再愤怒地说："她和她这个小东西可要烦死人了！"

不久，她对孩子的疼爱到了可以整夜坐在摇篮边望着他睡觉的这种地步。这种狂热而病态的守护耗尽了她的精力——她一点也不休息，她逐渐衰弱和消瘦下去，她咳嗽了，医生只好吩咐把她和孩子隔离开。

她气哭了，她哀求，但是大家都不理会她。孩子每天晚上被放在奶妈身边了，母亲却夜夜起来，光着脚，把耳朵贴在房门的锁孔上，静听他是否睡得安稳——有没有醒，要不要什么东西。

有一次，于连在福尔维勒家晚餐，回来晚了，发现她正在那里窥伺孩子的动静。从此，为了使她能睡觉，他们便把她锁在卧室里。

八月底，他们给孩子举行了洗礼。男爵做了教父，丽松姨妈做了教母。孩子取名为皮埃尔·西蒙·保尔，平时就叫他保尔。

九月初丽松姨妈默默无声地离开了，反正她在与不在，都是无人注意的。

一天晚上，晚餐之后，神甫来了。他显得有些坐立不安，仿佛他身上带来了什么秘密一般。他不着边际地闲聊了一阵之后，要求和男爵夫妇单独谈几句话。

他们三个人出去了，漫步到白杨路的尽头，商谈得很起劲。这时留下于连一个人在约娜身边，他对这种秘密的举动，心里感到诧异、不安而又气愤。

神甫告辞时，于连要送他，他俩在晚祷的钟声中，一同往教堂的路上走去。

天气很凉爽，几乎已带寒意，一家人都又回到客厅里。他们都有点睡意了，这时于连突然回来了，面红耳赤，仿佛很气愤的样子。

他一到门口，顾不得约娜也在那里，便向他岳父和岳母喊道："老天爷，您两位可真发疯了，为这么个丫头，一扔就是两万法郎。"

他们都大吃一惊，谁也不答话。他怒吼着又说：

"做人不能愚蠢到这种地步，那么您两位连一个铜子儿也不给我们留啦！"

这时男爵恢复了镇静，想要阻止他："不许再说了！想一想您妻子就在您面前！"

但是他暴怒地跺脚说："我才管不了这许多呢，事实上，她知道得很清楚。这种盗窃就是叫她受损失啊！"

约娜弄得莫名其妙了，她望着他，讷讷地说："究竟是怎么一回事呀？"

这时于连向她转过身来，想要她也和他站在同一条战线上，因为这笔财产的意外的损失是牵涉到他们两个人的利益的。他立刻把嫁萝莎丽的秘密谈判，和赠送价值至少两万法郎的巴维勒农庄这回事情，都向她讲了。他一再不断地说："亲爱的，你爹娘疯了，实实在在地疯了！两万法郎！两万法郎！他们真的是昏了！把两万法郎送给一个私生子！"

约娜若无其事地听着，一点也不生气，她这种镇静使她自己也奇怪起来了，现在只要与她孩子无关的事情，她全不放在心上。

男爵气得喘不过气来，想不出用什么话来回答他。最后他实在忍不住了，跺着脚嚷道："想一想您说的是什么话，这简直太无理了。不能不给这个养了孩子的丫头一份嫁妆，这件事情该怪谁呢？孩子是谁生的呢？您现在倒想把他一扔就算啦？"

男爵激烈的态度使于连吃了一惊，他目不转睛地打量着他，然后用更平和的语气回答说："但是一千五百法郎也就足够了。这些女人，结婚之前，早就有过孩子。至于孩子是什么人的，谁也不会去追究。现在您给了她价值两万法郎的一个农庄，不仅让我们受了损失，反而使大家看穿了这是怎么回事，至少您也应该替我们的名声和地位想一想呀。"

他说话的语调很厉害，就像确信自己很有道理，讲得合乎逻辑一样。男爵被这番料想不到的论据弄得不知如何是好，反倒在他面前呆住了。于连这时觉得自己占了上风，便下结论说："幸而一切都还没有说定，我认识那个准备娶她的小伙子，他倒是一个顶好的人，和他一定什么都好商量。这事情由我来办吧。"

他马上就出去了，显然害怕再继续争论下去。他很高兴大家都没有作声，这就被他看作是默认了。

他刚一出去，男爵惊异和气愤得实在忍耐不住了，大声喊道："真是岂有此理！真是岂有此理！"

但是约娜望着父亲束手无策的脸色，竟哈哈大笑起来，这种爽朗的笑声，是她从前一遇到什么滑稽的事情才有的。

她反复说："爸爸，爸爸，你可听见他说'两万法郎'时的那股腔调吗？"

随时都能哭笑的男爵夫人，当她想起她女婿那副愤怒的脸色、他的怒吼，想起他坚决反对别人拿出一部分与他不相干的钱给那被他诱惑而失身的小使女时，约娜的这番打趣使她也开心起来。她仰头大笑，笑得眼泪也出来了，这时男爵也受到她们的感染，跟着笑了——这三个人，像在过去快乐的日子里一样，乐得连肚子都快笑痛了。

当他们稍许平静下来，约娜连自己都感到吃惊了："这真是怪事，这一切我早都不放在心上了。现在我已经把他看成是一个与我无关的人了，我都不能相信我还是他的妻子。你们看，他这种……他这种不要面子的行为都使我觉得好笑了。"

他们自己也不很知道为什么，竟激动得互相拥抱起来，一面还是快乐地笑着。

过了两天，午餐之后，正当于连骑马外出的时候，一个年纪在二十二岁到二十五岁的小伙子，鬼鬼祟祟地从木栅栏门外溜进来了。他身上穿着一件全新的、熨得笔挺的蓝布罩衫，鼓着宽大的袖管，袖口上扣着钮扣。他仿佛从早晨起就潜伏在门口，这时顺着库利亚尔家农庄的水沟，绕过邸宅，踌躇不前地向男爵和他的两位女眷走来。他们一家三口子当时正坐在那棵梧桐树下。

他一看见他们，便摘下头上的鸭舌帽，局促不安地一面鞠躬，一面朝前走。

当他走近到觉得他们可以听得见他说话的声音时，他便讷讷地说："小的向男爵先生和太太小姐问安。"

因为没有人答话，他又自我介绍说："我就是代西雷·勒科克……代西雷·勒科克就是我。"

这个名字一点也不说明问题，男爵便问道："你想干什么呢？"

小伙子到了必须说明来意的时候，心里就慌张起来。一双眼睛时而低下来看看手里拿着的鸭舌帽，时而抬起来望望邸宅的屋顶，嘴里支吾着说："就是神甫先生为那件事情向我提过两句……"

他又不响了，怕话说多了对自己不利。

男爵没有听懂，追问说："你说的是什么事情呀？我可不明白。"

这时对方下定了决心，终于放低声音说：

"就是您府里的使女……那个萝莎丽的事情……"

约娜心里已经猜到了，就站起来，抱着孩子走开了。男爵便说："你过来。"然后指着他女儿刚才坐过的那把椅子，叫他坐下。

那个庄稼人马上就坐下了，讷讷地说："您真是太好啦。"

他说了就等着，仿佛再没有别的话要说了。沉默了好大一阵子以后，他终于又下了决心，抬头望着青天，说道："在这个季节里，现在可真是好天气。不过地里已经下种了，就得不到什么好处啦！"说完他又不说话了。

男爵实在忍耐不住了，就干脆开门见山地问他说："那么，想娶萝莎丽的就是你了？"

小伙子立刻又不安起来，这种担心表现出了诺曼底人小心谨慎的特性。他怀了戒心，用比较兴奋的语调回答说："那得看情形了——也许是的，也许不是，那得看情形了。"

但是男爵听了这番叫人摸不着头脑的话，心里有些着恼了："真是见鬼！爽爽快快地回答吧——你是不是为这件事情来的？你到底想不想娶她？"

小伙子十分为难地把眼睛望着自己的脚，说道："倘若是照神甫先生所说的，我就娶她；倘若是照于连先生所说的，我就不娶她。"

"于连先生对你怎么说的呢？"

"于连先生说给我一千五百法郎，可是神甫先生说给我两万法郎；两万我就要，若是一千五百我就不要。"

这时身子瘫在圈椅里的男爵夫人，望着乡下佬这种焦急的表情，不禁咯咯地笑了。庄稼人不懂她笑什么，懊恼地从眼角边望了望她，就又等着了。

男爵对这番讨价还价，感到心烦，便直截了当地说道："我对神甫先生说过，把巴维勒的那个农庄给你，你活着时一辈子归你享用，将来就留给那个孩子。农庄值两万法郎。我说过的话就算数。这样说定了，行不行呢？"

小伙子满意了，谦恭地微笑起来，马上话也多得说不完了："啊！照这么说，我就答应。原先我心里不踏实，就是为的这个。神甫先生对我说的时候，我马上答应了。这还用说，当时我就这样想，男爵先生这样照顾，我也一定要让他老人家称心。话可不是这么说吗——利己利人，彼此帮忙，大家都得好处；可是后来于连先生出头了，他说只给一千五。我就想我要弄个明白，所以我自己来了。这并不是说，我不相信男爵先生，而是我想弄个明白。常言说，先小人后君子，男爵先生，您说这话不对吗……"

男爵觉得没有必要让他再说下去了，便打断他的话头问道："你打算什么时候结婚呢？"

这时小伙子又突然胆小起来，满脸为难的神气。他迟疑不决，最后才说："先写一个字据，行不行呢？"

这一次，男爵真生气了："你这个鬼东西！将来你不是有结婚证书吗？那不是最好的字据是什么？"

庄稼人还是很固执："暂时我们不妨先写个小纸条，那总没有坏处。"

男爵不愿意再谈下去，便站起身来，说道："你是愿意还是不愿意，回答一句话就行了，要快！你不愿意，你就说出来，还另有人等着呢。"

这个狡猾的诺曼底人听说另有对手，害怕得着急起来。他下定决心，像买下了一头牛似的伸出手来："这就说定了，男爵先生，拍吧！ ①反悔的不是人。"

男爵在他手上拍了之后，便喊道："吕迪芬！"

---

① 乡间习俗，双方在手心上互拍一下，以示一言为定。

厨娘从窗口探出头来。

"拿一瓶酒来！"他们互相碰杯，庆贺这件事情的圆满解决。小伙子走出去时，脚步显得轻松多了。

他们一点也没有把这件事情告诉于连。婚书是在极其秘密的情况下准备的，等到结婚公告在礼拜堂里张贴之后，婚礼就在一个星期一的早晨举行了。

一个女邻居抱着那个小娃娃到教堂来，站在新郎新娘的背后，作为财运的可靠保证。当地人谁也不以为奇，大家反倒羡慕代西雷·勒科克，都说他生下来运气就好。说这话时虽带着会心的微笑，但一点也没有恶意在内。

于连大吵了一场，男爵夫妇终于提前离开了白杨山庄。约娜看他们走了，并不感到过分的伤心，因为在她心中，保尔已经成了她取之不竭的幸福的泉源了。

第九章

约娜产后健康完全恢复了，他们夫妇就决定先到福尔维勒家去回拜，此外也要再去拜访库特利耶侯爵。

于连在拍卖场上买了一辆新车，一辆只用一匹马拉的四轮马车，这样他们每月就能出门两次了。

他们在十二月一个晴朗的日子里，驾起车子出发了。马车在穿越诺曼底平原的大路上跑了两小时之后，开始顺着一个小山谷的斜坡下山，山谷的两边树木成林，中间留作耕地。

走完播种了的耕地之后，紧接着的就是牧野，牧野后面便是芦苇丛生的沼地。在这季节里，高大的芦苇都已干枯，长长的芦叶在风中飕飕作响，有如黄色的飘带。

顺着山谷陡然转了一个弯后，便可以望见弗丽耶特庄园了。庄园的一边靠着树林密布的斜坡，另一边面临湖塘。邸宅的墙脚伸在湖中，湖的对面是沿着山谷另一斜坡上展开的高大的松林。

他们先越过一座古式的吊桥和一道路易十三时代式的大拱门，然后才进入邸宅的正院，邸宅精致的格局也是路易十三时代式——门窗都用火砖砌出了框边，邸宅四角各有用青石片盖顶的小塔楼。

于连十分熟悉地把这座建筑的各个部分解释给约娜听。他大加赞赏，尤其称道它的壮丽。

"你看那道拱门！这样一所住宅才真叫富丽堂皇，你说对不对？邸宅的那一边面对湖塘，一列皇家式的台阶一直通到湖边。四只小艇停泊在台阶底下，两只是伯爵的，两只是伯爵夫人的。靠右手，你可以看见那一带的白杨树林，那就是湖塘的尽头，从那里有一条小河，直通费康。这一带鸟兽多极了，伯爵就最爱在那里打猎。这才真正称得上是爵爷的府第。"

邸宅的正门开了，面容苍白的伯爵夫人笑盈盈地出来迎接客人。她身上穿的是一件曳地的长裾裙袍，如同中世纪庄园的女主

人一样。她正像那"湖上美人",生来就为住在这座爵府里的。

邸宅的客厅有八扇窗子,其中四窗面向湖塘和湖塘外山岗上一片苍郁的松林。

松林阴暗的色调使湖水显得幽深、寒冷和阴沉。风吹过时,松涛就像沼泽的叹息声。

伯爵夫人握住约娜的双手,好像她们从小就是朋友一般,然后她请约娜坐下,自己就坐在她身旁的一把矮椅子上。这时于连有说有笑,温柔而又和蔼,最近五个月以来,他已经完全恢复过去那种可爱的风度了。

伯爵夫人和于连谈论起他们骑马的事情来。她笑话他骑马的姿势,管他叫"坐不稳的骑士"。他也笑着,称她为"女儿国的骑士皇后"。这时窗外一声枪响,使约娜惊叫了一下。原来是伯爵打中了一只野鸭。

他的妻子立刻叫唤他。人们可以听见湖上的桨声和石阶前小艇傍岸时的撞击声,接着伯爵奇大的身材就出现了,他足蹬长靴,身后跟着两条湿淋淋的猎狗。猎狗的毛是棕红色的,正和伯爵头发的颜色一样,到门口时,狗就在门外的地毯上躺下了。

伯爵在自己的家里显得自然多了,他见了客人非常高兴。他叫人在壁炉里添了木柴,端来马代尔产的红葡萄酒和饼干,然后又突然叫道:"我说您两位留在这里晚餐吧,对,就这么办了。"

约娜心里丢不下孩子,竭力婉辞,伯爵十分坚持,约娜一定不肯。这时于连焦急地使了个眼色,约娜害怕他又发脾气,引起争吵，因此虽然要到第二天她才能看得见保尔，心里不免很难过，却也只好同意留下了。

下午过得很快乐。他们先去游览泉水。水从长满青苔的岩石脚下喷涌出来，落到一个清澈的水池里，翻腾不息，然后他们又坐了船，在干枯的芦苇丛中开辟出来的航路上穿行；伯爵荡着桨，两条狗分坐在他两旁，扬着鼻子在向空中闻嗅；每一桨下去，船身向前一冲，推进了一大步。约娜有时把手伸进水里去，一股清凉的感觉从她的指尖直奔到心头。于连和围着披肩的伯爵夫人坐在船尾，像那默默无言沉醉在幸福中的人们一样，时时刻刻都在微笑。

暮色降临，带来了冰冷的寒气，一阵阵的北风吹拂着枯萎了的灯心草丛。太阳已经沉落到松林后面，通红的天空里，飘浮着奇形怪状、小片小片红艳艳的云彩，令人望去就感到寒意。

他们回到了那个宽大的客厅里，壁炉里的火正熊熊地燃烧着，一进门就给人一种温暖和舒适的感觉。这时伯爵的心情愉快极了，伸出粗壮的双臂，抱住他的妻子，把她像孩子似的举到他自己的嘴唇边，就像一个称心如意的老好人一样，在她左右面颊上都亲了一个响吻。

约娜笑嘻嘻地望着这个善良的巨人，他那骇人的胡髭会叫人想起童话中吃人的妖怪，于是她就想："看人是多么容易看错啊！"这时她几乎不由自主地把眼睛转到于连身上，看到他正站在门框前，面色铁青，眼睛盯在伯爵身上。她担心地走到她丈夫身边，轻声问道："你病了吗？你怎么啦？"

他忿忿地回答说："没有什么，你别管我。我刚才有点冷。"

当他们走进餐厅时，伯爵请求客人们允许他把狗也带进来，于是那两条狗立刻在主人的左右蹲下了。主人不时丢下一点吃的去，一面摸它们那光润的长耳朵。两条狗都伸着脑袋，摇着尾巴，得意洋洋地浑身颤动着。

晚餐后，约娜和于连准备要告辞的时候，伯爵又留住他们，让他们看他照着火炬的光打鱼。

他请他们和伯爵夫人都站在湖塘边的石阶上，他自己带着一个仆人上了船。仆人一手拿着渔网，一手举着点燃了的火炬。夜色清澈而寒冷，天上布满了星斗。

火炬在水面上映出一道道奇异而流动的火光，把耀眼的光亮投射到芦苇上，照明了湖边高大的松林。突然间船转换了方向，一个巨大的人形的怪影耸立在松林明亮的边缘上。人影的头部越过了树梢，消失在天空中，两条腿一直伸进到了湖塘里。然后那巨人扬起胳膊像要摘取天上的星星。这一双粗大无比的胳膊猝然举起来，又放了下去，水面立刻可以听到一阵轻微的激溅声。

船又缓缓地转过去，火光随着船在移动，照亮了树林。那个巨大的怪影就像沿着树林在奔跑，一眨眼不见了，接着却又突然出现在邸宅正面的墙上，但影子已不及原先那么庞大，那些古怪的动作也映得更清楚了。

这时便听到伯爵扯着嗓子喊道："琪尔蓓特，我捉到了八条！"

船上的双桨击打着水波。那巨大的影子这时一动不动地耸立在墙壁上，但轮廓已逐渐缩小，头低垂了，身子细瘦下去。当伯爵走上石阶，身后跟着那个掌火炬的仆人，这时影子已缩小到和他本人一般大了，但还在那里表演他的一切动作。

他在网中带回了八条蹦跳着的大鱼。

当约娜和于连裹着主人借给他们的大衣和毛毯回家时，途中约娜情不自禁地说道："这个大汉可真是个好人！"

于连驾着车，答道："对呀，不过他在别人面前太放肆了一点。"

一星期之后，他们又去拜访库特利耶夫妇。这是本省最知名的贵族，他们的勒米尼庄园靠近卡尼镇。在路易十四时代新盖的那所邸宅，深藏在一个有围墙的宏丽的花园里。从高处可以望见旧庄园的遗迹。身穿制服的仆役把客人们引到一间气派堂皇的大厅里。大厅正中，在圆柱形的台座上供着一只塞佛尔瓷的大盘子。台座的基脚上，有用玻璃板罩着的一封国王的亲笔信，写的是把这只盘子赐赠给莱奥波德－埃尔韦－约瑟夫－热尔梅·德·瓦尔纳维勒，即罗勒博斯克·德·库特利耶侯爵。

约娜和于连在观赏这件御赐的礼品时，侯爵和侯爵夫人进来了。夫人的头发上扑了粉，她摆出主人的一副和蔼的态度，但是为了要表露出自己更高贵的身份，就显得很装腔作势。侯爵本人身材硕大，头上的白发梳得溜光，无论从他的姿势、他的声调和他整个态度上，都流露出他地位的高人一等。

他们属于那些极其讲究礼节的人，他们的思想、感情、言谈无一不安放在那副居高临下的臭架子上。

他们自言自语，并不等待别人答话，心不在焉地微笑着，仿佛总是在履行着由于自己的地位不得不彬彬有礼地接待附近小贵族的这个义务。

约娜和于连显得手足无措了，他们竭力想讨主人喜欢，局促得再也坐不下去，却又不知如何告退，但是侯爵夫人像一个懂礼貌的皇后辞退觐见的人一样，简简单单自自然然，把话谈到合适的时机就不再说下去了，这样就方便客人自动地告辞。

归途中，于连对约娜说："如果你愿意，我们的拜访就到此为止吧，对我来说，和福尔维勒家来往就已经足够了。"

约娜完全同意。

在十二月这个岁暮的月份，在这个阴沉晦暗的月份，日子过得很慢。像去年一样，幽居的生活又开始了。约娜倒一点都不觉得烦闷，因为她时刻为保尔忙碌着，于连对孩子只是冷眼旁观，目光中露出烦厌的神情。

常常当母亲把孩子抱在怀里，像一般母亲对自己的孩子一样百般爱吻和嬉弄之后，会把孩子递给父亲，一面说道："亲亲他呀，人们会说你不喜欢他哩。"这时他会露出厌恶的神情，转着圈，偏着身子，仿佛生怕碰到孩子乱抓的小手，用唇尖在他光秃秃的脑门上轻轻地接触一下，然后便不胜其烦地急忙走开了。

有时镇长、医生和神甫到家来晚餐，有时是福尔维勒夫妇，他们两家人现在越来越亲密了。

伯爵对保尔仿佛十分钟爱。他一上门来，总把那孩子抱在膝上，有时整整抱上半天。他把他放在自己巨人般的大手掌中小心翼翼地嬉弄着他，用自己长长的胡髭尖儿搔痒他的鼻子，然后像许多母亲一般，激动而热情地抱吻他。他因婚后妻子一直没有生育而不断地感到苦恼。

三月间天气爽朗而干燥，几乎变得温暖了。琪尔蓓特又提议他们四个人一同骑马去游玩。漫长的白昼，漫长的黑夜，日复一日，这种单调的生活，使约娜觉得有点厌倦，所以她十分高兴地接受了这个建议，整整一个星期里，她兴致勃勃地缝制她骑马的服装。

他们开始出游了。每次伯爵夫人和于连总是走在前面，伯爵和约娜相隔他们约有百步远的距离。后面这一对如同朋友一般安安静静地聊着天，这两个人都为人正直，心地坦率，一接触就成了朋友。前面的那一对常常低声细语，有时发出一阵哄笑，突然互相对望着，仿佛他们嘴里没有讲出的话想从眼睛里传达出来；忽然两人都纵马疾驰起来，像是想逃走的欲念支配着他们，叫他们跑向更远更远的地方去。

后来，琪尔蓓特似乎变得很暴躁。她发脾气的声音，被风传送过来，有时钻进走在后面的那两个骑马人的耳朵里。伯爵就微笑着对约娜说：“我的太太不是天天都那么好脾气的。”

一天傍晚骑马回来的时候，伯爵夫人挑逗她骑的牝马，她先用马刺刺激它，然后又猛然勒住缰绳，可以听到于连几次告诫她说：“小心，要小心哪！它会把您摔下来的。”

她回答说：“您别管，这不干您的事！”

那语调既干脆又强硬，那斩钉截铁的字眼远近都听得见，像是久久地悬挂在空中。

那匹牝马忽而竖起了前蹄，忽而向后反踢，嘴里吐着白沫。伯爵担心起来，使尽力气大声喊道："小心哪，琪尔蓓特！"

她像女人在神经激动的时刻什么也不能阻拦的情况下，出于挑衅，狠狠地鞭打那匹马，鞭子一下一下地落到牲口两耳间的脑门上。马被激怒得直立起来，两条前腿向空中乱扑，然后一落地，猛力向前一蹿，飞也似的向原野狂奔而去了。

它先越过一片牧野，接着闯进耕地里，把湿烂的泥土抛得四处飞溅。在它飞速的奔驰中，人和马看上去也全然分不清了。

于连吓呆了，一直站在那里，绝望地呼喊："伯爵夫人！伯爵夫人！"

这时伯爵咆哮起来了，他把身子贴到高大的马颈上，用全身的力量迫使马前进；他用呼喊、用手势、用马刺，激励它，激怒它，叫马飞奔，这个巨人般的骑士就像用双腿夹住这头笨重的牲口，要提起它来腾空飞去。人和马以不可想象的速度向前直闯，这时约娜远远望见他夫妇俩的影子飞奔着，飞奔着，愈缩愈小，模糊难辨，最终消失——如同一对鸟儿互相追逐着，一直追到天边隐灭了。

这时于连骑着马，慢步走来，一面恼怒地叽咕着说："我看她今天是疯啦！"

于是两人朝着他们朋友所走的方向走去，但这时伯爵夫妇已在起伏不平的原野里隐没不见了。

一刻钟之后，约娜和于连望见伯爵夫妇正迎面走回来，不久他们又都汇聚在一起了。

伯爵满面通红，流着汗，带着胜利的神情得意地笑着，在他的铁腕中牵着他妻子那匹哆嗦着的牝马。伯爵夫人面色惨白，露出一副痛苦而畏缩的表情，她的一只手搭在她丈夫的肩膀上，像是要晕倒的样子。

那一天，约娜才了解到伯爵是十分疼爱他的妻子的。

在这之后的一个月中，伯爵夫人露出从来不曾有过的快乐的心情。她来白杨山庄的次数比以前更多了，老是笑着，热情地抱吻约娜。仿佛她的生命陶醉在一种神秘的喜悦中。她丈夫也很快乐，眼睛从来不离开她，时刻热情倍增地想摸摸她的手和衣裙。

一天晚上，伯爵对约娜说："现在我们真的生活在幸福中了。琪尔蓓特过去从来没有这么可爱过。她心情变好了，再也不发脾气了。我感到她是爱我的，这一点过去我不敢相信。"

于连似乎也改变了，比以前快活多了，不再烦躁，仿佛这两家人的友谊替每一家都带来了和平和快乐。

这一年，春天来得特别早，天气已经非常暖和。

从柔和的早晨到宁静温暖的夜晚，阳光滋育着大地。转眼间，所有嫩芽一齐欣欣向荣地萌放了；液汁不可抗拒地上升着，发散出热力，这是在不寻常的好年头里大地回春的景象。

这种生命的悸动使约娜的心绪在不知不觉中纷乱了。她会面对草地上的一朵小花，突如其来地感到困倦，有时甜蜜的惆怅袭上她的心头，她常常会几小时沉湎在无目的的幻想中。

随后她又回想起动人的初恋时期的种种，这并不是说她心里对于连重新产生了爱情，这已经是一去不复返的了，而是她的肉体受和风的爱抚，为春的气息所陶醉，引起了不安，像是有一种看不见的温柔的呼唤在挑逗她一般。

她喜欢独自一个人，在温暖的阳光下，忘怀一切，不受任何思想的触动，享受那种朦胧而恬静的愉快心情。

一天早晨，当她正在这种梦幻的境界中时，心里突然涌现出往日的一幅图景，那是在埃特勒塔附近的一个小树林里，周围都是阴暗的枝叶，阳光从天窗般的一个窟窿里照射进来。就是在那林荫下，在这个爱恋着她的年轻人身边，她第一次感到肉体的战栗；在那里，他第一次怯生生地吐露了他心头的愿望；也是在那里，她突然觉得接触到了自己希望中的美好的未来。

她想再去看看那个树林，作一次感伤性的、迷信的巡礼，仿佛旧地重游能在她的生活历程中产生什么新的变化。

于连一清早就出门了，她不知道他要到哪里去。她叫人把马丁家近来她常骑的那匹小白马鞴上鞍子，接着她就出发了。

这一天到处都非常安静，连一草一叶都一动也不动；风像是死灭了，一切仿佛都将永远地静止下去。昆虫也都像是隐藏得无影无踪。

太阳炽烈地照耀着，静寂的原野笼罩在金黄色的雾霭中，约娜骑着那匹小马，怡然自得地缓步前进。她不时抬起头来，望着碧空中棉花似的那朵小小的白云，这是一小块凝聚的水汽，孤零零地像被人遗忘了似的悬挂在那里。

约娜顺着山谷下行，山谷直通到海边，在称为埃特勒塔拱门的悬崖高大的穹隆下入海，然后她缓缓地向树林走去。阳光从稀疏的枝叶间散泻下来。她走遍了许多小路，却找不到她所探寻的地点。

当她穿过一条漫长的小道时，她突然望见路的尽头有两匹带鞍的马拴在一棵树上，她立刻认出那是琪尔蓓特和于连所骑的马。她正开始感觉寂寞，这种意外的相遇使她喜出望外，她便策马向前跑去。

那两匹拴着的马非常悠闲，像已习惯于长时间的等待。当约娜跑到它们跟前时，她大声呼唤，但是没有人答应。

一只女人的手套和两条马鞭被扔在踩平了的草地上。显然他们在那里坐过，然后把马留下，走到远处去了。

她等了一刻钟，二十分钟，心里有点惊讶起来，不明白他们去干什么。当她下了马，靠在一棵树干上站着不动的时候，两只小鸟儿，没有注意到她，就飞到她身边的草地上。一只小鸟在另一只的四周忙碌地跳着，抖动着展开的翅膀，点点头，叽叽喳喳地叫喊，忽然间它们交尾了。

约娜吃了一惊，仿佛她并不熟悉这些事情似的，然后她暗自想道："真的呢，这是春天呀！"紧接着，另一个念头，一种猜疑，出现在她的心中了。她重新看了看那只手套，那两条马鞭和那两匹丢在那里的马，她立刻跳上自己的马，迫不及待地想避开了。

她飞马奔回白杨山庄去。她不停地思考着，把一连串的事实和情况联系到一起，翻来覆去地在思考这个问题。她怎么没有更早就看出来呢？她怎么一点也没有注意到呢？于连经常外出，他恢复了过去整整齐齐的打扮，他的脾气变好了，怎么对这一切她都没有看清楚呢？她也记起了琪尔蓓特那种突然的神经质的暴躁，那种过分的娇媚和亲密，以及最近这一段时间她生活中特别愉快的心境，这是连伯爵也都替她高兴的。

她勒住马，让它慢步前进，因为她需要静静地思考一番；跑快了，会扰乱她的思绪。

最初的那种激动过去之后，她心中又恢复了平静，既不妒忌，也不憎恨，而是轻蔑。她根本不去想于连，他所做的一切已没有什么使她吃惊的了，但是她的朋友伯爵夫人的这种双重欺骗使她感到愤懑。这样看来，世界上的人个个都是阴险的，说谎的，虚伪的。想到这里，她的眼眶里不禁满噙着眼泪了。有时人们为幻灭而哭泣就像为死者而哭泣，一样地感到伤心。

可是她决心装作什么也不知道，从此只爱保尔和她自己的父母。除此之外，再不使任何感情触动自己的心，对其他一切人都采取冷静旁观的态度。

她一回到家里，便扑倒在儿子身上，把他抱到自己的卧室里，足足有一个小时，疯了似的不停地和他亲吻。

于连回家晚餐时，笑容满面，殷勤可亲，处处想讨她的欢心。他问道："难道爸爸和小母亲今年真的不来了吗？"

这种关心深深地触动了她，使她几乎就要原谅他在树林中被她所发现的行为了；想重见这两位老人的强烈愿望顿时袭上她的心头，因为除了保尔，他们是她最心爱的人了。她把整个晚上的时间都用来写信，敦促他们早日回来。

他们通知说五月二十日可以到达。这时才五月七日。

她带着越来越焦急的心情等待他们到来——仿佛除了想念父母之外，她还感到另有一种需要，那就是她要使自己的心接触那些诚实的心，她要敞开胸怀和那些不染污行的纯洁的人们交谈。在他们的一生中，无论行动、思想和愿望，素来都是正派的。

她觉得生活在自己周围的，都是一些精神上不健康的人，这才使她心灵上感到孤独。虽然她也突然学会了喜怒不形于色，装着笑脸，伸出手去接待伯爵夫人，但是她内心的那种空虚之感和对周围人们的鄙视却越来越扩大起来，把她整个包围住了。每天在当地传播的那些琐琐碎碎的闲话，只能在她心灵上引起更深的厌恶，对人产生更大的蔑视。

库利亚尔家的闺女生下了孩子，最近不能不结婚了；马丁家的女仆，那个孤女，肚子大了；邻居一个十五岁的小姑娘肚子也大了；那个瘸腿的、其脏无比的寡妇，浑号叫作"烂污"的穷婆子肚子里也有了孩子。

随时随刻所听到的，总不外是当地的一个小姑娘，或是一个有丈夫、有儿女的农妇，或是平素为人所尊敬的一个富农的妻子大了肚子或是干出了其他丑事。

在这个火一样热情的春天里，仿佛不仅草木的精力旺盛了，人也一样。

而约娜呢，她的感官已经不再激动了，只有她那受了创伤的心和那多愁善感的灵魂，还在受着温存的春风的波动；她沉醉于不染欲念的梦想中，在梦幻中消耗热情；至于肉欲上的要求则早已绝迹，这才使她对污浊的兽性感到吃惊，从嫌恶到了愤恨。

一切生物的性行为都使她恼怒，仿佛那是违反天性的事情。她所以怨恨琪尔蓓特，倒不是因为她抢了自己的丈夫，而是因为她也不免于跌进这种普遍存在的泥坑里。

琪尔蓓特理应和那些受低级本能支配的乡下人有所不同，怎么她竟也做出这种畜生一般的行为来呢？

就在约娜父母要到来的那一天，于连兴致勃勃地对他妻子讲了一件在他看来是十分自然而又非常滑稽的事情，这就更引起了约娜的反感。他讲到面包房的那个老板听到烘炉里有什么响声，那一天却并不是烘面包的日子，因此他以为是钻进了野猫去，结果却发现了自己的老婆："她并不是在那里烘什么面包。"

他还接着说："面包房的老板把炉门关住了，叫那一对几乎闷死在里面，还是那小儿子去告诉了邻居，因为他看见他母亲是和铁匠一起进去的。"

于连一再笑着说："这些家伙倒想让我们尝他们的爱情面包啦！这真不愧是拉封丹笔下的一篇好故事。"

约娜听了这个之后都不敢再摸面包了。

当长途马车停在石阶前，男爵慈爱的面容从窗口探出来时，约娜像从来不曾有过地受到了深刻的感动，一种思慕之情在她心灵深处激荡和翻腾起来。

但是当她一看见小母亲时，她不禁愣住了，几乎昏晕过去。男爵夫人经过了这个冬天，仅仅六个月不见，竟衰老得像相隔了十年。她那肥大的、松软下垂的双颊，像是胀满了血而发紫了；她的眼睛已昏黯无神；除非两臂有人扶持，她都不能行动了；呼吸时发出嘶嘶的声音，而且愈来愈困难，这使她左右的人都感到痛苦不堪。

男爵天天和她在一起，反而觉察不到这种每况愈下的衰弱；当她诉说到自己呼吸不断地感到困难和身子日见滞重时，他便答道：

"那倒不一定，亲爱的，我知道你一向都是这样的。"

约娜陪她的父母到他们的卧室之后，回到自己的房里，心慌意乱，不禁痛哭起来。接着她眼眶中含着眼泪，又去找她的父亲，倒在他的怀里，问道："啊！母亲的样子变得多么快呀！她怎么啦？告诉我，她究竟怎么啦？"

他大为惊讶，答道："你是这么想吗？哪有这回事呢？还不就是这个样子？我和她天天在一起，我可以保证说，她身体并没有坏下去，仍然是这个样子。"

当天晚上于连对他的妻子说："你母亲的情况很不好。我看不会太久了。"

约娜听了哭泣起来，他显得不耐烦了。

"好啦，我并没有说她已经完了。你怎么这样大惊小怪。她变了样子，这是事实，她也到了年纪啦！"

过了一个星期，她已经看惯了她母亲改变了的容颜，便不再想这件事情了；正像我们为了需要心境的平静，出于自私的本能，排除或抛开威胁着我们的惊惶和忧虑，她也就这样排除了她的恐惧心理。

男爵夫人没有力气走路了，一天只能出来半小时。每逢在"她的"林荫路上走完一趟，她就疲乏得不能动弹，需要在"她的"长凳上坐下了。当她觉得连一趟也走不完的时候，她便说："就到这里吧，我的心脏扩大症今天把我的腿要压断了。"

她不再大笑了，那些在去年还会使她笑得浑身发抖的事情，今年只能使她微微一笑；但是她的目力仍然很好，她接连好几天重温《柯丽娜》和拉马丁的《沉思集》来消磨时光；随后她又叫人替她端来那只装"纪念品"的抽屉。她把那些使她念念不忘的旧信件统统倒在膝上，再把抽屉搁到身边的椅子上，把这些"老古董"全部重读过一遍，然后再一一放回到抽屉里。当她一个人的时候，真正是一个人的时候，她就拿起一些信来吻着，正像人们偷偷地吻着亲爱的死者的头发一样。

有时约娜突然闯了进去，发现她在那里掉泪，伤心地掉泪，便吃惊地问道："怎么回事呀，小母亲？"

男爵夫人深深地叹一口气，答道："就是这些老古董叫我伤心。一翻弄这些东西，就会想起快乐的日子，但现在已经都结束了。

有些我们已经忘记了的人，一下子又都出现了。你仿佛看见了他们，听到了他们的声音，这真叫人心惊。这一切，将来你会明白的。"

男爵若在这种伤心的时刻走进来，就轻声地对女儿说："约娜，亲爱的，你听我的话，就把信烧掉。不论是你母亲写的或是我写的，统统烧掉。人到老年，再去回想年轻时候的一切，没有比这更可怕的了。"

但是约娜也保存了她的信，准备着她的"放老古董的匣子"。尽管她在别的方面都和她母亲不同，但她本能地继承了这种好幻想而又多愁善感的性情。

几天之后，男爵因为要去料理一件事情，就离开了。

这正是最美好的季节。天天一清早是灿烂的晨曦，然后是晴朗的白日，接踵而来的又是宁静的黄昏和柔和而星光满天的夜晚。不久男爵夫人身体就好了些，约娜忘掉了于连不正当的恋情和琪尔蓓特阴险的行为，她几乎完全觉得幸福了。乡间到处都是花香，大海从早到晚静静地在太阳下闪闪发光。

一天下午，约娜抱着保尔，走向田野去。她时而望望她的儿子，时而望望沿路草地上的野花，心里感到无比的幸福。她不停地吻着孩子，把他紧偎在自己的怀里。从田野里吹来一阵阵甜蜜的香气，她感觉自己完全沉醉并融化在一种极乐的境界中了。她梦想着孩子的将来。他将成为怎样的人呢？有时她希望他成为一个有名望、有势力的大人物。有时她又宁愿孩子终身守在自己身边，虔诚孝顺，永远讨妈妈的欢心。每当她从母亲的自私心理来爱他的时候，便希望他永远做她的儿子，光是做她的儿子；但是当她在热情中怀有理性地恋爱他的时候，她就一心盼望他能成为世界上一个有地位的人。

她在水渠边坐下来，细细地端详着他，仿佛她从来不曾见到过他似的。当她想到这个小生命有一天长大了，迈着矫健的步伐走路，脸上长了胡子，说话时发出洪亮的声音，她心里不禁惊异极了。

她听到远远有人在叫她。她抬头一看，是马里于斯正向她直奔而来。她想一定是家里来了客人，她站起身来，受了打搅，心里觉得满不痛快。这时那孩子已飞奔到她面前，当他跑近时，他嚷着说："太太，男爵夫人不好了。"

她像被人从背上泼了一盆冷水，慌慌张张地大踏步奔回家去。

她远远望见一大群人围在梧桐树下。她奔上前去，人们让出一条路，她看见她母亲直躺在地上，头底下垫着两个枕头，脸色完全是黑的，眼睛闭上了，她那喘了二十多年的胸部再也不动了。奶妈从约娜怀里接过孩子，把他抱开了。

约娜瞪着眼睛问道："怎么回事呢？她是怎么跌倒的？快请医生去。"

当她一回头时，看见神甫已经在那里，他不知是什么时候得了消息赶来的。他卷起黑袍的袖子，张罗着在那里帮忙。但是无论用醋，用花露水抹擦，都已经不见效了。

"不如让她宽了衣服睡到床上去吧！"神甫说。

农户约瑟夫·库利亚尔、西蒙老爹和厨娘吕迪芬当时都在场。

比科神甫帮着他们，大家想把男爵夫人抬走；但是他们刚把她扶起来，她的头就向后倒垂下去；由于她身肥体重，难于搬动，弄得她身上的裙袍也被撕裂了。约娜看到这种情形，害怕得叫喊起来。他们便把这肥胖、软绵绵的身体重新安放在地上。

人们不得不从客厅里搬来一张圈椅，然后把她放进圈椅里，这才把她抬走。他们一步一步地登上石阶，终于把她抬到卧室里，安置在床上。

正当厨娘一个人怎么也脱不下男爵夫人的衣服时，当蒂寡妇及时赶到了。按仆人们的说法她也和神甫一样，是"嗅到了死亡的气息"顿时出现的。

约瑟夫·库利亚尔骑马飞奔去请医生，神甫正打算回去取圣油，看护便在他耳边悄悄地说："不必了，神甫先生，您可以相信我的话，她已经走了。"

约娜疯了似的向人恳求，她不知道怎么办，该从哪里着手，还有什么药可用。神甫坚持诵读赦罪礼的祷文。

人们守着这个青紫色的无生命的躯体已有两个小时了。约娜这时跪在地上，哀痛地哭泣着。

当医生打开门进来时，约娜仿佛在他身上看见了救星、安慰和希望。她扑过去，把就她所知道的事情的前后经过，断断续续地说给他听："她和每天一样散着步……她没有觉得不舒服……一点也没有觉得不舒服……午餐时吃了清肉汤和两个鸡蛋……她忽然倒下了……人就和现在一样发黑了……就再也不动了……我们用尽一切办法想让她醒过来……用尽一切……"

说到这里,她看见看护暗暗地向医生做手势,表示病人早完了,她便呆住不出声了,但是她还不肯相信,焦急地一再问道:"情形严重吗?您看这个情形严重吗?"

医生终于回答说:"我想恐怕……恐怕是……完了。要拿出点勇气来,要有很大的勇气。"

约娜伸开胳膊,扑倒在她母亲身上了。

这时于连回来了。他一下呆住了,显然心里很不高兴。他并没有表示出悲伤或哀痛,仿佛面对突如其来的场面,一下子他还来不及准备好适当的表情。他喃喃地说:"我早就料到了,我早知道就要完啦。"

于是他掏出手绢来,擦着眼睛,跪到地上,在胸前画了个十字,嘴里喃喃地念着什么,然后站起身来,同时还想把他妻子也扶起来,但是她抱住尸体吻着,几乎全身扑在尸体上。人们只好把她拖走。她仿佛已经疯了。

一小时之后,才又让她进来。一切希望都完了。这时卧室已布置成停尸室了。于连和神甫正在窗口低声交谈。当蒂寡妇舒舒适适地倒在一张圈椅上,已经快要睡熟了。她守尸惯了,哪一家死了人,在那里她就像住在自己的家里一样。

天黑了。神甫走到约娜身边,握住她的双手,用宗教的大道理鼓励她、劝解她,企图使这颗破碎了的心得到安慰。他谈到死者,说了些神甫本该说的话来赞美她,显出一副在他职业上应有

的假慈悲的哀痛样子——其实死了人对他总是有好处的——要求守在尸体旁做一夜的祈祷。

但是约娜抽搐地哭泣着，不肯答应他。在这永别的夜里，她愿意一个人，愿意只有她一个人留下来。于连走来说道："这可不行，我和你一起留下吧。"

她说不出更多的话了，只是摇摇头表示拒绝。终于她又说："这是我的母亲，我自己的母亲，所以我要一个人守着她。"

医生悄悄地说道："听她做主吧，看护可以留在旁边的屋子里。"

神甫和于连想到睡在床上更舒服些，也都同意了。于是比科神甫跪下去做祷告，然后站起身来，临走时，口里说："这是一个圣女。"那声调就像他念"天主保佑你"一样。

这时子爵用平时的语气问道："去吃点东西好吗？"

约娜不知道是在对她说话，一点没有作声。他又说："你最好还是吃点东西，这样身子才支撑得住。"

她心不在焉地回答说："你马上派人去找爸爸回来。"

于是他出去派人骑马到卢昂去。

她沉浸在默默的哀痛中，仿佛要等待那最后面对面的时刻，来尽情发泄心头极度的悲伤。

屋里渐渐阴暗起来，夜色笼罩在死者的周围。当蒂寡妇用极轻的脚步走来走去，用看护病人的那种悄悄的动作，在黑暗中摸索着看不见的东西，一一把它们拿来安放好了。然后她点燃两支蜡烛，轻轻地放在铺着白布的床头桌上。

约娜仿佛什么也看不见，什么也感觉不到，什么也不了解。她只等待能独自一个人留下来。于连晚餐后又进来了，又一次问道："你不吃一点东西吗？"

他的妻子摇头表示不要。

他带着不是悲伤而是无可奈何的神情坐下了，一言不发。

他们三个人离得远远的，各人坐在自己的位子上，一动也不动。

有时看护睡熟了，发出轻微的鼾声，接着突然又醒了。

最后于连站起身来，走向约娜身边："你愿意一个人留在这里吗？"

她突然不由自主地握住他的手，答道："啊，是的，让我一个人留下吧。"

他在她额上吻了一下，喃喃地说："我会时常来看你的。"

他出去了，当蒂寡妇也推着圈椅，坐到旁边屋子里去了。

约娜关上了门，然后去把两扇窗子完全打开。一股带有干草气息的夜晚的和风向她迎面吹来。前一天割下来的青草，在月光下都成堆地晾在了草地上。

这种温柔的感觉使她痛苦，嘲弄似的刺伤了她的心。

她回到床边，握住一只冰冷而僵硬的手，望着她母亲。

她已经不像刚倒下时那样肥胖了，她仿佛安静地睡在那里，睡得非常安静，这是她过去从来不曾有过的。蜡烛惨淡的火光在微风中抖动着，光影投在死者的脸上，移来移去，看去仿佛她在那里活动了。

她凝神地注视着她，遥远的幼年时代的种种回忆，一齐都涌现到她的心头。

她记起小母亲几次到修道院来看她时的情景，她在接待室里把一纸袋糕点递给她的那种样子，记起许许多多的小情节和小动作，她的笑容和言谈，她说话时的声调和平时熟悉的手势，她微笑时眼角的皱纹，她坐下时带喘的叹息。

她留在那里端详死者，若痴若呆地反复说："她现在死了。"于是这个死字所包含的一切恐怖都出现在了她的眼前。

这个躺着的人，她的妈妈，她的小母亲，她的阿黛莱德妈妈，果真死了吗？她再也不会动弹了，再也不会说话了，再也不会笑了，永远也不会和小爸爸面对面地吃饭了，她再不会说"早安，约娜"，她已经死了。

她快要被钉进棺材里，埋葬在地下，到那时一切都完结了。从此她再也不会见到她了。这是可能的吗？这是怎么回事呢？她就永远没有母亲了吗？这个在她心头如此熟悉如此亲爱的人儿，这个从她一睁开眼睛时就认识了的，一张开胳膊时就喜爱的人儿，这个爱的泉源，这个唯一的生命，这个在她心上比任何人都更可宝贵的她的母亲已经不见了。她只有几个小时还可以守着这张面孔，这张毫无表情一动也不动的面孔，以后什么也没有了，除了一个记忆，什么也没有了。

在一阵悲惨的绝望的挣扎中，她跪倒在地上，她用痉挛的双手绞着被单，嘴贴着床，头裹在被褥中，发出令人心碎的呼声："啊！妈呀，我可怜的妈呀！"

她觉得自己要发疯了，疯成像那天黑夜里逃跑到雪地里去一样，因此便站起身来跑到窗口去清凉一阵，去呼吸一下和这死人室内的气息全然不同的新鲜空气。

修剪了的草坪、树木、荒野、远处的大海，都安憩在静穆的和平里，沉睡在幽美的月光下。这种温柔而平静的夜色触动了约娜的心灵，她的眼睛里渐渐充满了眼泪。

她再回到床边，坐下来，把小母亲的手又握在自己的手中，仿佛她病了，自己守在她的身边。

一只大甲虫被烛光吸引，飞了进来。它像个球似的撞着墙壁，在房间里飞来飞去。她被翅翼嗡嗡的响声所吸引，抬头去看那只甲虫，但她只在白色的天花板上望见了它那晃来晃去的影子。

随后她听不见飞虫的声音了。这时她注意到台钟发出轻轻的滴答声，但除此之外，还有另一种轻得几乎察觉不到的细微的声音。这是床脚边的一张椅子上，在脱下的裙袍里的小母亲的表还在那里走动的声音。人死了，而这个机械却还在不停地跳动，突然这个无意识的对比在约娜心上又引起了一阵刀割似的伤痛。

她看了看时间。这时还不到十点半，想到要在这里度过一整夜，她实在害怕得有点不能忍受了。

接着在她心中又引起了其他的种种回忆——她自己的一生、萝莎丽、琪尔蓓特，以及爱情苦味的幻灭。人世间的一切不外是苦痛、悲伤、不幸和死亡。人人都在欺骗，人人都在说谎，事事令人烦恼，事事令人落泪。在哪里才能找到一点安静和快乐呢？显然只能在另一个世界里！那时灵魂已从人世的苦难中被解救了出来。灵魂！她开始对这个深不可测的神秘作种种幻想，一时突然投入到诗意的信念中，一时这些信念又立刻被同样空虚的臆想所否定。那么她母亲的灵魂，这个冰凉的已经一动也不动了的躯体里的灵魂，此刻到底落在哪里呢？也许落在了很遥远的地方。在空间里的某个地方？但究竟是哪个地方？是像一朵枯萎了的花中的香气一般蒸发了吗？还是像脱笼的鸟儿一般无影无踪地在那里飞翔呢？

被上帝召回去了呢？还是偶然散布到新的创造物中，或是掺和到刚露出来的幼芽中去了呢？

会不会就在很近的地方呢？就在这间屋子里？就在这个它刚离开的失去了生命的肉体周围？这时约娜突然以为有什么东西从她身边吹拂而过，仿佛自己和无实体的精灵发生了接触；她吓坏了，确实吓坏了，吓得既不敢动，也不敢呼吸，更不敢回头看一看。她的心恐惧得怦怦地跳着。

忽然间那看不见的甲虫又飞了起来，在墙壁上撞来撞去。她从头到脚都颤抖了，然后她看明白那不过是甲虫振翅飞舞的声音，立刻就又安心了，她站起身来，回头望了一望。她的目光落在了四角上镶有人面狮身像的那张搁"老古董"的写字台上。

顿时她心中出现了一个亲切而古怪的念头，她要在这永别的夜晚，像读祷告书一般，把死者所珍爱的旧信读一读。在她看来，这是为了实现一种微妙而神圣的义务，仿佛这真正是一种孝心的表示，这会使她母亲在另一个世界里感到高兴。

这些都是她从未见过面的外祖父和外祖母给她母亲的信。她想越过她母亲的遗体向他们伸出手去，仿佛在这个哀悼之夜，他们也一定会感到痛苦，在那逝世久远的人们、刚去世的母亲，以及还活在世上的她自己之间联成一道神秘的爱的锁链。

她走过去拉开写字台的柜门，从底层的抽屉里，取出十来扎纸色发黄了的旧信——这些信都是按次序用绳子扎好，整整齐齐排列在那里的。

出于感伤的细腻心情，她把那些信全都放在床上，搁在她母亲的怀里，这才开始读起来。

这些旧信是在许多家庭的古老的书桌里都可以找到的，它们带有上一世纪的气味。

第一封信的称呼是"我的亲女儿"，另一封的称呼是"我的美丽的小女儿"，其他还有"我亲爱的小人儿""我的小爱女""我最宠爱的女儿""我亲爱的孩子""我亲爱的阿黛莱德""我亲爱的女儿"，这些称呼是按收信人生活中各个不同的时期而改变的——最初是小女孩儿，后来是少女，再后来是少妇。

信里充满了热情而稚气的疼爱、身边种种琐碎的小事情，和在一个不相干的人看来毫无意思的家庭中的日常大事："父亲患了感冒、女仆荷尔当斯烫伤了手指、捉耗子的猫儿死了、栅栏门右首那棵松树砍掉了、母亲从礼拜堂回来时丢了她的那本弥撒经，她想是被人偷走了。"

信里还谈到好些约娜不认识的人，但她似乎记得在她童年时代曾听到过这些人的名字。

这些琐碎的细节都像启示一般，引起她的感动，仿佛一下子她踏进小母亲全部过去的私生活中，踏进她的内心生活中。她的眼睛望着躺在那里的尸体，突然大声念起信来，念给死者听，就像是替她解闷，使她得到安慰。

死者一动不动地躺在那里，似乎感到幸福了。

她把这些信一封一封地抛到床脚边，心想应该和人们安放鲜花一样，把它们放进棺材里去。

她又解开了另一束信。这里笔迹和前面的不同了。她开始念道："没有你的爱抚我简直不能生活下去了，我爱你爱得快发疯了。"

信上只有这两句话，没有署名。

她拿信笺翻来覆去地看了一遍，不能了解它的意思。收信人明明写着是："勒倍奇·德沃男爵夫人"。

于是她又打开第二封："今晚等他一出门，你就来吧。我们可以有一小时的工夫在一起。我热情地爱着你。"

在另一封信里："我徒然疯一般地彻夜想念着你。我仿佛抱着你的身子，眼对着眼，嘴贴着嘴。当我想到这时候你却睡在他的身边，他可以随心所欲地……我真发狂得想从窗口跳下去了。"

约娜惊呆了。

这些都是什么？这些情话都是写给谁的？为谁写的？是谁写的？

她继续看下去，每封信里都是狂热的表白，密约幽会和谨慎的叮嘱，信尾总带着这一句话："此信务必焚毁。"

最后她翻到一张便条，一张接受晚餐邀约的普普通通的便条，笔迹却和前面那些信中的一样，署名是"保尔·德·恩纳马尔"，这人每逢男爵谈起时，总是用"我可怜的老保尔"来称呼他，而他的妻子是男爵夫人最要好的朋友。

于是约娜顿时产生了疑惑，这个疑惑立刻又得到了证实——她母亲就是他的情妇。

她头脑一阵昏乱，急忙扔掉她手上这些龌龊的信，就像扔掉爬在她自己身上的毒虫一样。然后她跑到窗口，不禁震动着嗓门放声痛哭起来。接着她精疲力竭地倒在墙脚边，怕让人听见她的哭声，用帘子蒙住脸，在悲痛绝望中呜咽不止。

她也许会整夜地这样哭下去，但这时隔壁屋子里的一阵脚步声使她吃惊地跳起来。这会不会是她父亲呢？而所有这些信还都摊在床上和地板上！他只要打开一封，那就完了！他到底知不知道呢？他呀！

她扑过去，双手抓起那些发黄了的旧信件，不管是她外祖父母写的，她母亲的情夫写的，还是她不曾打开的、那些用绳子捆着的、还留在写字台的抽屉里的，她统统成把地把它们扔进了壁炉里去了。然后她端起在床头桌上点燃的一支蜡烛，把这一大堆信点着了。顿时冒出了一道高高的火焰，火光闪闪地跳动着，照亮了卧室、床铺和尸体；死人僵硬的面孔和被单下庞大的躯体的轮廓，在床后白色的布帘上，映出一幅颤动着的黑色的侧影。

当壁炉里只剩下一堆纸灰时，她又回到敞开的窗口，像是她已不敢再停留在死者的身边，她坐在那里，用手遮着面，哭泣起来，悲痛地呼喊着："啊！我可怜的妈妈，啊！我可怜的妈妈！"

她十分痛苦地想道——如果小母亲真的没有死，如果她只是昏昏沉沉地睡熟了，如果这时她突然起来说话了，那么她会不会因为了解了她母亲这个可怕的秘密而削弱对她的孝心呢？她还会用同样虔敬的心去抱吻她吗？她还会用同样圣洁的爱去对待她吗？不！那是不可能的！而这一思想撕裂了她的心。

夜已阑珊，星光黯淡了下去，这是破晓前清凉的时刻。月亮沉到了大海里去，水面上闪出螺钿色的银光。

约娜顿时回忆起她初回白杨山庄时倚窗眺望夜色的第一个晚上。那已是多么遥远的事情——一切都改变了，现实中的明天和她想象的是多么不同啊！

现在天空又涂上一片蔷薇色了——一种欢乐的、温柔的、娇媚的蔷薇色。她看着这初升的曙光，像是面对一种不可思议的现象似的，感到了惊讶。她不禁自问，世上既有这样美丽的晨曦，怎么可能就没有一点快乐和幸福。

推门的声音使她一惊，于连进来了。他问道："怎么样，你不觉得太累吗？"

她含糊地回答说"不"，心里却高兴现在她不再是独自一个人了。

"现在你去休息一下吧。"他说。

她沉重、悲痛而哀伤地和母亲抱吻，然后回到自己的卧室去了。

这一天就在准备丧事的凄切中度过。男爵傍晚才赶到家，他哭得很厉害。

葬仪在第二天举行。

约娜在母亲冰冷的面额上亲了最后一次吻，替她做好了最后一次的打扮，看着尸体钉到棺材里，这才退了出来。客人都快要到来了。

琪尔蓓特到得最早，她一见到约娜，就抱住她痛哭起来。

从窗口可以望见几辆马车正在拐进栅栏门快跑而来。宽大的外厅里充满着人声。穿着丧服的女客陆续走到房间里来，好些都是约娜没有见过面的。库特利耶侯爵夫人和勃利瑟维勒子爵夫人都过来和她拥抱。

忽然间她看到丽松姨妈悄悄地躲在她背后，她那么亲切地抱住了姨妈，使这位老小姐感动得快晕倒了。

于连进来了，他全身丧服，穿得很有气派，神情忙忙碌碌，显然对这样热闹的场面感到非常满意。他压低声音和他妻子商量了一番，又机密地提醒说："所有的贵族都来了，场面确实很像样。"

　　他庄重地和女客们一一打了招呼，然后又出去了。

　　丧礼开始后，只有丽松姨妈和琪尔蓓特伯爵夫人一直陪伴在约娜身边。伯爵夫人不断地拥抱她，一再安慰着她说："我可怜的好朋友！我可怜的好朋友！"

　　当福尔维勒伯爵来接他妻子时，他也痛哭得像死了自己的母亲一般。

第十章

接踵而至的这些日子都过得很悲惨，在这些日子里，因为亲人离开了，屋子里就显得凄凉和空虚；在这些日子里，每遇到死者日常使用过的东西，就会令人感到难过。这些时时刻刻都会触动回忆，叫人心酸。这里是她坐的圈椅，那里是她留在外厅里的洋伞，还有女仆忘了收起来的她曾经用过的酒杯！在每一间屋子里，都能发现零零碎碎的小东西——她的剪刀、一只手套、被她的粗手指翻破了的书、许许多多本来算不了什么的零星用物，正因为它们叫人想起她的种种琐事，无一不令人感到伤心。

还有她的声音到处追逐着你，回响在你的耳边。你想躲开这所房子的魔力，逃避到不论是什么的别的地方去，但是又不能不留在这里，因为别人也都忍受着痛苦留在这里。

此外，约娜始终痛心地忘不了她在她母亲旧日的信件中发现的那桩事情。这使她在思想上感到非常沉重，她那破碎了的心再也不能复原了。这可怕的秘密，更增加了她目前的孤独，她最后的一点连同她最后的一点点信仰，一齐都消失了。

父亲不久之后就离开了，他需要活动一下，换一换空气，跳出使他越陷越深的那种悲伤的心境。

这所大房子，见惯了它的主人一个又一个地离去，便又恢复了平静和正常的生活。

不久保尔病了。约娜快急疯了，接连十二天没有睡觉，也几乎不吃什么东西。

孩子病好了，但她仍然胆战心惊，总想到有一天他会死去，到那时她怎么办呢？她会变成什么样子呢？逐渐地她在心中不自觉地产生了再要一个孩子的念头。不久，过去的愿望重燃起来，她梦想能有两个孩子，一男一女——环绕在自己身边。这种想法把她纠缠住了。

但自从发生萝莎丽的那桩事情之后，她和于连便一直不同床了，在当前的情况下，要恢复他们之间的关系，简直是不可能的。于连另有所欢，这是她知道的，她只要一想到必须再去接受他的爱抚，就憎恶得浑身发抖。

她为想要再生孩子的念头深深地苦恼着。为了这个，她是情愿忍受一切了，但是她自问怎么去和于连恢复关系呢？如果让他猜透了自己的心思，那真会叫她羞死的，并且他早已不再想念她了。

她也许可以抛弃这个念头，但是她夜夜梦想着生一个女儿。她看见保尔和他的小妹妹在那棵梧桐树下一同游戏，有时她觉得简直忍耐不住，就想从床上爬起来，一言不发地跑到她丈夫的卧室去。事实上，已有两次她都偷偷地溜到了他睡房门口，可是心里一阵羞愧，又急忙退回去了。

男爵走了，小母亲死了，约娜现在再也没有人可以商量了，再也没有人可以诉说自己的心事了。

最后她决心去找比科神甫，想用忏悔的方式保守秘密，把这个难题讲给他听。

她去时，神甫正在他那个种着果树的小花园里读经。

闲谈了一阵不相干的事情之后，她红着脸，很难开口地说道："神甫先生，我想要忏悔。"

神甫吃惊了，他把眼镜往上一推，对她仔细端详一番，然后他笑了。

"我想您不会是良心上有什么重大的罪过吧。"

约娜更慌张起来，回答说："不是的，我只是有一个问题想征求您的意见，一个很难……很难开口的问题，所以我不敢在这里讲给您听。"

他立刻收敛起他那副好好先生的脸色，显出祭司般的神情说道："既然如此，我的孩子，我就到忏悔室里去听你讲，走吧！"

但是她突然一想，在那严肃而寂静的圣堂中，这样羞人答答的话怎么能出口呢，便又犹疑不决，退避不前了。

"神甫先生，我看……我看不必了吧……我可以……我可以……如果您愿意的话……就在这里把我要讲的话讲给您听。或是您看，我们坐到那边那个小亭子下面去吧。"

他们慢慢地走了过去。她心里盘算着应该从哪里说起，怎么个说法。他们坐下了。

于是，就像忏悔时一样，她开始了："我的圣父……"

她踌躇了，又一遍地说："我的圣父……"便心慌得说不下去了。

他把双手搭在肚皮上，等待着。他看出她很为难，便鼓励说："喔，我的女儿，有什么不可以讲呢。来，拿出勇气来。"

像一个胆怯的人再不顾任何危险，约娜下定了决心："我的圣父，我想再要一个孩子。"

他没有答话，因为他不明白是怎么回事。于是她想解释，但是惊惶失措得不知道怎样来表达。

"我现在的生活很孤单，父亲和丈夫彼此不融洽，母亲又死了。再加……再加……"说到这里，她浑身发抖了，她把声音放得更低，"那一天，我的孩子差一点完了！果真那样，我怎么办呢？……"

她停住了。神甫还是莫名其妙，用眼睛瞪着她："我说，开门见山地讲吧。"

她重复说："我想再要一个孩子。"

神甫习惯于农民们在他面前毫无顾忌地开点粗鲁的玩笑，听到这句话时，他微笑了，一面会意地点点头，答道："不过，我觉得，这事全仗您自己呀！"

她用天真的眼睛望望他，羞得前言不搭后语地说："但是……但是……您得知道自从那次……那次关于……那个使女……那是您知道的……那件事情之后……我和我丈夫，我们就完全……不在一起生活了。"

神甫见惯了乡间男女的混杂和不正当的关系，听到这番话时不觉吃了一惊，突然他以为猜到了那少妇真正的心思了。他用眼角望着她，对她的不幸抱着满腔的好心和同情："是的，现在我完全懂了。我懂得您的……您的孤单的生活使您烦恼。您正年轻，身体又很健康。这当然是自然的，完全自然的。"

他显出乡村神甫毫不拘束的快活性格，便又微笑了，他轻轻地拍拍约娜的手，说道："依照戒律，这是许可的，完全许可的。'肉体的结合仅仅只能由结婚才得到许可。'您是结了婚的人，可不是吗？那就完全不是乱插萝卜了。"

这次轮到她不懂对方话中所暗藏的意思了，等到她一下明白之后，羞得满面通红，把眼泪也急出来了。

"啊！神甫先生，您说的是什么呢？您在想什么呢？我向您发誓……我向您发誓……"她啜泣得哽咽住了。

他吃惊了，安慰她说："好了，我没有要使您难过的意思。我只是说了句笑话，只要心里诚实，说句笑话也没有关系。您把这事交给我，尽管交给我好了。我可以跟于连先生谈一谈。"

她简直不知道该说什么。她怕这种调停是笨拙的，而且是危险的，她想阻止，但是又不敢开口，她含糊地说了一声："谢谢您，神甫先生。"便匆匆忙忙地离开了。

一个星期过去了。她生活在令人苦恼的不安中。

一天晚上晚餐的时候，于连古怪地望着她，嘴角上带着一点微笑，她知道这是他平时戏弄人的时候惯有的一种表情。他甚至对她表示殷勤，但其中暗暗地带有嘲弄的意味，餐后两人在小母亲经常散步的那条白杨路上走着的时候，他附在她耳边低声说道：

"这样看来，我们又和好如初了。"

她什么也没有回答。她望着路上那道笔直的痕迹，现在由于长出了青草，几乎快看不清楚了。这是男爵夫人平时散步所留下的足迹，现在也像一个回忆一样，逐渐地被磨灭了。约娜凄苦地感到一阵心酸，她觉得自己在人生道上迷了路，孤独到与世隔绝了。

于连接下去又说："在我看来，这是求之不得的。我原来只怕你不肯。"

太阳西沉了，夜色温柔而幽静。约娜心里郁积得真想痛哭一场，她需要对一个知心的人敞开自己的胸怀，紧偎着他来倾诉自己的哀怨。她已经忍不住要哭出来了，便伸开双臂，倒在了于连怀里了。

她哭泣着。他吃惊了，他望着她的头发，但看不见藏在他怀里的脸。他以为她还爱着他，便大模大样地在她的发髻上亲了一个吻。

然后他们一言不发地走回去了。他跟她进了卧室，那一夜他就睡在她那里了。

他们旧日的夫妇关系恢复了。他就像在尽自己的义务，但心里却也并不讨厌。在她这边，心里觉得既痛苦又可厌，但也把它作为一种必要来承受了，她等待着一旦怀了孕，就决心断绝这种关系。

但是不久，她发现她丈夫在情爱上的举动和过去不同了，也许虽然显得更有经验了，但是有所保留。他像一个小心翼翼的情夫一般地对待她，而并不像一个泰然自若的丈夫。

她诧异了，暗自观察，很快发觉他每次和她发生关系时，都在她能受孕之前就停住了。

于是有一天夜里，正当嘴对着嘴的时候，她就讷讷地说："为什么你不像从前一样毫无保留地给我呢？"

他冷笑起来："天哪，就是为了不让你肚子大起来。"

她哆嗦了一下："为什么你不再要孩子了呢？"

他惊呆了："嗯？你说什么？你发痴啦？再要一个孩子？唉！那可要不得！有一个孩子哭哭啼啼已经够受的了，人人为他操心，还要花钱。再要一个孩子！谢谢老天爷吧！"

她把他搂在怀里，亲他，吻他，低声对他说："啊！我央求你，让我再做一次母亲吧。"

他仿佛受了她的伤害似的，大怒起来："你真是发昏啦！我求求你，别让我再听这种疯疯癫癫的话了。"

她不作声了，决心想对他使用圈套，来获得她所梦想的幸福。

于是她竭力设法要拖长他拥抱的时间，像演戏似的表现出疯狂般的热情，在那假装的神魂颠倒的时刻，她用痉挛的双臂把他紧紧地抱住。她用尽了种种诡计，但是他始终能控制住自己，一次也不敢大意。

她越来越被想做母亲的强烈的欲望所激动，她决心不顾一切了，什么都不怕，什么都敢做。就在这种情况下，她又找到比科神甫那里去了。

神甫刚用完午餐，由于餐后经常心跳，所以满面通红。他一看见她进来，便大声问道："事情怎么样？"因为他也急于想知道那次调解的结果。

约娜现在已下定决心，也就不再胆怯害臊了，她立即答道："我丈夫不想再生孩子了。"

神甫对这事极感兴趣，转过身来望着她，准备以教士的好奇心来探问床笫间的秘密，这些原是他在忏悔工作中足以消遣解闷的部分。他问道："这话怎么讲？"

虽然她已下了决心，到要解释时却又觉得为难了："但是他……他……他不肯和我再生孩子了。"

神甫明白了，他对这一类事情是内行的，他像一个斋戒而又贪嘴的人一般，连同种种精确的细节，一概都详详细细地询问了一遍。

他思索了一阵，然后用平静的声调，就像在估计丰收的年成似的，替她拟订了一个考虑得很周到的巧妙的计策："亲爱的孩子，您现在只有一个办法，那就是要使他相信您已经怀了孕。这样他就不再戒备了，到那时您便真的会怀孕了。"

她连眼睛都羞红了，但是既然她一切都在所不惜了，便又追问道："可是……可是他要不相信我的话呢？"

神甫对掌握人们的心理是最擅长不过的："您把怀孕的事情对所有人都讲，到处宣传，结果他自己也就会相信了。"

然后像是为自己这道策略辩护，他又补充说："这是您的权利。教会容许男女间的关系，只有一个目的，那就是为了生育。"

她听从了这个巧妙的主意，半个月以后，便告诉于连说自己可能怀孕了。他吓了一跳。

"那怎么可能呢！那不会是真的。"

她立刻指出她所以怀疑有孕的理由，可是他还自信地说："那可不一定，等着看吧！"

从此每天早上他都问："怎么样？"

她却总是回答说："没有，还是没有来。要不是怀了孕，那才怪呢！"

他也焦急起来，心里又懊恼又奇怪，反复说道："这个我可真不懂，简直不懂。吊死了我，我也不知道那是怎么搞的！"

一个月之后，她把这个消息到处宣传，只是出于爱面子的这种复杂而微妙的心理，才独独没有告诉琪尔蓓特伯爵夫人。

于连从最初产生了顾虑之后，就不再和她接近了。后来懊恼极了，也就索性算了，说道："这一个可真是自己找上门来的。"

从此他又和他妻子同床了。

神甫所预料的一切完全实现了。她真的怀了孕。

这时约娜欢喜得快疯了。她出于对她所崇敬的那不可知的神祇的感恩，立誓要永守贞洁，从此，每天晚上，她把卧室的门关得紧紧的。

她重新感到自己几乎很幸福了，暗自惊奇在母亲死后，悲哀会消失得这么快。她原以为自己再得不到安慰的了，可是现在不到两个月，敞开的伤口竟痊愈了。剩下的只是一种淡淡的忧郁，就像是笼罩在她生活上的一层惆怅的纱幕而已。她觉得不可以再发生任何其他事故了。孩子们会长大起来，都会很爱她——她无须再去为她丈夫操心，她的老年时光会过得平静而称心。

将近九月底的时候，比科神甫穿着一件上身才一个礼拜的新法衣，正式来告别了，同时也为介绍他的后继人托比亚克神甫。这是一位很年轻的神甫，身材瘦小，说话有些夸大，一对深陷的眼睛周围有一道黑圈，说明他性情的急躁。

老神甫被调到戈德镇去当首席神甫去了。

约娜为他的离别实在感到伤心。这位好好先生是和她做少妇的全部回忆联系在一起的。为她举行婚礼的是他，给保尔施洗礼的是他，主持男爵夫人葬礼的也是他。她要一想到埃都旺村，就一定会联想到比科神甫挺起大肚子沿着农庄院子路过的神气；她喜欢他，因为他快活而又自然。

神甫虽然高升了，心里却并不觉得高兴。他对约娜说："子爵夫人，我心里是难过的，我心里是难过的。我在这里已经十八年了。啊！这个村庄收入少，进益不大。男人对宗教的信仰不高，妇女呢，您也知道，品德不好。女孩子不先朝拜大肚皮圣母，是不会到教堂来结婚的，因此这个地方橘花不值钱。尽管如此，我对当地一向是有感情的。"

新神甫听得很不耐烦，满脸涨成通红。他突然插嘴说："我在

---

① 橘花象征贞洁，常用作装饰新娘的花冠。

这里，一切都不能这样下去。"

他那样子，就像一个瘦弱而性格暴跳如雷的孩子，他身上穿着一件干净的旧法衣。

比科神甫斜眼望着他。每逢他兴致好的时候，他总是这样看人的，接着说道："您看吧，神甫，您想防止这些事情，除非把全区的教徒都用链子锁住；就是这样，也得不到什么效果。"

那个青年神甫厉声答道："我们将来看吧。"

老神甫往鼻子里送了一撮鼻烟，慢慢嗅着，微笑地说道："神甫，年纪大起来，您就会心平气和了，这和经验也有关系；按您的做法，只会把最后的几个信徒也从教堂里赶跑了，此外再不会有什么好处。这里的人宗教信念是有的，但也很能胡闹，这一点您要注意。说老实话，每当我发觉一个肚子有点大了的姑娘来听讲道的时候，我心里就想：'这一下，她要替我多带进一个教徒来了。'我就尽力帮助她结婚。您要知道，您无法防止他们不出乱子，但是您可以去把那个小伙子找出来，免得他抛弃那个做了母亲的姑娘——使他们结婚，神甫，使他们结婚，别的事您不要管。"

新来的神甫冷冷地答道："我们的想法不同，争论也没有用。"

这时比科神甫又恋恋不舍地谈起他的村庄，谈起从他教会住宅的窗口就能望见的大海，谈起那些漏斗形的小山谷，那里他常常一面诵读着经文，一面瞭望在大海上航行的船只。

两位神甫告辞了。老神甫抱吻了约娜，她几乎要哭了。

一个星期之后，托比亚克神甫又来了。他像一个新接王位的王子似的，谈到他正在进行的改革。然后他请求子爵夫人千万不可在礼拜日望弥撒时缺席，并且所有节日也都必须参加。

"您和我，"他说，"我们是地方上带头的人，我们应该管理这个地方，并且凡事要以身作则。我们必须联合起来，才能有势力，才能受人尊敬。教堂和庄园携手合作，住茅屋的人就会服从我们并且怕我们了。"

约娜的宗教完全是从感情出发的，她的信仰，像一般女人的信仰一样，是带有梦幻色彩的；她所以还能勉强尽她做教徒的责任，那完全出于在修道院时所养成的习惯，至于她的宗教信念，则早受她父亲那种自由思想哲学的影响而抛到九霄云外了。

比科神甫看见她多少能对教会尽点责任，心里就满足了，因此从来不作过分的要求，但是新来的神甫发现她上个礼拜日没有去望弥撒，就严厉而焦急地跑来了。

她不愿意和教会的关系破裂，便答应了，但心里是有保留的，她只准备为了情面关系在最初几个星期到教堂去。

从此她渐渐养成了到教堂去的习惯，并且接受了这个严格而专横的瘦个儿神甫的影响。他的那种狂热者的激昂和热情使她喜欢。他挑动了她那根每个女人心灵中都有的宗教诗情的心弦。他那种执拗的苦行、对于世俗和肉欲的蔑视、对人世间种种牵挂的厌恶、他对天主的敬爱、他那种年轻人对人情世故的无知、他生硬的言辞、他那不屈的意志，所有这一切给了约娜一种印象，以为这就是殉道者的形象，于是饱经人世忧患的约娜，便被这个孩子、这个天国使臣的狂热信仰吸引住了。

他引导她走向救苦救难的基督，指示她宗教虔信的快乐一定能解除她的一切痛苦，当她驯顺地跪在这个看去不过十五岁的神甫面前忏悔时，真觉得自己既软弱又渺小。

但是不久这个神甫便被全村的人所痛恨了。

他因为对自己要求十分严格，所以对别人也丝毫不能宽容。其中爱情这件事情特别引起他的愤慨和恼怒。他在布道时，常常按照教会的习惯，用狠毒的词句，十分激烈地指摘爱情，并在乡下听众的面前不时地大发雷霆，谴责淫风；而且因为他在愤怒中描绘出来的形象，刺激着他的神经，他会气得浑身发抖，甚至跺起脚来。

年轻的小伙子和姑娘们，在教堂里挤眉弄眼，偷偷地你看看我，我看看你；一向喜欢在这些事情上开开玩笑的老年农民，望完弥撒，在回家的路上走在穿蓝布外罩的儿子和披黑斗篷的老婆身边时，谈起这个可恶的小神甫的偏激，也纷纷表示不满。整个村庄，群情激愤起来。

人们窃窃地议论在忏悔室时他是多么的严酷，惩罚人时又是多么的厉害；当他坚决拒绝赦免那些贞操受到侵犯的姑娘们时，大家就都讥笑他。节日做大弥撒时，人们看见有些青年男女还留在座位上，不和别人一起去领圣体①，便哄堂大笑。

---

① "圣体"，指天主教参加宗教仪式时所吃的面包和葡萄酒。

不久，小神甫就像看守人追逐私猎户一般，去侦察和阻止情人们的幽会。在明月的夜晚，他到路边的沟渠里，到谷仓背后或是海边小山坡的草丛里去驱逐幽会中的男女。

有一次，他碰到了一对，他们当着他的面仍然不分开——互相揽着腰，在满是乱石的溪谷里，一边走一边接吻。

神甫嚷道："不要脸的东西，你们够了吧！"

那个伙子回过头来答道："神甫先生，您管您自己的事情好啦，这里的事情和您不相干。"

于是神甫拾起一些鹅卵石，像赶野狗一样，向他们扔去。

那两个人笑着逃走了，可是下一个礼拜日，他在教堂里当众宣布了他们的名字。

从此，当地所有的年轻小伙子都不去望弥撒了。

神甫每星期四到庄园来晚餐，在其他的日子里也常来和他的女信徒谈天。她也和他一样，一谈起精神上的事物，便变得非常兴奋，宗教论辩中所使用的古老而复杂的种种武器，她也全盘掌握了。

他俩在男爵夫人经常散步的那条白杨路上边走边谈，当他们谈到基督和他的使徒或是圣母和教会的圣者，那简直就像谈论他们所认识的熟人一样。有时候，他们停下来，为的是讨论相互提出的一些莫测高深的问题；这时她就腾云驾雾似的发出种种诗意的议论，而他呢，要求更严格，就像一个偏执狂热的辩护人一般，抱定主意非要做到数学般精确地从圆形里求得相等的方形面积。

于连十分尊敬地对待新来的神甫，屡次说："这位神甫很合我的胃口，他一点都不妥协。"

因此他按例去做忏悔和领圣体，出色地起着示范作用。

他现在几乎每天必到福尔维勒伯爵夫妇家去，他和伯爵一起打猎，伯爵似乎没有他都不行了；同时不论刮风下雨，他都陪着伯爵夫人去骑马。伯爵说："他们骑马骑得入迷了，不过这对我妻子的身体倒有好处。"

男爵在十一月中旬回来了。他变了样子，苍老而又衰弱，精神上再也摆脱不了那种阴沉忧伤的心情。他对他的女儿更恋恋不舍了，仿佛几个月来的寂寞孤独，使他更迫切地渴望家庭的温暖，亲人的爱和精神上的安慰。

约娜一点没有向男爵谈起她新近思想上的变化、她和托比亚克神甫的交往和她的宗教热情，但是男爵第一次和这位神甫见面，心里就对他产生极大的反感。

晚上当约娜问他："你觉得这人怎么样？"

他就回答说："这个人吗，这是一个十足的宗教裁判官！所以是个危险的人。"

后来，他从他所熟悉的那些农民口中，知道了这个青年神甫的严酷和凶暴，他那种违反自然法则和对人性本能的迫害，他心里对他就越发憎恨了。

男爵原是属于崇拜大自然的前辈哲学家的信徒，当他看见一对生物的交合，他会受到感动，他是个热心肠的泛神论者，因此怒斥天主教观念中的那个"天主"，那个合乎资产阶级的意图、具有耶稣会教士的迫害狂和暴君的复仇心理的"天主"——那个"天主"，在他看来，实际上是缩小了不可避免的、无边无际的、全能的"创造"，而"创造"同时也就是生命、光、大地、思想、植物、岩石、人、空气、牲畜、星辰、神、昆虫等这一切的总和。"创造"所以称之为"创造"，就因为它创造一切，它比意志更坚强，比理念更广阔，它随着时机的需要和温暖宇宙的日月星辰的运行，在无限的空间里、四面八方、不问形式、无目的、无理知、无终结地产生着一切。

"创造"包括万物的萌芽，它培育了生命和思想，正如树木的开花和结果。

所以在男爵看来，生殖是自然的大法则，是圣洁而可敬的行为，它实现了宇宙本体永恒而不可索解的意志。因此男爵开始在各个农庄里激烈地鼓动农民起来反对这个顽固的神甫，这个"生命"的迫害者。

约娜感到很苦恼，她向天主祷告，向她父亲央求，但男爵总是回答说："必须和这样的人斗争，这是我们的权利，也是我们的义务。这种人简直毫无人性。"

他摇动着长长的白发，反复说道："这种人简直毫无人性，他们什么都不懂，简直什么都不懂。对什么都是昏头昏脑地乱来一气，这种人是违反自然的。"

他喊出"违反自然！"这几个字在他口中就像是给人下的咒语。

神甫很清楚自己遇见了敌人，但是由于他要把庄园和年轻的女主人掌握在自己的手中，并且确信他能获得最后的胜利，他便等待着时机。

不久，一个固执的念头时刻出现在他脑海中了——他曾经在无意中发现了于连和琪尔蓓特之间有着不正当的男女关系，现在他就想不惜用一切手段来打散他们。

有一天，他去看约娜，经过一番神秘的长谈之后，他要求她联合作战，和他一同来驱除她家庭中的邪恶，挽救那两个走向毁灭的灵魂。

她不懂他的意思，想要问个明白。他却答道："时机还不成熟，不久我会再来看您的。"说完就突然走了。

冬天快过去了，按乡间的说法，这是一个发霉的冬天，既潮湿又温暖。

不到几天神甫又来了，他隐隐约约地说，在有些人中间存在着不正当的关系，而这些人照理应该是无可指摘的。他又说，知道这种事情的人，有责任想尽一切办法去阻止他们。他发了许多冠冕堂皇的议论，然后握住约娜的手，劝她一定要睁开眼睛，弄个明白，并且和他合作。

这一次，约娜已经懂了，但是她不作声——想到家庭里如今平安无事，又要招来一场风波，心里就很害怕。因此她装作没听懂神甫话中的意思，这时他就不再犹疑，明白地摊出来了。

"子爵夫人，我要来做的这件事情是令人很痛苦的，但这是我的责任，我没有别的办法。我所处的职位有必要叫您明白一件您能阻止的事情。您要知道，您丈夫对福尔维勒伯爵夫人的友谊是罪恶的。"

她忍辱无力地低下了头。

神甫接下去说道："现在您准备怎么办呢？"

她讷讷地问道："神甫先生，您叫我怎么办呢？"

神甫粗暴地回答说："您必须出面干涉这种罪恶的情欲。"

她哭了，带着悲痛的声音说道："他已经和一个使女欺骗过我，但是他并不听我的话；他已经不爱我了，如果我有什么要求不合他的意，他会很粗暴地对待我。我有什么办法呢？"

神甫不做正面回答，咆哮说："那就是说，您默认啦！您屈服啦！您同意啦！通奸的罪人就在您自己家里，而您就容许啦！罪恶发生在您的眼前，而您竟装作看不见吗？您是一个妻子吗？一个基督教徒吗？一个做母亲的人吗？"

她啜泣着："您叫我怎么办呢？"

神甫答道："什么都比容许这种可耻的事情好。我告诉您，什么都比这要好。离开他吧！逃出这个肮脏的家庭。"

约娜又说："但是，神甫先生，我自己没有钱生活，而且我现在也没有勇气；再说我并没有证据怎么就离开呢？我没有权利这样做的。"

神甫气得浑身发抖，站起身来："夫人，这都是因为您懦弱无能啊，我没有想到您是这样的人。您是不配受天主的怜恤的！"

她在他面前跪下去了："啊！我央求您，不要抛弃我，请您指点我吧！"

他说得很干脆："您叫福尔维勒先生睁开眼睛看看吧。来斩断这种关系，那是他的事情。"

她一想到这个，真是觉得可怕极了："他会把他们杀死的，神甫先生！那我就犯了告密的罪！啊！那可不行，绝对不行！"

这时神甫生气极了，举起手来像对她发出诅咒似的，说道："您就生活在您的耻辱和罪恶中去吧，因为您的罪比他们更大。您是一个容忍奸情的妻子！我没有必要留在这里了。"

他走了，愤怒得浑身发抖。

她慌张地跟在他后面，准备让步，要答应他了，但是他仍然怒不可遏地匆匆往前走去，手里激动地挥舞着那柄几乎和他身子一般高的蓝色大雨伞。

他瞥见于连站在栅栏门附近，正在那里指挥修剪树枝；于是他向左一拐，想从库利亚尔家的农庄穿过去，嘴里反复说："夫人，让我走吧，我没有什么可对您说的了。"

就在他要经过的农庄的院子中间，一群庄上的和附近邻居的孩子们正聚拢在母狗米尔扎狗棚的周围，这群孩子一声不响，好奇而又紧张地在那里观看什么东西。男爵就像一个小学里的老师似的，也站在孩子们中间，背着手，在那里好奇地观望着。但是当他远远看见神甫走来时，为了免得和他见面、打招呼和寒暄，便躲开了。

约娜还在那里恳求说："给我几天时间吧，神甫先生！请您再来一趟，那时候，我可以告诉您我所能做的，和我所能准备的一切，然后我们再一起商量。"

这时他们已来到那群孩子身边，神甫便走近去看看到底是什么东西使孩子们这样感兴趣。原来是那条母狗正在生小狗。在狗窝前，已经生下的五条小狗，正在母狗的周围蠕动着，母狗疲惫不堪地侧身躺在那里，喜爱地舐着它们。正当神甫弯下身去观看时，母狗痉挛地把身子一挺，第六条小狗钻出来了。这时孩子们都乐极了，拍手嚷道："又是一条，又是一条！"

在孩子们眼里，只觉得这是很好玩的，除了很自然地觉得好玩以外，并没有任何不洁的观念在内。他们看着小狗生下来，就像看见苹果落到地上一样。

托比亚克神甫最初惊呆了一阵，然后怒不可遏地举起他的大雨伞，用全身的力气，向孩子们的头上打去。小家伙们都吓坏了，拔腿就跑，只剩下神甫面对着那条正在分娩中的母狗。母狗挣扎着想站起来，但是神甫已不能控制自己，他不等狗站起来，便拼着命想把它打死。狗被链子锁着，不能脱身，在他的痛打下，一面挣扎，一面骇人地哀号。他的雨伞打断了，这时他赤手空拳，只好跳到狗身上，疯狂地踩着、踢着，想把它弄个稀烂。在他的践踏之下，最后的一条小狗被挤出来了，母狗已被打得鲜血淋淋，还在那堆没有睁开眼睛、呜呜地叫着正在寻找奶头的小狗中间颤动着；他最后又抬起脚跟，狠狠地踢过去，这才结果了它的性命。

　　约娜早已逃开，但是神甫突然觉得有人抓住了他的脖子，一个耳光打飞了他头上的三角帽，愤怒到了极点的男爵一直把他拖到栅栏门前，然后一下把他扔到大路上去了。

　　当勒培奇先生回转身来，他看见他的女儿正跪在那堆小狗中间，一边哭泣，一边把它们捡起来放到自己的裙兜里。他指手画脚地匆匆向她走来，大声嚷道："你看这个家伙，你看这个家伙，这个穿道袍的家伙！现在你看明白了吧？"

　　农庄里的人都跑来了，人人都看着那条在血泊中的母狗，库利亚尔大娘叹道："真会有这样野蛮的人哪！"

　　这时约娜已经把那七条小狗都捡起来了，想要把它们抚养起来。

　　人们试着用牛奶来喂它们，有三条第二天就死了。于是西蒙老爹跑遍各处，想要找出一条带奶的母狗来。他没有找到带奶的母狗，结果却找来一只带奶的母猫，说那也能顶事。结果只好把其他三条小狗也牺牲了，留下最后一条交给母猫来抚养，这个异族的奶娘立刻收容了它，侧躺着身子给小狗喂奶。

　　为了不使母猫过分吃力，两星期之后小狗就断奶了，另由约娜自己用奶瓶给它喂奶。她替小狗取了名字，叫"多多"。男爵坚决要替它取名为"屠杀"。

　　神甫不再来了，可是在下一个星期日讲道时，他便对庄园痛施诅咒、辱骂和威吓——说一定要无情地扑灭一切病疫，革除男爵的教籍，男爵自然一笑置之。同时神甫还风言风语，影射于连另有了新欢。子爵听得非常恼怒，但是生怕丑事宣扬出去，也只好把怒火压在心头。

从此，每次讲道，神甫必定要宣讲一番他报仇的心愿，预言天罚的日子就要到了，所有他的敌人都不能脱身。

于连给大主教写了一封既恭敬而又强硬的信。托比亚克神甫有被撤职的危险，就不再作声了。

人们常常遇见他迈着大步，十分激动地独自在四处漫游。琪尔蓓特和于连每次骑马外出散步时，总能望见他。有时远远地看去，在原野的尽头或是在悬崖的边上，就像一个黑点子；有时当他们正要走近一个窄谷时，他却正在那里读经。这时他们便掉转马头，免得从他身边经过。

春天来到了，他们的热情更炽烈起来。天天不是在这里，就是在那里，骑马找个隐蔽的地方，互相搂抱在一起。

不过树叶还很稀疏，草地又很潮湿，所以他们不能像在盛夏时节那样，躲进小树林里去。为了避免被人撞见，他们秘密的幽会经常利用伏高特小山坡顶上牧羊人休息用的一间小木屋，这木屋是能移动的，但从去年秋天起就一直被弃置在那里。

木屋高高地架在轮子上，孤零零地竖立在那里，和悬崖相距约有五百米，在山谷开始陡峭直降的山坡上。他们隐蔽在木屋里是万无一失的，因为居高临下望得见整个原野；两匹马拴在木屋的辕木上，一直等待到主人们的欢乐兴尽而止。

但是有一天，当他们离开那小屋时，望见托比亚克神甫坐在山坡下，几乎是隐藏在芦草丛中。

于连说道："以后应该把马留在山谷里，不然人们老远就能望见了。"

从此他们总是把牲口拴在一个长满荆棘的山坳里了。

又有一天傍晚，当他们正返回弗丽耶特庄园去，那里伯爵等着他们晚餐，他们遇见埃都旺的神甫正从里面出来。他站在一旁让他们过去，低着头向他们打了个招呼。

他们感到一阵担心，可是很快也就忘记了。

谁知五月初的一个下午，外面刮着大风，约娜正在火炉边看书，她从窗口望见福尔维勒伯爵急急忙忙地步行而来，以为一定发生了什么意外的事情了。

她赶快下楼来招呼他，当她站在他面前时，以为他真的疯了。他头上戴着那顶平时只在家里戴的大皮帽，身上穿着猎装，面色变得那么铁青，一向和他鲜红的皮肤很调和的红胡子，这时看上去像一团火焰了。他的眼睛很凶猛，眼珠滚来滚去，显出丧魂失魄的神情。

他喃喃地说："我的妻子在您这里吗？"

约娜不知所措地答道："没有呀，我今天还没有看见过她。"

他的两条腿仿佛直发软，他坐下了，他摘下帽子，三番五次不由自主地用手绢擦一擦前额；然后身子一挺又站了起来，伸着手、张着嘴，向约娜走去，像要向她吐露内心极度的痛苦，可是他又站住了，眼睛盯着她，像说梦话似的自语道："但是您的丈夫……您也……"

说着他就直奔海边而去。

约娜跑去想阻拦他，一面叫唤他，恳求他。她已吓得胆战心惊，暗自想道："他全都知道了！可是他想去做什么呢？啊！但愿他找不着他们！"

但是她没有能赶上他，她的话对他也不起什么作用。他仿佛很自信，毫不犹疑地直奔而去。他跳过水沟，迈着大步穿过那片芦草地，然后登上了悬崖。

约娜站在种了树木的土岗上，久久地望着他，直到看不见了，才满怀忧虑地回到家里。

这时伯爵转向右手边，开始奔跑起来。喧腾的大海上，波涛汹涌；大片大片的乌云从天边飞奔而来，每一片云都带来一阵暴雨。风飕飕地怒啸着，掠过草地，刮倒禾苗；大群的白鸥，像起伏的浪花似的，乘风向大陆飞去。

大粒的雨点阵阵地打在伯爵的脸上，他的双颊和髭须上湿淋淋地挂着雨珠，雨声在他耳边哗啦哗啦地响，他的心房突突地跳动着。

那边，就在他眼前，伏高特山谷张大了幽深的咽喉。一眼望去，只看见一个空寂的羊栏和羊栏旁牧羊人的小木屋。两匹马拴在这所活动房子的辕木上。在这样暴风雨的天气，还有什么可不放心的呢？

伯爵一望见那两匹马时，便伏倒在地上，然后用两膝和双手匍匐前进，这个浑身是泥、头上戴着兽皮帽的庞然大物，看去真像一个鬼怪。他一直爬到那所孤零零的木屋边，为了不叫人从木板缝里望见他，他便躲到木屋底下。

那两匹马一看见他，便骚动起来。他用手中的小刀悄悄地割断了马身上的缰绳，骤然吹来一阵狂风，冰雹敲打着木屋的斜顶，木屋在轮子上摇动起来，把两匹马吓得都逃跑了。

伯爵跪直了身子，眼睛贴在门缝里，向里面窥望。

他一动也不动，像是在等候着什么。经过了一阵相当长的时间，他突然站起来，身上从头到脚沾满了烂泥。他愤怒地拨动门闩，把门从外面反扣住了，然后握住辕木，把小屋拼命地捣动着，仿佛想把它捣得粉碎似的。忽然间他挽住辕木，像牛拉车似的，弯着高大的身躯，喘着气，拼死命地把这所活动的木屋连同关在木屋中的那对情人，一起拖向陡峭的山坡边上。

关在木屋里的人，一边用拳头敲着木板，一边大声叫喊，他们还不了解究竟出了什么事情。

当伯爵把木屋拖到斜坡边缘时，一松手，轻巧的小屋子便顺着斜坡滚下去了。

它势不可当地往下直滚——就像一只野兽，横冲直撞，愈滚愈快，辕木拍打着地面。

一个蜷缩在山沟里的老乞丐，看见那木屋从他头顶上跃过，他听到从里面发出骇人的叫喊。

猛然间那木屋撞掉了一个轮子，倒向一边，接着就像一个皮球，像一所连根拔起的房子从山顶上翻滚下来。当它滚到最后那

道山坳边时，一跃而起，在空中划出一道弧形，跌到谷底里，像一个鸡蛋似的，被砸得粉碎了。

木屋一撞碎在石头上，那个曾经看到它从头上跃过的老乞丐，立刻蹑手蹑脚地踩着荆棘，从山坡上走下来，他带着乡下人的那种小心谨慎，不敢直接走近那间砸碎了的木屋，便先到附近的农庄去报信。

人们都跑来了，拨开碎片，发现了两具尸体，但全已血肉模糊，惨不忍睹。男的前额裂开，面孔压得稀烂；女的受了撞击，颚骨脱落下来。他们的四肢折断，软酥酥的皮肉下，仿佛都已没有骨头了。

但是人们对死者都还认得出来，便开始纷纷议论，推测这场惨剧发生的原因。

"他们到这里面去干什么呢？"一个女人说。

这时那个老乞丐便说他们显然是为了避暴风雨，才躲到里面去的，后来狂风把小屋吹倒，这才滚了下来。他还解释最初他自己也想躲到木屋里去，只因看到辕木上拴着两匹马，他才知道里面已经有了人。

他又得意地补充说："不然，我就送了命了。"

有人打岔说："那不更好吗？"

于是老汉怒不可遏地说道："为什么那就更好呢？难道就因为我是穷汉，他们都是阔人吗？看看现在他们这副样子……"

老汉气得发抖了。他衣衫褴褛，浑身湿透，乱蓬蓬的胡子和从破帽子里钻出来的长头发脏成一片；他用手里的那根弯曲的棍子，指指那两具尸体，叫道："死了，我们大家还不都是一样。"

这时又有一批农民赶来了，他们带着不安、疑虑、惊慌、自私而又胆怯的神色，冷眼旁观着。接着大家商量办法，最后决定把两具尸体分别运回到各自的庄园里去，企图获得一笔犒赏。两辆小篷车驾好了，但这时又发生了新的难题。有些人主张车子里铺上一点稻草就行了，另一些人却认为要放上垫褥才成个样子。

刚才说过话的那个女人嚷道："但是垫褥上会染得满处是血，将来还得用漂白水才能洗掉。"

一个气色快活的胖农民答道："自然会有人出钱的。东西越贵重，钱就越出得多。"

这话使大家都信服了。

两辆没有装弹簧的高轮小篷车，一辆向左，一辆向右，快步出发了，这两个生前搂抱在一起，从今再不会见面的尸身，每当车轮走在高低不平的车辙中时，便在车子里被震动得晃来晃去，东摇西摆。

伯爵一看到小屋从陡峭的山坡上滚下去，便在狂风暴雨中飞奔着逃走了。他越过大路，冲开篱笆，跳下土岗——这样跑了几个小时，在黄昏时才到了家，连他自己也不知道是怎么回去的。

仆人们惊慌地正在家里等着他，告诉他两匹马——于连的那一匹跟在另一匹后面——刚到家，却不见马上的人。

福尔维勒先生一阵眼花，用断断续续的语声答道："在这样可怕的天气里，也许出了什么意外的事情，让所有的人都去找他们吧。"

他自己也出去了，但一走到人家看不见他的地方，便躲进树丛里，偷偷地朝大路上探望着。至今还被他死命地爱着的这个女人，就要从这条路上回来——她也许已经死了，也许还留着最后的一口气，或是折断了四肢，永远成为残疾的人了。

不久一辆小篷车从他面前经过，像是载了什么奇怪的东西。

车子先在庄园门前停住，后来才进去。对呀，那一定是"她"，但是一种极度的恐怖把他牢牢地钉在那里了，他害怕面对事实的真相——他一动不动，畏缩成像一只野兔一样，任何声响都会使他发抖。

他等了一小时，也许是两小时。那辆篷车并没有出来。他对自己说，他妻子也许只剩最后一口气了。一想到去见她，去面对她的目光，他心里就恐怖极了；他害怕有人会在他隐藏的地方发现他，强迫他回去目睹她垂死时的惨状，便又一直逃进树林中去；但是他忽然间想起，也许她正需要照料，而周围显然没有任何人能服侍她，他便疯了似的跑回家去。

进门时，他遇见了家里的园丁，便叫道："怎么样啦？"

那人不敢应声。于是福尔维勒先生更大声地吼道："她死了吗？"

仆人讷讷说："是的，伯爵先生。"

顿时他心中感到无比的轻松。他的血液和他紧张的肌肉突然间都恢复正常了，于是他稳步登上高大的台阶。

这时另一辆篷车到达了白杨山庄。约娜老远就望见了，她看到车上的垫褥，猜想那上面一定躺了人，她一下都明白了。她所受的刺激是那样的强烈，她立刻晕倒了。

当她恢复知觉时，她父亲正托着她的头，拿香醋擦在她的鬓角上。他犹疑地问道："你知道吗？……"

她喃喃地说："是的，爸爸。"

但是当她想站起来时，她痛得怎么也站不住。

当天晚上，她就分娩了，生下的婴儿是死的。那是个女孩子。

于连下葬她一点都没有看见，一点也不知道。她只知道一两天之后丽松姨妈回来了，在昏昏沉沉的噩梦里，她总是想知道那个老处女究竟是什么时候，在什么时间和在什么情况下离开白杨山庄的。后来在她神志清醒的时候，她也仍然记不起来，只是肯定在小母亲死后，她还见过她的。

第十一章

约娜三个月不出房门，她变得那么虚弱，那么面无人色——看上去像是无可挽救的了，谁都这样想，谁都这样说。后来她却逐渐有了起色。她父亲和丽松姨妈都在白杨山庄住了下来，不再离开她了。她在这一次的打击中，得了神经衰弱症，动不动就头晕，一点小事就会使她昏过去很久。

她从来没有细细地问过于连是怎样死的。她管这些做什么呢？难道她还知道得不够吗？人人都以为那是意外的遭遇，其实她知道内情——他们通奸的行为她知道，出事那一天，伯爵怒气冲冲突然跑来看她的那一幕她记得很清楚，这些折磨着她的秘密，只有她自己在心里知道。

但是现在占据她整个心灵的，却是对往事温馨而惆怅的回忆，她丈夫曾经给予她的短暂的爱情的欢乐。每当她突然想起他时，她的心就发抖了——这时在她眼前出现的，是他们订婚时期的那个于连，是他们在火热的科西嘉岛上旅行时她在短促的时刻中所热恋着的于连。现在人已进了坟墓，随着相隔的距离愈来愈远，他的种种缺点缩小了，他的粗暴不见了，就连他那些不忠实的行为也不是那么不能令人容忍了。约娜对这个曾经把她抱在怀里的男人，在他死后，产生了一种对他近乎感激的心情——她只去回忆那些幸福的时刻，而不再计较过去他所带给她的痛苦了。时光不断地消逝，一个月又一个月；遗忘就像逐渐积聚的尘埃，遮盖了她所有的回忆和痛苦；从此她把自己的一生完全寄托在儿子身上。

保尔成了围绕在他身边的三个亲人的偶像，成了他们唯一念念不忘的对象，他就像暴君似的骑在他们头上；而在他这三个奴隶中间，甚至还产生了一种妒忌，约娜心里怪不舒服地看着孩子骑在外祖父的膝上，骑完了还亲热地抱吻他。丽松姨妈常常躲到自己的房间里去流泪，因为这个还不大能说话的孩子也像别人一样，冷落了她，有时像对待女仆似的对待她；孩子对自己的母亲和外祖父亲亲热热，而她则煞费苦心才能讨得他一点欢心，两相比较，姨妈心里就觉得很委屈。

两个安静的年头都因为把专心照顾放在了孩子的身上而太太平平地度过了。到了第三年初冬，他们决定到卢昂去住到春天，全家就都出发了。到了久未有人居住的潮湿的老房子里，保尔害了严重的支气管炎，大家又怕是肋膜炎，三个大人慌张起来，都说这孩子离开了白杨山庄的空气是不行的，因此一等他病刚复原，全家就又搬了回来。

从此便开始了平静而单调的岁月。

他们总是包围着这个小人儿，有时在他的卧室里，有时在大客厅里，有时在花园里。孩子已能结结巴巴地说话，他那些滑稽的用语，他的一举一动，都逗起他们的惊喜。

他的母亲为了称呼得更亲昵，管他叫保莱，孩子咬音不准，说成了普莱①，这就引得他们笑个不停。从此普莱就成了他的小名，大家都这样称呼他了。

他长得很快，这三个大人——在男爵看来"三个妈妈"——最感兴趣的事情之一，就是替他量身材。

他们在客厅的门框上，用小刀刻上了一连串的横道，标记他每个月长高的进度。这一道一道的记号，也就是所谓"普莱的进度表"，在全家人的生活中成了一件大事。

然后，家庭里又出现了一个新的重要的角色，那就是小狗屠杀。自从约娜全神贯注地把精力集中在她儿子身上以后，早不去注意那条狗了。它一直被人用链子锁着，孤单单地生活在马房前面的一只旧木桶里，由厨娘吕迪芬喂它一点吃的。

一天早晨保尔看见了，嚷着要去抱它。人们小心翼翼地把孩子带到那里。狗和孩子玩得很亲昵，孩子哭叫着不肯再离开了。于是只好给屠杀解去了锁链，让它住在屋子里了。

它成了保尔一刻也离不开的游伴。孩子和狗在地毯上一起打滚，挨着睡觉。后来屠杀竟睡到它小朋友的床上去了，因为保尔再也不肯让它离开。约娜担心狗身上的跳蚤，有时会显得很着急；丽松姨妈讨厌那条狗，因为她觉得它霸占了这孩子的心，她自己在孩子心中应有的地位，倒被那只狗夺去了。

① 保莱是法文中保尔的爱称，"普莱"（Poulet）仅一音之差，却成了"小鸡"。

　　他们很难得同勃利瑟维勒和库特利耶这两家人有来往，经常在这寂寞和古老的庄园里进进出出的，只有镇长和医生两个人了。自从神甫杀害母狗，以及在伯爵夫人和于连的惨死中约娜对神甫起了疑心之后，她就不再到教堂去，她对天主手下竟能有这样的神甫，感到愤懑不平。

　　托比亚克神甫仍然时时对庄园进行攻击，他毫不隐讳地暗示说，庄园里有"罪恶的精灵""永恒反叛的精灵""谬误和谎言的精灵""不义的精灵""败德和不洁的精灵"在作祟。他所指的是男爵。

　　很少有人到教堂去了。每当托比亚克神甫经过田间时，正在耕地的农民从来不停下活来和他谈天，也不转过头来和他打招呼。由于他曾经从一个中了魔的女人身上驱走了魔鬼，他就被看作是一个弄妖术的人。大家都说他懂得驱除妖魔的咒语，这些妖魔在他看来，都不过是魔王所设的圈套。他把手按在奶牛身上，牛奶就变成蓝的，牛尾巴就挽成一个圆圈，他念几句咒语，失掉的东西就能重新找回来。

　　他那狭隘而固执的头脑，特别喜欢钻研记述有关魔鬼在世上出现的历史、魔鬼权力的各种表现、魔鬼变化莫测的作用、魔鬼所使用的一切手段，以及最常见的诡计之类的宗教典籍。他认为自己负有特殊的使命，要来和这种神秘的宿命的恶势力作斗争，因此他学会了教士手册上的各种驱除妖魔的咒语。

　　他随时都觉得有恶魔在黑暗中徘徊，因此嘴上总是挂着这一句拉丁文：Sicut leo rugiens circuit quaerens quem devoret。[①]

　　因此周围的人对他都感到害怕了，这是一种由他的神秘力量所引起的恐惧。连他那些同行，那些无知的乡下神甫也都把宗教和魔术混为一谈，因为在他们的信仰中，魔王占着一个重要的地位，魔王显灵时有关仪式上的种种详尽的规定使他们感到迷惑，因此他们也把托比亚克神甫看作是一个多少懂妖术的人；他们设想他具有一种神秘的力量，他们对这种力量和对他日常生活中无

---

① "他像怒吼的狮子般来往奔驰，追逐可以吞噬的一切。"

可訾议的谨严作风，表示同样的敬佩。

现在当他遇见约娜时，他不再和她打招呼了。

这种情况使丽松姨妈心里感到痛苦和不安，在这位老处女胆怯的心灵中，简直不能理解人们怎么可以不到教堂去。她自己毫无疑问是虔敬的，她去忏悔和领圣体，不过谁也不知道，谁也不想知道。

当她独自和保尔在一起的时候，她便悄悄地对他讲述"仁慈的天主"的故事。当她讲到有关开天辟地的那些神奇的故事时，孩子多少还听一点；但当她告诉孩子应该多多地，多多地敬爱仁慈的天主时，有时孩子就问道："姨奶奶，天主在哪里呢？"

这时她就用指头指着天上说："就在那里呀，普莱，但是不要说出来。"

因为她害怕男爵不乐意。

但是有一天，普莱对姨妈说："仁慈的天主到处都在，就是不在教堂里。"

显然他已经把姨妈那些神秘的启示对外祖父讲了。

孩子已长大到十岁，他母亲看去却像四十岁的人了。他很健壮，蹦蹦跳跳，爬起树来胆子很大，但是并不懂事。他不喜欢读书，一读就厌。每次男爵管住他多念一会儿书时，约娜马上就过来了，说道："该让他去玩一玩了。他还那么小，不要让他累着了。"

在她眼里，他始终像是个一岁或半岁的孩子。她好像不知道他能走能跑，说话已经像个小大人了；她总是不放心，怕他跌跤，怕他着凉，怕他活动多了太热，怕他吃多了不消化，吃少了又不够营养。

保尔到了十二岁时，产生了一个很大的难题，那就是关于他第一次领圣体的问题。

一天早上，丽松姨妈来找约娜，劝她不能再拖延孩子的宗教教育，不能不教他去履行初步的宗教义务了。她百般劝说，举出种种理由，其中最主要的是周围人们的议论。做母亲的很为难，犹疑不决，最后却说还可以等一个时期。

但是过了一个月，约娜去看勃利瑟维勒子爵夫人时，子爵夫人偶然提到说："您家的保尔今年一定要参加第一次领圣体了吧！"

约娜事前没有防到，便信口答道："是的，夫人。"

这一句话就使她决定下来了，她并没有和父亲商量，就托丽松姨妈把孩子带去进教理问答班了。

一个月很顺利地过去了，但是有一天晚上普莱回家时嗓子哑了，第二天就咳嗽起来。做母亲的惊慌了，问他是怎么回事，这才知道他在班上不规矩，神甫罚他站在迎风的教堂门口，一直站到下课为止。

她只好把他留在家里，由她自己来教他初步的宗教知识，但是托比亚克神甫认为他学习不够，拒绝他参加第一次领圣体。尽管丽松姨妈一再恳求，神甫仍然不肯答应。

第二年仍然如此。男爵非常生气，公开地说孩子要长大成为一个正直的人，本来就没有必要去相信那种无稽之谈，去相信"圣体"这类愚蠢的象征；于是决定用基督徒的精神来教养这个孩子，而无须使他成为一个地道的天主教徒，等他成年之后，再听他自由选择好了。

过了不久，约娜又拜访了勃利瑟维勒夫妇，可是这次他们没有来回拜她。她深知这些邻居都是极讲究礼节的人，这就使她感到诧异了；但是库特利耶侯爵夫人却高傲地向她解释了不通往来的理由。

侯爵夫人由于她丈夫的地位和货真价实的头衔，以及巨额的财产，素来把自己看作是诺曼底贵族中的女王，而她也真像女王般统治着一切，她说话一点没有顾忌，看情况有时表现出对人很关怀，有时又毫不留情，她什么事情都过问，她教训，她批评，有时她也夸奖。约娜去见她时，这位贵妇人冷冰冰地敷衍了几句话之后，便板着面孔说道："社会分作两个阶级——一个是信天主的，一个是不信天主的。信天主的，即使是最贫苦的人，也是我们的朋友，和我们是一种人；至于那些不信天主的人，那我们就完全没有把他们放在眼里。"

约娜觉得这是在攻击自己，便反问道："难道一个人不到教堂去就不能相信天主吗？"

侯爵夫人答道："那不成，夫人。信徒一定应该到教堂去祷告天主，这正像我们要找人总得到他家里去一样。"

约娜受了屈辱，反驳说："天主是无处不在的，夫人。说到我自己呢，我是从心底里相信天主的慈悲的，但是当有一些神甫站在我和天主之间，我倒反而看不见天主了。"

侯爵夫人站起身来："神甫是教会的旗手，夫人；谁不跟着这面旗帜走，便是反对教会，也便是反对我们。"

这时约娜也站起来，浑身颤抖着："夫人，您相信的是某一派人的天主。我呢，我相信的是正直人的天主。"

她一鞠躬就出来了。

在农民中间也在那里议论约娜，责备她没有让普莱去参加他的第一次圣餐仪式。尽管他们自己不去望弥撒，不参加领圣体，或是只按教会的明文规定在复活节才去参加，但是对于孩子们，那就是另外一回事了。谁也不敢违背了这条人人尊重的戒律去教养一个孩子，因为宗教毕竟是宗教啊。

约娜对这种责备看得很明白，她觉得这些人表面是一套，实际是另一套——他们违背良心，对一切都害怕，明明是怯懦却还要用许多冠冕堂皇的理由来粉饰，她对所有这一切从心底里感到气愤。

男爵亲自督促保尔学习，教他拉丁文。他母亲只叮咛一句话："千万别让他累着了！"她还是不放心，在书房附近踱来踱去，男爵不让她进去。因为进去了她会时刻打断学习的进行，不时问孩子说："普莱，你脚上不冷吗？""普莱，你不头痛吗？"或是来阻拦男爵："别教他说这么多的话哟，你会把他嗓子累坏的！"

孩子一下课，便同母亲和姨妈到花园里去。他们现在都对园艺特别感兴趣；春天，三个人一起栽树苗，撒种子，种子发了芽，长出苗来，他们就看得乐极了；他们还修剪树枝，采摘鲜花拿去扎成花束。

保尔最感兴趣的是种菜。他在菜园里开辟了四大片地，极细心地种了各式品种的生菜。他松土、浇水、锄草、分秧，他母亲和姨妈帮着他，他指使她们仿佛她们是他所雇用的两名短工。她们一连几小时跪在地埂上，裙袍和双手都沾满了泥，在那里用指头在地上掏着窟窿，然后把菜秧插进去。

普莱长大了，他已满十五岁。客厅里的进度表上他身高已达一米五八，但是整天和这两个女人以及一个跟不上时代的慈祥老人生活在一起，他变成了一个傻头傻脑、稚气而不懂事的孩子。

一天晚上，男爵终于提出了要送他进中学去念书，约娜一听就啜泣起来。丽松姨妈也吓坏了，缩在一个阴暗的角落里。

他母亲终于回答说："他要那么多知识有什么用呢。我们就让他在乡下住下去，做一个乡下绅士就行了。就像许多贵族一样，他种自己的地。我们在这所房子里生活，我们死也死在这里，他也可以在这里舒舒服服地生活到老。还有什么可求的呢？"

但是男爵摇摇头，说道："等他长到二十五岁，他来质问你说：'我无知无识，无一用处，这都是由于你的错误，由于你做母亲的太自私自利了。我没有工作能力，在社会上毫无地位；可是我本不该过这种不见天日、穷愁潦倒的生活，都是因为你只顾了疼我，瞎了眼睛，把我害到这个地步。'到那时，你又怎么回答呢？"

她一直哭着，央求她的儿子说："普莱，你说，你将来一定不会责备我今天太疼你了吧？"

这个吃惊的大孩子答应说："不会的，妈妈。"

"这话是真的吗？"

"是的，妈妈。"

"你愿意在这里住下去，对吧？"

"是的，妈妈。"

这时男爵大声而坚决地说道："约娜，你没有权利来支配这个孩子的一生。你现在这种想法是最没有出息的，几乎是犯罪的，你为了个人的幸福而去牺牲你的孩子。"

她双手遮着脸，呜呜咽咽地哭泣着，从眼泪中断断续续地说道："我的命真苦……真苦！现在我和他生活得好生生的，可又要把他带走了。如今……孤单单的一个人……我又怎么办呢？……"

她的父亲站起来，坐到她身边，抱住她说："我呢，约娜？"

她突然搂住他的脖子，激动地吻着他，边咽泪边抽噎着说："是的。……也许……你说得对……小爸爸。刚才我太糊涂了，但是这也因为我经受的痛苦太多了。我很愿意他到学校去。"

普莱并不十分了然他们准备怎样摆布他，这时也开始掉眼泪了。

于是这三位妈妈都来抱吻他，安慰他，鼓励他。到上楼去睡觉时，每个人的心里都很悲伤，各人都在自己的床上流泪，连一直支撑着的男爵也不例外。

他们决定在下学期开学的时候，送保尔到勒阿弗尔中学去；因此在那一个夏天里，他更备受宠爱了。

他母亲一想到离别，就常常伤心叹气。她替他准备的行装，就像他要在外面住上十年的样子；然后，在十月的一个早晨，这两位妇女和男爵一夜也没有合上眼睛，终于陪他一同上了马车，两匹马拉着车子嘚嘚地出发了。

他们上次去的时候，已替他选定了寝室里的床位和教室里的座位。这次来到学校，丽松姨妈帮着约娜把衣服整理好放在一个小柜子里，这就忙了一整天。柜子太小，装不下他们带来的东西的四分之一，约娜就去找校长，想再要一个柜子。庶务给找来了，但他表示这么多的衣服和用物完全没有必要，反倒是碍手碍脚；他按校规办事，不同意再另给一个柜子。母亲发愁了，决定替他到附近的一家小旅馆里租一个房间，并且特别关照旅馆主人，普莱需要什么时，他就得亲自送去。

然后他们到勒阿弗尔港的码头上去走了一圈，观望那些进进出出的船只。

凄凉的夜色降落到城市上，街灯逐渐都亮了。他们走进一家餐馆去，但是谁也不饿，各人含着眼泪，相互望着，菜一道接着一道送上来，但几乎原封不动地又撤回去。

之后他们缓步向学校走去。大大小小的孩子们，由家长或是由佣人护送着，从各个方向汇聚到学校来。许多孩子流着眼泪。在学校灯光暗淡的大院子里，可以听得见啜泣的声音。

约娜和普莱拥抱了很久。丽松姨妈站在后面，用手绢护着脸，完全被忘掉了。男爵也受了感动，他拉开女儿，为的是可以早点离去。马车等在门口，三个人登上车子，当夜返回白杨山庄去了。

在黑暗中时时发出呜咽的声音。

第二天，约娜一直哭到晚上。第三天她叫人准备好车子，又到勒阿弗尔去了。普莱离别后倒好像已经安于自己的生活了。平生第一次他有了这么多同学，他一心惦记着游戏，在会客室的椅子上简直坐不住。

约娜每隔两天去看他一次，星期日就接他回家。平时上下课之间，她既舍不得离开学校，又没有其他事情可做，便一直坐在会客室里。校长差人请她到校长室去，当面劝她以后少来几次。她一点没有听从这个劝告。

于是校长警告她说，如果再要继续使她孩子下课时不能娱乐，上课时不能安心学习，学校只好请她把孩子接回去了，男爵还接到了学校书面的通知。从此约娜就像囚徒一样被看守起来，不准她离开白杨山庄了。

每次她等候假日，比她儿子还焦急。

她心里愈来愈感到烦恼。她开始在附近游来游去，独自一人整天带着狗儿屠杀，一面散步，一面空想。有时整个下午，她坐在悬崖顶上眺望大海，有时她穿过树林，一直走到意波尔，重温萦绕在她记忆中的旧游之地。当年她在这些地方散步的时候，她还是一个做着美梦的少女，现在距离那个时代，已是多么遥远，多么遥远了啊！

每次和她儿子见面时，她总觉得他们像已离别了十年。他一个月一个月地长大成人，她却一个月一个月地衰老下去。她和父亲看上去就像兄妹了，至于丽松姨妈，自从二十五岁起就已容颜憔悴，倒也一直老不到哪里去，现在都像她的姐姐了。

普莱在学校一点也不用功——四年级念了两年，三年级勉勉强强及格，到了二年级，又重读了一年；升到修辞班时，已经二十岁了。[①]

这时普莱已是一个高大而漂亮的青年人了，双颊和上嘴唇都长出了胡须。现在每到星期日，他就自己回白杨山庄来。他早就学会了骑马，只消租一匹马，路上走两个小时就到家了。

星期日一清早，约娜就同姨妈和男爵到路上去迎接他。男爵已逐渐直不起腰来，走路时像是个小老头儿，双手抄在背后，像为避免扑倒的样子。

他们顺着大路慢慢地走去，有时在沟边坐下来，朝远处看有没有骑马的人出现。每当在白茫茫的路上出现一个小黑点的时候，这三个人就挥动他们的手绢，这时他便策马飞奔，像一阵旋风似的冲过来；约娜和丽松姨妈害怕得心噗噗地跳，外祖父高兴得不知如何是好，直嚷着："真了不起啊！"

虽然保尔已比他母亲高出一头，但她始终把他看成是个孩子，

---

① 法国中学学制年级的计算和我国相反，一年级是最高班，即修辞班。

总是问："普莱，你脚上不冷吗？"午餐后，他抽着烟卷在台阶上散步时，她又推开窗子向他喊道："我求求你，别光着脑袋出去，你会着凉的。"

保尔夜间骑马回学校时，她更是忧虑万分："千万不要跑得太快啊，我的小普莱！一定要小心，记住你要出了事，你那可怜的母亲可会急疯的。"

可是有一个星期六的早上，她接到保尔一封信，信里说他第二天不回家了，因为他的一些朋友组织了一个野餐会，也邀他去参加。

星期日一整天，她都是在焦急和忧虑中度过的，像是就要发生什么灾祸似的；挨到星期四，她再也忍不住了，就又赶到勒阿弗尔去。

她觉得他的样子改变了，但也说不出在哪一点上有了改变。他似乎兴致很高，说话的声音更像一个男人了。突然他显得非常自然地告诉她说："我说，妈妈，今天既然你来了，那么下个星期日我就不回白杨山庄了，因为我们又要去野餐。"

她吃惊得发呆，嗓子也噎住了，就像听到说他要到新大陆去一般，最后她终于说道："啊！普莱，告诉我，你怎么啦？这究竟是怎么回事情啊？"

他笑了，抱住他母亲说："真的什么事情也没有，妈妈。我只是和朋友们一道去玩，我已经这么大了。"

她找不出一句话可以回答，但当她独自一人坐在马车里的时候，各种怪念头都出来了。她已经认不出他就是她的普莱，从前的那个小普莱。她第一次发现他已经长大成人，他不再属于她了，他要过他自己的生活，顾不得那些老年人了。她觉得在一天中他已变作另外一个人。看呀！这难道还是她的儿子吗？从前叫她移植生菜的她那可怜的小东西，今天已成了自己心里有主意、长出胡子来的年轻人了！

三个月来保尔都不过是偶然回来看看家里人，来了又总是急着想走，晚上巴不得早走一个钟点也是好的。约娜心里着慌了，男爵一直劝解她说："他已经是个二十岁的孩子了，随他去吧！"

一天早晨，一个穿得不很体面的老头儿，说着德国人腔调的法国话，要求见子爵夫人。他对约娜恭恭敬敬地行了许多礼之后，从口袋里掏出一个油污的皮夹子，说道："这张小纸条是给您的。"

说时他把一张油腻腻的纸片展开了交给她。

约娜看了一遍又一遍，望望那个犹太人，再看了一遍，问道："这是什么意思呢？"

那个人满脸堆着谄媚的笑容，解释道："我来讲给您听。您的公子当时需要一点钱用，我知道您太太是个好心人，我就借给他一点儿钱，应他的急用。"

约娜浑身发抖了，说道："但是为什么他不向我要呢？"

那个犹太人解释了许久，说这是一笔赌账，当时必须在第二天中午以前还清，因为保尔还未成年，自然谁也不肯借钱给他；要不是他出来给这个年轻人"帮了个小忙"，他可要"名誉扫地啦"！

约娜想要叫男爵，但她已激动得全身都麻木了，站也站不起来。最后她对那个放高利贷的人说道："请您替我按一下铃，好不好？"

他犹豫着，生怕上了圈套。他讷讷地说道："您要是觉得不方便，我下次再来吧。"

她摇了摇头，表示没有必要。他按了铃，两个人面对面默默无言地等待着。

男爵一进来，立刻就明白是怎么回事了。借据上写的是一千五百法郎。他付了他一千法郎，同时用眼睛盯着那个人，说道："下次可不能再来了。"

那人谢了又谢，鞠着躬，退出去了。

外祖父和母亲马上动身到勒阿弗尔去。到了学校之后，他们才知道保尔已有一个月没有上学了。校长收到过四封由约娜署名的信，最初的信是说学生病了，以后的都是报告病情的。每封信里都附有医生的证明书，自然全部都是假造的。父女俩都呆住了，面面相觑地站在那里。

校长也很痛心，只好带他们一同去见警察所长。当天两位家长就在旅馆里住宿。

第二天，从当地一个私娼家里把年轻人找回来了。外祖父和母亲把他带回白杨山庄，一路上谁也没有讲一句话。约娜用手绢掩着脸，哭个不停。保尔无动于衷地望着田野。

在不到一个星期里，他们发现他在最近三个月中，已负了一万五千法郎的债。债主最初之所以没有找上门来，因为他们知道不久他就成年了。

家里谁也不谈起这些事情。他们都想用好心争取他，给他吃好的，宠着他，惯着他。那正是春天，尽管约娜总是胆战心惊的，他们还是替他在意波尔租了一只船，好让他随时到海上去解解闷。

他们只是不许他骑马，怕他又到勒阿弗尔去。

他没有一点事情可做，常发脾气，有时态度很粗暴。男爵担心他的学业半途而废，约娜想到再要和他分离，真是忧心如焚，但又不知道如何替他打算。

一天晚上他没有回家。后来她们知道他是和两个水手乘船出去的，他母亲着急得没有戴帽子就在夜里自己赶到意波尔去了。

海滩上正有几个人在那里等待着那艘船回来。

海面上出现了一小点灯光，摆动着渐渐靠近岸来，但是保尔不在船上，他叫人送他到勒阿弗尔去了。

警察多方探寻，也没有能找到他。上次把他藏起来的那个妓女也不见了，并未留下一点痕迹，她的家具卖了，房租也付清了。在白杨山庄保尔的房间里，找到了这个女人写来的两封信，从信里看出她像发疯似的爱着他。她讲到自己准备到英国去，还说必要的费用也已有了着落。

从此庄园里的这三位主人，无声无息，凄凄惨惨，就像住在让人备受精神折磨的阴暗的地狱中一般。约娜的头发本来已变成灰色，现在完全白了。她天真地自问为什么竟这样受到命运的捉弄。

她接到托比亚克神甫的一封信：

夫人，天主的惩罚已经落在您头上了。您没有把您的孩子交给天主，现在天主便把他从您身边夺走，扔给一个娼妓去了。上天的这个教训还不够叫您睁开眼睛吗？主的恩情是无边的。只要您肯回心转意来跪在他的面前，也许您能得到他的宽恕的。我是他谦卑的仆人，您若来敲他住宅的门，我一定会替您开门。

她把这封信搁在膝上坐了许久。也许神甫所说的话是对的。她过去对宗教的种种疑虑又开始折磨她的良心了。天主难道真和凡人一样，既妒忌又爱报复吗？但是如果他不妒忌，就没有人怕他，没有人崇拜他了。毫无疑问，他所以具有凡人的感情，就为的是让我们更容易理解他。正是这种因怯懦而产生的疑惑，驱使游移的和受痛苦的人们去接近宗教。现在她心里也起了这种疑惑。一天傍晚，在夜色刚降临的时候，她便偷偷地跑去叩神甫住宅的门了，她跪在这个瘦小的神甫的脚跟前，祈求宽恕她的罪过。

他答应可以赦免她一部分罪恶，因为天主不能把全部的恩惠降给那个住着像男爵这样的人的家庭的。

"您一定很快就会感觉到神恩的效验的。"他很肯定地说。

两天之后，她果然接到了她儿子的一封信，她在极度的痛苦中把这封信看成是神甫所期许的吉兆的开端。

我亲爱的妈妈：

你不要担心。现在我在伦敦，身体很好，只是经济极成问题。我们一文钱也没有了，常常整天得不到吃的。我真心所爱的那个女伴陪我在一起，她为了不离开我，已把她所有的钱，共五千法郎，都用光了；你知道，我以名誉担保，首先一定要偿还这笔款子。我很快就成年了，你若肯从爸爸的遗产中先拨一万五千法郎给我，那你真是太好了；这样就解除了我一个很大的困难。

再见，我亲爱的妈妈，我用整个的心拥抱你、外祖父和丽松姨妈。我希望不久就能和你见面。

你的儿子

保尔·德·拉马尔子爵

他写信给她了！可见他没有忘记她。她根本不去想他要的是钱。既然他手里没有钱，那当然要寄给他的。钱算得了什么呢！主要是他写信给她了！

她哭着跑去把信拿给男爵看，丽松姨妈也给叫来了。这是他亲笔的信呀，大家把这封信上的每一个字又都读了一遍，还分析了每句话的意义。

约娜化忧为喜，拼命替保尔辩解：“既然他来信了，他一定会回来的，他就要回来的。”

男爵比较平静，说道：“那还是一样的，他原先离开我们就是为了那个女人。既然他当时毫不踌躇，这说明他爱她远胜于爱我们。”

一阵极强烈的痛苦突然袭上约娜的心头，那个夺走了她儿子的情妇在她身上燃起一种憎恨；这是一种狂热的不可压抑的憎恨，一个妒忌的母亲的憎恨。在这以前，她心中念念不忘的是保尔。她很少想到她儿子之所以走入歧途，就是为了这个贱女人的；但是男爵这番话提醒了她，使她认清了自己面前的这个具有无比威力的敌手。她感到在她和这个女人之间正在展开一场激烈的搏斗，她觉得宁肯丢掉她的儿子，也不能让这个女人来和她分享她儿子的爱。

她满心的喜悦全部消失了。

他们寄去了一万五千法郎，但在五个月中间再没有得到他的消息。

接着一个受委托的律师出面来清理于连遗产的详细账目了。约娜和男爵一句也不多说，便把账目算清，就连依法属于母亲的部分也放弃了。保尔回到巴黎时收进了十二万法郎。在这以后的半年中，他写过四封信，都是简简单单地报告他的消息，然后结尾时，写上一两句很冷淡的敷衍话。信中这样说："我在工作，我在交易所里得到了一个岗位。亲爱的老人家们，我希望有一天我能到白杨山庄去拥抱你们。"

信中一字没有提到他的情妇，即便他写满四页信纸来谈她，也比不上这种缄默更说明问题。在这些冷冰冰的信中，约娜仍然能嗅出那个隐蔽着不露面的女人，那个娼妇，那个在母亲的眼中永远势不两立的敌人。

这三个寂寞的老人经常商议怎样能解救保尔，但是他们什么办法也想不出来。到巴黎去一趟吗？这又有什么用处呢？

男爵常说："等他这股热劲儿用完了，他自己会回来的。"

他们继续过着凄凉的生活。

约娜和丽松姨妈常常瞒着男爵，一起到教堂去。

很长一段时间没有任何消息，然后，一天早晨，保尔寄来一封在绝望中所写的信，把他们都吓坏了。

我可怜的妈妈：

我完了，如果你不来救我，我除了用手枪自杀，再没有其他的路可走了。我所做的一项绝对有把握的投机生意，竟意外地失败了，我欠了八万五千法郎的债。如果我不能偿清这笔款子，我就破产了，从此名誉扫地，什么事情也不能做了。我完了。我再说一遍：与其忍受这种耻辱，我宁愿用手枪结果我自己的生命。要没有那个女人鼓励我，我也许早就这么做了。我从来没有对你谈起过她，她是我的救星。

再见了，亲爱的妈妈，我衷心地拥抱你，但这也许就是最后一次了。

保尔

信中附有一沓商业上的单据，足以详细说明他这次生意失败的经过。

男爵立即回信说，他们尽力去设法解决。接着他自己动身到勒阿弗尔去了解情况，抵押了一部分地产，把得来的款子给保尔寄去。

年轻人写了二封信回来，表示非常感动和感激，并说他自己立刻就要回来拥抱这几位可爱的老人家了。

但他并没有回来。

整整一年又过去了。

正当约娜和男爵要动身到巴黎去找他，并企图作一番最后的努力去说服他，这时他们却突然接到他的一封短简，说他已经又到伦敦，正在组织一个以保尔·德·拉马尔命名的轮船公司。他写道："公司的前途是完全有保障的，我还可能获得极大的财富。一点也不冒风险。目前你们就可以看到各种有利的条件。等我将来和你们会面时，我一定有很高的社会地位。在今天，要能有出路的，只有经营商业。"

三个月之后，轮船公司就破产了，因账目上有不法行为，正在追究经理的责任。约娜精神失常了好几个钟点，接着便病倒在床上了。

男爵又到勒阿弗尔去，向各处探听情况。他访问了律师、经纪人、代理人、执达吏，终于了解到德·拉马尔公司负债达二十三万五千法郎，他便只好又去抵押产业。这次把白杨山庄和附带的那两个农庄全部抵押出去，才弄到了一大笔款项。

一天晚上，正当他在一个经纪人的办事处办理最后的手续时，突然中风，倒在地上了。

他们派人骑马去向约娜报信。等她赶到时，男爵已经死了。

她把尸体运回白杨山庄，她所受的打击使她那么痛苦，与其说是绝望，还不如说是麻木不仁了。

托比亚克神甫不顾两个女人的百般哀求，始终拒绝男爵的遗体抬进教堂去。遗体在日暮时分下了葬，没有举行任何仪式。

保尔从一个替他清理债务的代理人那里，才得知这次意外的事件。这时他还躲藏在英国。他写信回去，说他知道这个不幸的消息时已经太晚了，因此没有能赶回来，表示歉意。信中说："不过，我亲爱的妈妈，你已经替我解除了困难，我就要回法国，不久一定能去拥抱你了。"

约娜陷于精神极度衰弱的状态中，她似乎对什么事情也不理解了。

冬天快过去时，年已六十八岁的丽松姨妈害了支气管炎，后来又转成肺炎；她无声无息地死去时，喃喃地说道："我可怜的小约娜，我就要去见仁慈的天主，求他对你发个慈悲。"

约娜把姨妈送到坟地里，看泥土落在她的棺木上，自己也真想一死了事，免得再去想，免得再受痛苦；但正当她支持不住而倒下去时，一个粗壮的农妇把她抱在了怀里，像抱孩子似的把她抱走了。

约娜已经在她老姨妈的床头度过了五个通宵，当这个不相识的农妇关切而又果断地把她抱回家里放在床上时，她只好完全听她摆布；痛苦和劳累一齐压在她身上，她竟精疲力竭地睡着了。

她到半夜才醒来。壁炉台上点着一盏小油灯。一个女人睡在圈椅上。这人是谁呢？她不认得。她靠到床边，借浮在油盏上的灯芯抖动着的微光，想要辨认出她的面目来。

她仿佛见过这个人，但在什么时候，什么地方呢？这女人安静地睡着，头歪在肩膀上，帽子落在地下。她看上去年龄在四十到四十五岁之间，身体健壮，面色红润，肩膀宽阔，魁梧有力。两只大手悬在椅子的两边，她的头发已经开始斑白。约娜经过种种的不幸之后，从昏沉沉的睡眠中醒来，神志还不很清楚，便目不转睛地窥望着她。

这张面孔，她确实一定是见过的。是从前呢？还是最近呢？她一点也弄不清楚，这个模糊的观念纠缠住了她，使她心烦。她轻轻地起来，踮着脚尖走过去，想更仔细地看看那个睡着的人。这时她才模模糊糊地记起，原来这正是从坟地里抱她回来把她安置在床上的那个女人。

但是在她过去的生活中，她曾经在别的地方遇见过她吗？或者她还以为只是在昨天模糊的记忆中才认识她的呢？而且她怎么又会在她的卧室里呢？那是为什么呢？

那个女人睁开眼睛看到约娜时，立刻站起来了。她俩面对面站得那么近，几乎是胸贴胸了。那个不相识的人叽咕着说：

"怎么？您起来啦！在这个时候，要小心您可能又会病倒的。您还是躺着去吧！"

"您是谁呀？"约娜问道。

但是这个女人张开双臂，把约娜抱住，使出男人一般的力气，又把她抱回床上。当她轻轻地把她放在褥单上时，她弯下身去，几乎贴到约娜身上，边哭边狂热地吻着她的双颊、她的头发、她的眼睛；她的眼泪落在约娜的脸上，她喃喃说道："约娜小姐，我可怜的女主人，我可怜的女主人，难道您竟一点不认识我了吗？"

这时约娜喊道："啊！萝莎丽，我的孩子啊！"

约娜伸开双臂，搂住她的脖子，抱着她接吻。两个人都呜呜咽咽地哭泣起来，脸偎着脸，泪和着泪，互相紧抱着再也分不开了。

还是萝莎丽先平静下来，说道："好了，要懂事一些，别着了凉！"

于是她把床重新整理好，把被铺平了，把枕头搁回到她当年的女主人的头下。约娜由于心头涌起了旧日的种种回忆，还在浑身发抖，抽噎不止。

她终于问道："我可怜的孩子，你怎么回来的呢？"

萝莎丽答道："现在只剩您一个人了，难道我能这样丢下您吗？"

约娜又说："点上一支蜡烛吧，让我看看你。"

点燃的蜡烛端到床头桌上时，两人默默无言地面对面望了许久。然后约娜把手伸给她当年的使女，轻声说道："叫我怎么能认得你呢？我的孩子，你知道你的样子完全改变了，当然，我和你比，就更不如了。"

萝莎丽看到眼前这个瘦削而又憔悴的白发妇人，当年她离开时曾是那么年轻、美丽和鲜艳，答道："约娜夫人，说真的，您也变了，而且变化很大。但是您想一想，我们已经有二十四年没见面了。"

两人又都不作声了，各人都在那里沉思。最后约娜嗫嚅说："至少你还过得幸福吧？"

萝莎丽踌躇了，害怕引起太令人痛苦的回忆，她结巴着说："可以……可以……那么说，夫人。我没有什么太可抱怨的，的确……我比您过得幸福。只有一件事情叫我心里难过，那就是没有能留在这儿……"

她话没有说完就突然停住了，因为一不留意，竟又触到了那个问题，但是约娜委婉地接着说道："我的孩子，那怎么能怪你呢？一个人总不能事事都称心如意。你丈夫也死了，对吗？"

这时一阵痛苦，使约娜的声音都发抖了，她继续问道："后来……后来你又有过孩子吗？"

"没有，夫人。"

"那么……你……你那个儿子……他现在怎么样了？你对他还满意吧？"

"是的，夫人，这孩子很好，很有股子冲劲。他结婚有半年了，他把我的农庄接过去了，所以，我到您这里来啦。"

约娜感动得颤抖着，喃喃问道："那么，我的孩子，以后你不会再离开我了吧？"

萝莎丽回答得很干脆："那是一定的，夫人，我把一切都安排好了。"

接着隔了相当时间她们都没有说话。

约娜忍不住把她们两人的生活做了一番比较，但是她心里并不难过，因为现在她对不公平的残酷的命运，已经采取逆来顺受的态度了。她便问道："你的丈夫，他待你好吗？"

"啊！夫人，他是一个正直的人，又勤劳又俭朴。他是害肺病死的。"

约娜很想知道个底细，从床上坐起来说道："来吧，我的孩子，把一切，把你全部的生活都说给我听听。今天，这对我是有好处的。"

萝莎丽把椅子挪近一些，坐了下来，就开始谈她自己，谈她的房子，谈她那小天地。她把农村里的人所喜欢谈的细枝末节也都说了，还描绘了她的院子，谈到那些叫人想起过去幸福时光的古老的事情时她就笑了，谈话的声调一步一步高起来，这也正是习惯于支配一切的农妇的本色。最终她表白说："现在我手头有一点产业了。我什么也不怕了。"

接着她又露出有点为难的样子，把声音放得更低，说道："不管怎么说，这一切还不都是靠了您的照顾；所以您知道，我这次来是不能要工钱的。啊！真的不能要，真的不能要。您要不答应，我就走了。"

约娜问道："你的意思总不是说要白白地来服侍我吧？"

"唉！夫人，我就是这个意思。给钱！您来给我钱！但是我可以说我的钱和您的也差不多了。您只要想一想，这多次的抵押和借债，再加上每期应付的越积越多的利息，除此以外，您所剩还有多少呢？您都知道吗？您不知道，可不是？好了，我可以告诉您，您一年的收入未必能有一万法郎。未必能有一万法郎，您明白吗？但是这一切，都让我来替您安排，并且越早越好。"

她说话的声音又高起来了，她看到欠息不去清理，破产的威胁就在眼前，心里就按捺不住，简直气愤极了。当她女主人脸上掠过一阵若有所思的微笑时，她真急得嚷起来了："这没有什么可笑的，夫人，因为没有钱，就不能好好生活。"

约娜把她的双手握在自己的手里，心里念念不忘的还是那个老念头，她慢条斯理地说道："啊！我呀，我的运气不好。所有倒霉的事情都落在我身上，我这一生都受着命运的打击。"

但是萝莎丽摇摇头："不能这样说，夫人，不能这样说。没有别的，只怪您结婚结错了。连对方是怎么一个人也没弄明白，不应该这样就结婚了。"

就像两个老朋友一样，她们一直谈着她们自己的事情。

太阳出来了，她们还在那里谈个不停。

第十二章

一周之间，萝莎丽已把庄园里所有的事和所有的人都掌握在自己手中了。约娜听凭她安排，对什么也不作主张。她衰弱得和当年的小母亲一样了，走路时拖着腿，出去时由萝莎丽搀着。这个使女不仅扶着她慢慢地散步，同时还用直率而关切的言辞劝诫她，安慰她，仿佛对待一个病了的孩子一样。

她们总是谈起当年的事情，这时约娜嗓子里咽着眼泪，萝莎丽却像那些农民一样，语调平静，一点也不动感情。老使女几次都提到有待解决的利息问题，后来她要求约娜把各种契约和单据都交给她；约娜对这些经济上的问题毫无观念，出于替儿子感到羞耻，她把它们藏了起来。

于是一个星期中，萝莎丽便天天跑到费康去，找她所认识的一个公证人，帮助她了解这些单据的内容。

然后一天晚上，她照料女主人上床之后，便坐在她的床头，突然说道："现在您已经躺下了，夫人，我来跟您谈谈吧。"

接着，她把实际情况都摊开来谈了。

把一切旧账都算清之后，所剩也就只是每年七八千法郎的收入，没法更多了。

约娜答道："我的孩子，你还想怎么样呢？我知道我活不到很大年纪的，这已经够我用的了。"

萝莎丽却生气了："夫人，为您一个人，那倒够了；但是保尔先生呢，您就一个钱也不留给他吗？"

约娜一阵寒战。

"我求求你，再别跟我谈起他来。一想到他，我心里太痛苦啦！"

"我倒偏要谈他，因为，约娜夫人，您太懦弱了。他犯了很多错误，但是他总不能老犯错误呀！而且以后他还要结婚，还要生孩子。孩子就要用钱去养。听我一句话：您还是把白杨山庄卖了吧！……"

约娜大吃一惊，跳起来坐在床上，说道："把白杨山庄卖了！你怎么想的呢？啊！那可万万不能！"

但是萝莎丽一点也不慌张。

"夫人，我跟您说要把它卖掉，因为非这样做不可。"

接着她说明了她的打算、她的计划、她的理由。

一旦把白杨山庄和附带的两个农庄卖给她已经物色好的买主之后，就可以保留下已经抵押出去的在圣莱奥纳的那四个农庄，把押款偿清之后，这四个农庄每年还可得八千三百法郎的收入。除了每年提出一千三百法郎做庄上的修理和保养费用，还剩下七千，其中拿五千来作为每年的开支，留下两千以备急需时使用。

她又补充说："其他什么也没有了，剩下的就是这些。将来钥匙由我管，您明白吧！至于保尔先生，一点也不能给他了，一点也不行，不然他会把您最后的一文钱也拿走的。"

约娜默默地流着眼泪，喃喃说道："倘若他连一点吃的也没有了呢？"

"他饿肚子找上门来，我们就请他吃。反正这里总有他可以睡觉的地方，也有他可以吃的东西。从一开头，您要一个钱也不给他，他就不会搞出这种种蠢事来的，您说对不对？"

"但是他欠了债，不替他还清，他就没有脸做人了。"

"到您什么都没有了的时候，就能使他不欠债了吗？您替他还了债，那很好，以后您可不能再替他还债了，我就是这样对您说的。晚安啦，夫人。"

说完她就走了。

约娜翻来覆去不能入睡，心里老想着出卖白杨山庄这回事儿，想到要搬家，从此就要离开这所和她一生分不开的房子。

第二天，当她看见萝莎丽走进她的卧室来时，她告诉她说："我可怜的孩子，不论怎么样，我可不能离开这儿。"

使女恼怒了："夫人，非这样办不可。公证人和那个想买这所房子的马上就要来了。您不这样做，四年之后，您手里什么也不剩了。"

约娜绝望地反复说道："我不能离开这儿，我怎么也不能。"

一小时之后，邮差送来保尔的一封信，又是向她要一万法郎。怎么办呢？约娜没有了主意，便找萝莎丽商量。萝莎丽把胳膊一举，说道："您看我刚才对您说的话对不对，夫人？唉！我要不回来，您母子俩可有意思啦！"

约娜只好听从她使女所出的主意，给保尔写了一封回信：

我亲爱的儿子：

我再没有什么可给你了。你害得我破了产，我弄到只好卖白杨山庄了。但是不要忘记——无论什么时候你没有路可走了，愿意回来，我这里总给你留着一个栖身的地方。你老母亲为你受的苦够多的了。

约娜

当公证人和前糖厂厂主约弗伦先生到来时，约娜亲自接待他们，带他们把房子仔仔细细看了一遍。

一个月之后，她在卖契上签了字，同时在戈德镇附近买进了一所中等人家的小房子，坐落在巴特维勒村中，在蒙提维利公路旁边。

那一天，她怀着凄惨悲痛的心情，独自在小母亲的白杨路上散步到傍晚。她望望远处的天空，看看周围的树木和那张在梧桐树下已经虫蛀的靠背长凳。这一切事物她都熟悉得仿佛就在她的眼睛里，就在她的心灵里，还有那灌木林，荒野上她经常坐过的那个土岗——于连送命的那一天，她就是从这土岗上看着福尔维勒伯爵奔向海边去；还有那棵秃顶的老榆树，她过去常常靠在这棵树上；还有那整个熟悉的花园，她对这一切一一致以伤心和绝望的告别。

萝莎丽过来牵着她的胳膊，把她拉回屋子里。

一个二十五岁左右的高个儿的庄稼汉等在门口。他向她问候，说话的语气很亲切，仿佛他已经认识她多年了。

"您好啊，约娜夫人。母亲叫我来帮您搬家。我想知道您要搬的东西都是些什么，这样我可以随时带走一些，不会影响下地干活儿。"

这个人就是她使女萝莎丽的儿子，于连的儿子，也就是保尔的兄弟。

她觉得自己的心脏都停止跳动了，但她又多么想和这个小伙子拥抱在一起。

她望着他，想看出哪些地方他像她的丈夫，或是像她的儿子。他面色红润，身强力壮，有金黄的头发、碧蓝的眼睛，这些都像他母亲，然而他也像于连。究竟像在哪些地方？为什么像？她说不上来，总之在面貌的整体上有和他相似的地方。

小伙子又一次说道："您要能立刻指给我看一遍，那就好了。"

新房子很小，她自己也还不知道该带些什么过去，她约他过一个星期再来。

从这时起，她心里总惦记着搬家这件事情了，虽然这是很凄惨的，但在她黯淡而无目的的生活里，也算有了一点事情可做。

她从这间屋子走到那间屋子，搜寻那些对她说来特别能唤起回忆的家具。那些家具就像是和我们一起生活过的朋友，成了我们生活中的一部分，几乎也就是成了我们自身的一部分——从青年时代起就相识，我们欢乐和悲伤的记忆，我们一生的各个时期都和这些家具有联系，它们曾是我们美好的或阴沉的时刻无言的伴侣；如今它们和我们一样上了年纪，变得衰老了；布套上有了破洞，里子撕破了，榫头松了，光彩消失了。

她一件一件地挑选，常常犹疑不决，为难得仿佛在作什么重大的决定一样。在两把圈椅中挑一把，或是搬走那张旧写字台呢还是那张针线台呢，她都要考虑了又考虑，比较了又比较，拿不定主意。

她拉开抽屉，作了种种回想，然后等她下了决心说："是的，我带走这一件。"这时人们才把那件家具搬到楼下餐厅去。

她要把自己卧室里的家具全部带走，包括床、挂毡、台钟和其他的一切。

她选定了客厅中的几把椅子，那些椅子上面的图案是她从小时候起就喜欢的，像狐狸和仙鹤、狐狸和乌鸦、秋蝉和蚂蚁，还有那忧郁的鹭鸶。

她在这所就要离别的住宅里，走遍了每一个角落。有一天，她登上了阁楼。

这使她大吃一惊，阁楼上堆满了各式各样的东西——有些是破的，有些不过是脏了，也有一些谁也不知道为什么放在那里，也许觉得不好看了，也许另有了新的。她还发现了许许多多从前她熟悉的小摆设。这些东西后来突然不知去向，也就不再想起来了——一些没有什么价值的小物件，在她身边放了十五年，天天见到，可也从来没有注意过，这时在阁楼上突然发现了，并且和那些更古老的东西堆在一起；她还记得在她初到白杨山庄时这些东西都摆在什么地方。所有这些零零碎碎的小东西，犹如被遗忘了的见证人，犹如久别重逢的朋友，一下都具有很大的意义了。在她心目中，它们就像是来往很久而相知不深的朋友，忽然在一天晚上，想也没有想到地，竟畅所欲言地谈起来，把自己心里的话全部吐露了出来。

她看看这一件，又看看另一件，心头噗噗地跳着，自言自语说："瞧！那是在我结婚前几天的一个晚上被我打破的一个瓷杯子。啊！这是小母亲的小灯笼，那是父亲的手杖——那时，因为他想去打开那扇被雨水泡胀了的栅栏门，结果把手杖弄断了。"

那里还有许许多多是她祖父祖母或是曾祖父曾祖母所留下来的东西，这些她都不认识，自然对她也不能唤起什么回忆。时代过去了，这些东西被丢在一边，积满了尘埃，看去更显得凄凉。谁也不知道这些东西的历史和经历，谁也没有见过曾经选购、收藏和喜爱过这些东西的人，谁也不熟悉经常使用过这些东西的手，欣赏过这些东西的眼睛。

约娜摸摸这些东西，拿到手上看一看，在厚厚的尘土上留下了许多指印；她在从屋顶小玻璃窗射进来的暗淡的光线下，在那些老古董中间，逗留了许久。

她仔仔细细地察看了那几把只剩了三条腿的椅子，思索着能否回想起一点什么来；她又看了一个铜汤壶，一个她仿佛有点认识的破脚炉，和一大堆不能使用了的家常用具。

然后她把要带走的东西整理了出来，下楼叫萝莎丽去取。那使女看到这些"破烂东西"就生气了，不肯替她搬下去。约娜平时什么也不坚持，这一回却坚持不让步，萝莎丽也就不得不迁就她了。

一天早晨，那个年轻的庄稼汉德尼·勒科克——于连的儿子——赶着大车来做第一次的搬运。萝莎丽为了照顾把东西从车上卸下来并作适宜的安置，陪着她儿子一起去了。

当留下约娜一个人时，她又陷入一阵绝望的痛苦中。她从这一间屋子走到那一间屋子，四处徘徊，有时狂热地抱吻一切她不能带走的东西——客厅挂毡上的大白鸟，古老的高脚烛台，遇到什么就吻什么。她眼眶里挂着眼泪，发疯似的在屋子里走来走去，然后她又出门去和大海"道别"。

这时已近九月底了，低沉而灰白的天空笼罩着大地，愁惨而黄浊的海浪，一眼望去，无边无际。她在悬崖上伫立了很久，种种痛苦的回忆在她脑海中翻腾。直到夜色降临时，她才走回去。这一天在她心里的感受，不下于她生平最悲痛的日子。

萝莎丽已经回来，正在家里等着她。老使女对新房子非常满意，说比这远离公路死气沉沉的庄园痛快多了。

约娜整整地哭了一个晚上。

农庄上的人自从知道白杨山庄已经卖出去了，对约娜就不是那样有礼貌了，在背后管她叫"疯婆子"，原因是什么也不很知道，想必他们从敌意的本能出发，觉得她那病态的娇气愈来愈严重了，胡思乱想更厉害了，种种倒霉的事情使她那可怜的灵魂已经失去了常态。

临走的前一天，她偶然走进马房里去。一声吼叫使她吃了一惊，原来是屠杀。几个月以来她都没有想到这条狗。它已活到超出了一般狗的年龄，眼睛瞎了，身子也瘫痪了，仍然躺在那张草荐上，全仗厨娘吕迪芬给它一点照料。约娜把它抱了起来，亲着它，把它带进屋里。它的身子变得又粗又圆，像一个装酒的木桶，走路时四条腿僵硬得摆也摆不稳，叫起来就像儿童的玩具木狗一样。

最后的一天终于到来了。前一夜约娜睡在从前于连的卧室里，因为她自己的房间已经搬空了。

她起床时非常疲乏，喘着气，就像刚跑过了一大段路似的。院子里停着一辆车子，装满了衣箱和最后的一些用具。后面还有一辆双轮敞车，是准备给女主人和使女乘坐的。

只有西蒙老爹和厨娘吕迪芬暂时还留在庄园里，要一直等到新主人到来，那时他们就各回自己的亲戚家去。约娜给他们安排了一笔数目不大的年金，此外他们自己也都有一点积蓄。他们都是家里多年来的老佣人，现在变得既啰嗦，又没有什么用处。马里于斯成家之后，早就不在庄园了。

八点光景，天下雨了。这是一场寒冷的细雨，乘着海上的微风轻轻地飘着。他们不得不用油布盖在车上。片片木叶从树上吹落下来。

几杯牛奶咖啡在厨房的桌上冒着热气。约娜坐下去，拿起自己的一杯，小口小口地喝着，然后站起身来，说道："我们走吧！"

她戴上帽子，围上披肩，正当萝莎丽替她穿套鞋时，她哽咽着叹道："孩子，你还记得吗，我们从卢昂动身到这里来时，那一天下着多么大的雨啊！……"

她突然起了一阵痉挛，双手抚着胸口，仰面倒下去，失去了知觉。

她像死了一样昏过去足有一个多钟点，然后她睁开眼睛一面抽搐着，一面簌簌地流着眼泪。

她稍稍平静下去的时候，浑身觉得那么软弱，连站也站不起来了。萝莎丽害怕迟迟不走又会发作，便出去把她儿子找来。母子俩托着她，把她送进车厢，让坐在那条漆皮的长木凳上。老使女也上了车，坐在她的身旁，拿毯子替她裹住腿，把一件大斗篷盖在她的肩上；然后撑开雨伞遮在她的头上，向她儿子喊道："德尼，快一点，我们走吧！"

年轻人跳上车子，挤在他母亲身边，因为凳子不够宽，只搁下了一条腿。他抽动鞭子，马便放开步子奔跑起来，一上一下，把车上的两个妇女震得东倒西歪。

到村口拐弯的时候，他们看见一个人在大路上徘徊，那正是托比亚克神甫，他像在那里窥伺他们的起程。

他站住让车子过去。他生怕溅着路上的泥水，便用一只手撩起法衣。他那穿着黑袜子的两条细腿，伸在一双沾满烂泥的大皮鞋里。

约娜为了免得和他照面，低着头，萝莎丽对事情前后的经过完全清楚，这时生气极了。她嘴里咕噜着："坏蛋！坏蛋！"接着拉住她儿子的手，吩咐说："赶快抽他一鞭子！"

年轻人趁车子经过神父面前时，让那转得很快的车轮突然冲到车辙里。哗啦一声，神甫从头到脚都溅了一身泥浆。

萝莎丽快活极了，转过脸去向他伸伸拳头，神甫却在那里用一条大手绢擦泥水。

他们又走了五分钟之后，约娜忽然嚷道："我们把屠杀忘掉了！"

车子只好停下来，德尼下了车，跑回去找狗，萝莎丽拉着马缰。

年轻人终于抱着那条脱了毛、胖得不成样子的狗走了回来，他把狗搁在两个妇人的腿底下。

第十三章

两小时以后，马车在靠大路的一所小砖房面前停下来了。房子周围是一个果园，种着修剪得很整齐的梨树。

园子的四个角上各有一个格子花棚，攀悬着金银花藤和牡丹蔓。园子里是一小垄一小垄的菜圃，垄上种了果树。

在园地四周围着一圈很高的树篱，和旁边的农庄之间隔着一片田地。前面离开百步远的地方，是大路上的一家铁匠店。其他最近的人家相距都有一公里光景。

从这里一眼望去是满布在高奥平原上的农庄，这些农庄的外围都有四排双行的大树，圈在里面的是种了苹果树的园子。

约娜一到就想歇着，但是萝莎丽不允许她歇着，怕她又会想得悲伤起来。

为了布置房子而从戈德镇叫来的木匠已经在那里了，最后一车行李就会到来，在到来以前，他们立刻开始先动手安排已经运到的家具。

这是一桩很费工夫的事情，需要多方的斟酌和考虑。

一小时之后，运行李的那辆马车已停在栅栏门前了，他们不得不在雨中把东西搬了下来。

到了晚上，屋子里还乱得不成样子，到处都堆满了东西；约娜已经十分疲倦，一上床就立刻睡着了。

接连几天约娜忙于料理，弄得精疲力竭，也就没有悲伤的闲空了。她甚至对布置新居还颇有兴致，因为她思想上总觉得她儿子一定会回来的。她把原先自己卧室里的挂毡挂在餐室里，这个餐室同时也当作客厅使用；二楼有两间房间，其中有一间她特别花了心思去布置，那就是她心目中的"普莱的房间"。

另一间是她留给自己的，萝莎丽住在顶上阁楼旁边的一间小屋里。

这所小房子经过一番布置，倒也很美观，她在最初一段时期住得很高兴，尽管她心里还是感到有些缺陷，但也说不出到底是什么。

一天早晨，费康那个公证人的办事员给她送来三千六百法郎，这是留在白杨山庄的那一部分家具经家具商估价后折旧的一笔款子。她收到这笔钱时，简直高兴得发抖了。等那个人一走，她就赶快戴上帽子，立刻想到戈德镇上，把这笔意外的款子寄给保尔。

但当她急急忙忙走在大路上时，碰上了萝莎丽从市场回来。那使女没有立刻猜到是怎么回事，但心里起了疑心；约娜是什么也瞒不过她的，萝莎丽一发觉之后便把筐子往地上一放，大闹起来。

她两手叉着腰，大声叫嚷。之后，她用右手牵住她的主妇，左手挽着筐子，怒气冲冲地走回家去。

一到家，使女便要约娜把钱交给她。约娜藏起了六百法郎，把其余的都拿出来了；但是萝莎丽已怀戒心，立刻就拆穿了她的把戏；约娜只好把钱全部都交了出来。

萝莎丽同意把那六百法郎寄给保尔。

几天之后，他写了一封信回来，表示感激："你帮了我一个很大的忙，我亲爱的妈妈，因为我们实在穷得厉害。"

约娜在巴特维勒总住不惯，她时刻感到呼吸不像从前那样畅快，自己比以前更孤单、更冷清、更无依靠。她常常独自出去散步，一直走到韦纳村，然后再从三池村绕回来；可是一到家，还是坐不住，又想出去，仿佛刚才恰恰忘了到她应去的地方，到她想要去散步的那个地方。

天天都是这样，她自己也不明白为什么会有这种古怪的念头。但是有一天晚上，坐下来晚餐时，她无意中叹道："啊！我多么想去看一看大海呀！"这才使她恍然大悟，她所以安不下心来的原因，就是为的这个。

她那样渴望的，正是大海。二十五年来，海一直是她伟大的邻舍，那带有盐水的气息、呼啸奔腾、吹起烈风的海，那从白杨山庄的窗口每天早晨她都见到、昼夜都呼吸到、时刻都感觉在身边的海，她在不知不觉中就像爱一个人似的爱上了它。

屠杀也生活得极其不安。刚到的那天晚上，它躲到了厨房的柜子底下，之后就再也不肯走开了。它整天几乎动也不动地躺在那里，偶尔才转动一下身子，发出低沉的怨声。

可是天一黑，它便爬起来，拖着身子，撞着墙，向园子的门口走去。在外面停留了它认为所必需的几分钟之后，便又进来，蹲在温暖的炉灶面前；但一到它的两个女主人走开去睡觉了，它就又哀号起来。

它彻夜地哀号，声音凄厉而悲伤。有时停了一个钟点，等再开始时，听来就更凄惨。她们把它拴到屋子前的一个木桶里，它便在窗口哀号。后来看它病得快要死了，才又把它搬进厨房里。

约娜听着老狗不断地呻吟和抓搔，被弄得再也不能入睡了。这狗像是努力想使自己适应新居的生活，因为它知道这里已经不是它的老窝了。

但是什么也不能使它安静下来。白天里，当一切生物正在活动的时候，它却昏昏沉沉地躺着，仿佛它意识到自己已经双目失明，病弱不堪，就懒得再动弹了；可是一到夜间，它就开始不停地转来转去，仿佛在黑暗中一切生物都失明了，这才使它敢于出来活动似的。

一天早晨，大家发现它死掉了，这才安了心。

时已隆冬，约娜陷入一种无可奈何的绝望里。这不是那种啃噬心灵的尖锐的痛苦，而是一种凄迷愁人的忧伤。

没有任何事情能使她振作起来。再也没有人想到她了。门前向左右伸展的大路上，难得见到人影。偶然一辆轻便马车疾驰而过，赶车的人露出红红的脸，身上的罩衫迎风鼓得圆圆的，就像一个蓝色的气球；有时出现一辆缓慢的大车，或是望见远远走来两个农民，一男一女，在地平线上时显得很小，愈近愈大起来。但当他们走过屋门前以后，又逐渐缩小，直到随着地形的起伏，在远处蜿蜒伸展的白线尽头时，看上去小得就像两个甲虫了。

初春野草萌芽的时候，一个穿短裙的小女孩，每天早晨带着两条在大路上沿沟啃草的瘦牛，从栅栏门前经过。到傍晚时，她又经过，仍然慢吞吞地跟在牛后面，每隔十分钟，才走上一步。

约娜每天晚上都梦见自己还住在白杨山庄。

像从前一样，父亲和小母亲都和她在一起，有时甚至还有丽松姨妈。她重新做着已经过去了的、早被遗忘了的事情的梦，她梦见自己搀着阿黛莱德夫人在那条白杨路上散步。每当梦醒时，她总是带着眼泪。

她经常想起保尔，自言自语说："他做着什么呢？他现在怎么样啦？他有时想到我吗？"每当她缓缓地在农庄之间的小路上散步时，脑子里翻腾的尽是这些痛苦的念头；特别使她感到苦恼的，是她极度妒忌那个不相识的女人，因为她抢走了她的儿子。正是这种怨恨使她留在家里，使她不能有所行动，使她没有到他的寓所里去找他。她仿佛看到那个女人站在门口，问道："您到这里来干什么，夫人？"想到会遇见这种场合，她做母亲的自尊实在不能忍受。一个始终纯洁没有沾染一丝污点的女性的尊严，使她愈来愈愤恨男人的懦弱行为，他们沉溺在肉欲的享乐中，使他们的心也变得污浊了。当她想到男女间那些淫秽的秘密、龌龊的戏狎、如胶似漆难分难解的肉体关系时，她觉得人这东西也是污秽的了。

又是一个春天和夏天过去了。

当秋天来到时，天色阴沉，秋雨连绵，使她对生活厌倦到极点了，于是她决心要作最后的尝试，想把她的普莱争取回来。

年轻人的那股热情现在也该过去了吧。

她给他写了一封哭诉的信。

我亲爱的孩子：

我恳求你回到我的身边来。你想想吧，我年老而又多病，孤孤单单，常年只有一个使女和我在一起。现在我住在靠大路边的一所小房子里，生活真够凄凉，但是如果你在这里，我的一切就会大不相同了。在这世界上，我只有你了，但是我已经七年没有见到你了！你永不会知道我生活得多么不幸，我是怎样把自己的心全部寄托在你身上。你就是我的生命，我的理想，我唯一的希望，我唯一所爱的人；而你却不在我身边，你丢下了我！

啊！回来吧，我的小普莱，回来拥抱我，回到你老母亲的身边来，她绝望地伸着胳膊在等你回来。

约娜

几天之后，他回了一封信：

我亲爱的妈妈：

我但愿能去看你，但是我身边一个钱也没有。寄一点钱来，我就可以回来。我本想去看你，和你谈谈我的计划，这个计划如能做到，就可以实现你对我的要求了。

在我最困难的日子里始终和我在一起的那个人，她对我的恩情真是一言难尽。我对她这种无限的忠诚和始终如一的爱情，今天不能再不公开承认了。她的举止和礼貌都很周到，将来一定会使你喜欢。她的知识很丰富，书念得很多。更主要的是你很难想象她一直对我是多么好。我对她不表示感激，那我就太没有良心了，所以我现在要求你允许我和她结婚。你会原谅我过去的种种错误，将来我们大家可以一起住在你的新房子里。

如果你认识她，你一定会立刻同意我的要求的。我向你保证她是一个完美和高贵的人。我相信你一定会喜欢她的。至于我呢，要没有她，我简直生活不下去。

我急切地等候着你的回音，我亲爱的妈妈，我们衷心地拥抱你。

你的儿子

保尔·德·拉马尔子爵

约娜简直气坏了。她把信搁在膝上，一动也不动地坐在那里。她看透了这个女人的计策——她一刻不停地缠住她的儿子，一次也不放他回家来，就是等待着会有那么一天，那绝望的老母亲盼子心切，再也抵抗不了，到那时候，便会软化下来，答应他们的一切要求。

保尔对那个女人宠爱到这种程度，实在叫约娜伤心极了。她反复地对自己说："他不爱我。他不爱我。"

萝莎丽进来了。约娜喃喃说道："他现在想和她结婚了。"

使女吓了一跳，答道："啊！夫人，您可不能答应呀！保尔先生可不能要这种下流的女人。"

约娜绝望地挣扎说："这可绝对不行。现在既然他不肯来，我就自己去找他，倒要看看，我和她之间究竟谁的本领大。"

于是她立刻写信给保尔，通知他说她要去，并且要不在那个女人住的地方和他会面。

然后她一面等回信，一面就做动身的准备。萝莎丽替女主人把内衣和服装都装在一只旧箱子里。但是当她折叠一件连衣裙时，发现那还是许多年前式样很土气的服装，便嚷着说：

"您一件可穿的衣服也没有。我不能让您这样出门去。您这样会给大家丢脸，巴黎的太太们会把您看成是一个女佣人了。"

约娜听从她的意见办事。两人一同到戈德镇去选了一身绿色花格子的衣料，交给镇上的女裁缝去做。然后她们又去找那个每年要在首都住上半个月的公证人鲁塞勒先生，向他打听情况。因为约娜已经二十八年没有到过巴黎了。

公证人一再提醒她们，要怎样躲避车辆，怎样防备小偷，劝她们只把随手要用的钱放在口袋里，其余的都缝在衣服里子的夹缝里；他讲了许多关于中等餐馆的情况，指出其中有两三家是女客去得最多的；最后又提到车站附近他经常住的那家诺曼底旅馆，到了那里可以说明是由他介绍去的。

巴黎和勒阿弗尔之间的火车已经通了六年了，人人谈论火车，但是约娜由于自己痛苦的遭遇，一直心情沉重，至今还没有见过使附近地区引起重大变革的这种用蒸汽推动的车子。

保尔一直没有回信。

约娜等了一个星期，接着又等了半月，天天早晨到大路上去迎接邮差，向他颤声问道："马朗丹老爹，有我的信吗？"

由于时令不调，马朗丹老爹的嗓子总是沙哑的，每次他都回答说："老太太，这一趟还没有。"

显然是那个女人不让保尔写回信！

因此约娜决定立刻动身。她想把萝莎丽带在身边，但是那使女为了免得多花旅费，没有答应。

她只许她女主人带三百法郎去，说道："不够时再写信给我，我会托公证人给您寄去。现在我要给多了，结果又都落在保尔先生的荷包里。"

这样在十二月的一天早上，德尼·勒科克赶了马车来接她们到火车站去。主仆一同上了车子，萝莎丽准备护送她的女主人一直到车站上。

她们先问清了火车的票价，然后一切手续都办好了，行李也登记了，她俩便在铁轨面前等着，想弄明白这火车究竟怎样开动；一心都被这个奥妙吸引住了，也就不去想这趟叫人伤心的旅行的目的了。

终于，远远的汽笛声使她们转过头来，她们望见一架黑色的机器——愈近愈大，开到她们面前时，声音可怕极了。那机器拖着一长串活动的小房子，一个乘务员打开一扇车门，约娜哭着抱吻过萝莎丽，就走进一间小木屋里去了。

萝莎丽很激动，叫道："再见，夫人！一路平安，早早回来！"

"再见，孩子。"

汽笛又响了，一整串的车子起初蠕蠕地转动起来，愈转愈快，到后来飞奔前进，快得怕人。

约娜坐的那间车厢里，只有两位男客靠在两个角落上打瞌睡。

她看着田野、树木、农庄、村落飞越过去，这种速度使她惊骇，她觉得自己落到一种新的生活里，被带到一个新的世界去——这个世界不再是她的了，既不像她青年时代那么安静，也不像她的生活那么单调。薄暮时分，火车开进了巴黎。

一个搬运行李的人替她拿了箱子，她慌慌张张地跟着他，很不习惯地在乱哄哄的人群中挤来挤去，因为怕跟丢搬运夫，她几乎就跟在那个人的后面跑。

到了旅馆的账柜前，她急忙声明说："我是鲁塞勒先生介绍来的。"

旅馆的女主人是一个一本正经的大胖子，她坐在账柜前，问道："鲁塞勒先生是什么人哪？"

约娜吃了一惊，答道："就是戈德镇的那个公证人，他每年来都在你们这里住。"

胖女人说道："那是可能的。我不认识他。您要一个房间吗？"

"是的，太太。"

一个茶房提着她的行李，带她上楼去。

她觉得心里很难过。她在一张小桌子面前坐下，要了一盆清汤和一份子鸡翅膀，叫他们送上楼来。从清早起到现在，她还没有吃过东西。

她在一支蜡烛的微光下，冷清清地进晚餐，心里回想起许许多多的事情，想到她从蜜月旅行回来时曾经路过这个城市，而且就是住在巴黎的那几天，于连的性格第一次暴露出来；但那时她年轻，精力充沛，朝气勃勃。现在她觉得自己已经衰老了，又拘谨又畏缩，一点点小事情就弄得颓丧不安。餐后她靠到窗口，望着那满是行人的街道。她很想出去，但又不敢。她想她一定会迷路的。她上了床，吹灭了蜡烛。

但是那喧嚣的声音、刚到一个陌生城市的感觉和旅途的困顿使她不能入睡。时间一个钟点一个钟点地过去。外面的闹声渐渐平静下去，但她还是睡不着，这种大城市的半休息状态使她心烦。她已经习惯于乡间那种安静而浓重的睡眠，无论人畜和草木都不出一点声音，而现在呢，她觉得周围总像充满了神秘的活动。细微得不可捉摸的声音就像从旅馆的墙壁上渗透进来。有时地板格格地响，再是关门的声音，打铃的声音。

快到早晨两点钟时，她刚要睡着，突然隔壁房间里一个女人嘶叫起来，约娜立刻从床上坐起身来，这时她似乎又听见一个男人的笑声。

离天亮愈近，她想念保尔的心也愈切；天刚一破晓，她就穿好了衣服。

保尔住在旧城区的索瓦热街。为了听从萝莎丽的嘱咐，节省用度，她想走着去。天气晴朗，寒风刺痛着皮肤，匆忙的人群在人行道上奔走。她按别人给她指点的路，尽快地走着——走完这条街，应该先向右转，后来再向左转，到一个广场以后，她还得重新问路。她因为没有找到那个广场，便向一个面包房的人打听，他指点的路却是另一个走法。她又走了一程，仍然没有走对，东问西问，后来完全弄不清方向了。

她着慌了，逢路便走。正当她决心想叫一辆车子的时候，她却望见了塞纳河。于是她便顺着码头走去。

大约又走了一小时光景，她终于找到了索瓦热街，那是一条十分阴暗的小巷。她到门口时停了下来，心里激动得一步也不能再走了。

普莱，他就住在这里，住在这一所房子里。她感到四肢都发抖了，最后她才走进门去，顺着走廊，看见管门人住的一个小房间。她递过一枚钱币去，问道："可否麻烦您上楼去告诉一下保尔·德·拉马尔先生，说有一位老太太，他母亲的一个朋友，在楼下等他。"

管门人回答说："太太，他已经不住在这里了。"

她浑身一阵战栗，嗫嚅道："那么他……他现在住在哪里呢？"

"我不知道。"

她感觉一阵头晕，几乎像要跌倒，好一阵呆着说不出话来。她竭力挣扎，才终于恢复了神志，讷讷地问道："他离开多久了？"

管门的这才详细告诉她说："已经半个月了。一天晚上他们走了，就再没有回来。他们在附近到处欠了钱，您就能明白他们是不会留下地址的。"

约娜眼前闪过一阵火光，就像有人在她面前开了几枪，但是一个坚定的念头支持着她，使她站在那里表面上很镇静，很理智。她要知道普莱在哪里，并且找着他。

"那么，他走的时候什么也没有说？"

"啊！什么也没有说，他们是为逃债才跑的，就是这么回事。"

"但是他总要有人来替他取信吧？"

"通常是我交给他们的。不过他们一年里也收不到十封信。在他们离开的前两天，倒有一封信是我替他们送上楼去的。"

毫无疑问那就是她写的那封信。她急忙说道："您听我说，我是他的母亲，我就是来找他的。这里十个法郎给您。要是您得到他什么消息，请您到勒阿弗尔路诺曼底旅馆给我送个信，我一定重重地酬谢您。"

他回答道："太太，您托给我好啦！"

她就匆匆地走了。

她跑在路上，自己也不知道要到哪里去。她急急忙忙的，像是有什么要紧的事情。她沿着墙脚走去，有时被拿小包的行人撞着了；她穿过街道时不先望一望迎面过来的车辆，因而受到车夫的辱骂；她一点不注意人行道的石级，有时几乎要摔倒，她丧魂失魄地匆匆向前奔跑。

忽然她已经在一个公园里了，她觉得十分疲乏，便在一条长凳上坐下来。显然她在那里坐了很久，不知不觉地流着眼泪，因为经过的人都停下来望着她了。她觉得身上很冷，便站起来想走，但她已经那么疲乏和虚弱，两条腿几乎不听使唤了。

她想走进餐馆去喝一点热汤，但是内心的羞愧和胆怯，怕被别人看出自己的悲伤而丢面子，这一切都使她不敢进去。她在门口站了一会儿，向里面张望，看见一桌一桌都是在那里用餐的人，便又胆怯地缩回来了，暗自说道："换一家再进去吧！"但是走到第二家餐馆仍然没有胆量进去。

最后她在一家面包店里买了一个半月形的小面包，在路上边走边吃。她非常口渴，但又不知道去哪里找喝的，也就忍着算了。

她穿过一道门洞，来到另一个被拱廊包围的花园里。她认得那是皇家宫殿。

在太阳下走了很多路，这时她身上觉得暖和一些了，便又在公园里坐了一两个小时。

一群人进来了，这是一群衣饰很讲究的男女，礼貌彬彬，谈笑自如——这些有福气的人，女的美丽，男的富有，他们就是为了打扮和享乐而活在世上的。

约娜夹在这群衣着华贵的人中间，心里慌张起来，便站起身来想跑，但突然她又想到在这种地方也许可以遇见保尔，她便开始来回徘徊，胆怯而又急促地从公园的这一头走到那一头，暗暗窥探着游人的面目。

有些人回过头来望望她，另一些人指着她互相笑笑。她感觉到了，赶快避开，心想别人一定在笑话她那副样子和她所穿的那身绿色花格子的连衣裙，这是萝莎丽选定了料子特意叫戈德镇的女裁缝替她缝制的。

她连向行人问路也不敢了，但最后还是鼓起勇气问了一下，才算回到了旅馆。

这一天其余的时间，她就动也不动地坐在床脚边的椅子上消磨过去了。晚餐时，她像前一天一样，要了一份汤和一点肉。然后她就上了床，每一行动都只是机械地按习惯去做。

第二天她到警察局去，请求他们替她找回她的孩子来。人们不能向她保证，但同意替她去找。

于是她又到街上走来走去，总希望能遇见保尔，但在这熙熙攘攘的人群中，她觉得自己比在荒野里更孤单、更可怜、更无路可走。

傍晚回去时，旅馆里的人告诉她，保尔先生曾经派人来找过她，并且这人明天还要再来。她心中感到热乎乎的，整夜没有合眼。这人就是他吗？是的，一定是他，虽然从别人描述的细节来判断却又不像是他。

早晨九点钟光景有人敲她的门，她叫道："请进来！"一面伸着双臂准备扑过去了。一个不相识的人进门来了。当他道歉在这个时候来打扰她，说明他来访的目的是为索还保尔欠他的债，这时候，她觉得眼泪已经抑止不住了；但她不愿意显露出来，泪珠涌到眼边时，便赶快用指头抹掉。

这人从索瓦热街的门房那里听说她来了，因为找不到保尔，他就来找他的母亲。他取出一张纸条，她毫不思索地接过来。她看到数目是九十法郎，便掏出钱来，还给了他。

这一天她没有出门。

第二天，又一批债主上门来了。她把所有的钱都给了他们，自己只留下了二十来个法郎，她写信给萝莎丽，告诉她目前的情况。

她等候她使女的回信，自己不知道做什么是好，不知到哪里去消磨这漫长的愁惨的时光。没有一个人理解她的困苦，没有一个人可以诉说一句知心的话，她仍然只能天天在街头流浪。她毫无目的地走去，心里只惦记着能赶快回去，回到她那冷清清的大路边的小房子里去。

几天以前，她觉得那里凄凉得叫她不能生活下去，现在反过来了——她觉得只有那里才是她能生活的地方，因为她那沉闷的生活习惯已经在那里生下了根。

终于一天晚上，她接到了信和二百法郎。萝莎丽在信中写道：

约娜夫人：

快回来吧，因为我不能再给您寄钱了。至于保尔先生，等我们有了他的消息时，由我去找他吧。

向您致敬！

您的女仆萝莎丽

一个下雪的严寒的早晨，约娜又回到巴特维勒了。

第十四章

从此以后，她便不再出门，也不再走动了。每天早晨，她在一定的时间起床，从窗口望一望天气，然后下楼去，坐在客厅的炉火面前。

她整天坐在那里不动，目光凝视着火焰，过去种种伤心的遭遇一一在她眼前涌现，她听凭这一切悲苦的念头在脑海中盘旋。暮色渐渐笼罩了这个小客厅，她除了偶尔向壁炉里添进一些木柴以外，仍然一动不动地坐在那里。这时萝莎丽把灯端进来，嚷道："来吧，约娜夫人，您应该去活动活动，不然到晚上您又吃不下东西了。"

一些固执的念头常常不断地缠绕着她，种种无足轻重的琐事也都使她苦恼；在她病态的头脑中，极小的事情都有了极重大的意义。

她尤其忘不了过去，思想总爱逗留在以往的日子里，经常出现在她脑海中的总是她早年的生活，她在科西嘉岛上的蜜月旅行。久已忘却了的海岛的风光突然在她眼前的炉火中涌现出来——她记起了当时发生的所有细节、琐事，以及在那里遇见过的所有人物；向导让·腊沃利的面貌时时出现在她面前，有时她仿佛还听见他说话的声音。

然后她又想到保尔童年时代恬静的岁月，那时候为了替他种生菜秧，她和丽松姨妈跪在肥沃的泥土上，两人都不辞辛苦要讨孩子的喜欢，互相竞赛着，看谁种的菜秧长得快，看谁种的菜秧长得旺。

她在唇边轻轻地呼唤着："普莱，我的小普莱。"仿佛她在和他说话一样，她的幻想就停留在这个名字上。有时接连几个钟点，她伸着手指，在空中比画构成这个名字的字母。她对着炉火慢慢地划着，仿佛这些字母就像停留在她面前；然后发现划错了，她不顾手酸得发抖，又从第一个字母开始，一直描到最后一个字母；整个名字写完了，便又从头开始。

最后，她疲乏得实在不能支持，笔划也乱了，写成了别的字，心里紧张得烦躁极了。

孤独生活的人所特有的种种怪癖都到了她的身上。任何手头的物品变动了一个位置，都会使她发脾气。

萝莎丽常常强迫她去走动走动，把她带到大路上去，但是才走上二十分钟，约娜便说："孩子，我走不动了！"坐在路边。

不久任何活动都使她感到烦厌了，早晨躺在床上，她就尽可能地晚起。

本来她一直保持着从小养成的一个习惯，那就是一旦喝过了牛奶咖啡，她便马上起床。她对这杯牛奶咖啡看得比什么都重要，缺少了这个，比缺少了任何其他东西都要难受。每天早晨，她眼巴巴地等着萝莎丽把咖啡送来，满满的一杯刚放到床头的小桌上时，她便坐起身来，又香又甜地一口气把它喝完。然后，撩开被窝，她就开始穿衣服了。

但是后来她的习惯慢慢改变了——起先是把杯子放到碟子里以后空想一会儿再起床，接着索性又在床上躺下了；到后来懒成在床上愈躺愈久，直到萝莎丽生着气走进来，几乎强迫着她，才把衣服穿上。

而且她成了一个完全没有意志的人了，每逢她使女和她商量一件事情，问她一个问题，或是想了解一下她的意见，她总回答说："孩子，你说怎么做就怎么做吧！"

她觉得自己碰来碰去都是厄运，也就像一个东方人一样相信起命运来了；她看到自己的梦想一再幻灭，希望一再落空，到后来每遇到一点点小事，就整天犹疑不决——认为自己一定又会走到错路上去，后果一定不好。

她时时刻刻说道："我这个人一生中没有过一点运气。"

萝莎丽就不平地嚷道："如果您必须为面包而工作，如果您不得不每天清早六点就起来去干活，真要那样，您又怎么说呢？天下有的是这样的人，后来老得干不了活的时候，还不是穷死。"

约娜答道："你也替我想一想，我是多么孤单呀，我的儿子把我扔掉了。"

于是萝莎丽气极了，叹道："那又算得了什么呀！多少孩子在那里服兵役！多少孩子到美国去谋生！"

在萝莎丽的心目中，美国是一个虚无缥缈的地方，大家到那里去发财，却再不见回来。

萝莎丽继续说道:"迟早人总是要分开的,年老的人和年轻的人哪能永远在一起!"

最后她毫不客气地问道:"要是他死了,您又怎么说呢?"

这时,约娜什么也回答不出来了。

到了初春天气渐渐转暖的时候,她稍稍有了一点力气,但她没有更好地利用这点刚恢复的精力,却越来越深地陷入忧郁的沉思中去。

一天早晨,她上阁楼去寻找什么东西,偶然打开一口木箱,发现里面装满了旧日历,因为乡间许多人有这种习惯,爱把逐年的日历保存起来。

她觉得自己仿佛找到了过去的岁月,面对这一大堆正方形的硬纸板,她落在一种异样复杂的感慨中了。

她把这些大大小小式样不同的日历都搬到楼下的客厅里,把它们按年份在桌上排列起来。忽然她找到了其中最早的一份,那是她自己带到白杨山庄去的。

她注视了许久,日历上的一个日子是她从修道院回家的第二天,也就是从卢昂动身的那天早晨用铅笔划去的。于是她哭了。面对展开在桌上的她自己凄惨的一生,她默默地流着沉痛的眼泪,一个老妇人伤心的眼泪。

她心里产生了一个十分强烈而固执的念头,想要把自己过去的生活,几乎一天不缺地寻找回来。

她把这些发黄了的纸板一份一份地钉在墙壁的挂毡上,她可以在这些日历面前接连消磨好几小时，看看这份又看看那份，自言自语地问道："那一个月，我是怎么过的呢？"

她把自己一生中值得纪念的那些日子都一一标了记号，这样她以重大的事件做中心，把前后所发生的小事情一桩一桩地串连起来，有时便把整个月的情形都回想出来了。

她集中意志，费尽脑力，一心一意地去回想，终于把最初回到白杨山庄居住的两年间的情景几乎全部都整理出来了，她对自己生活中那一部分遥远的岁月记得非常清楚，往事的来龙去脉活生生地展现在她的眼前。

但对后来的年代，她记忆中就像隔着一重云雾，岁月交错，模糊不清了；她耗费了无数时间，在日历面前低着头，用尽心思追怀往事，但连某一件事情是否发生在这一年中，她都想不起来。

这样，在她的客厅里，就像耶稣受难的连环画一般，挂满了她以往岁月的图表。她在这些日历面前来回地浏览，有时突然她把椅子移过来，对着一份日历，一动不动地坐在那里望着，一直望到夜晚，陷入沉思。

然后，当草木在艳阳下开始欣欣向荣，作物在田间萌芽，树木变得一片葱绿，院子里的苹果树开出团团的粉红色的花球，在平原上弥漫着香气时，约娜忽然变得激动不安了。

她坐立不安，一天来来去去，进进出出，总要有二十次，有时她沿着农庄，走得老远老远的，兴奋得像是因遗憾而发了狂热病一般。

看到在野草中探出头来的一朵雏菊，照射在树叶间的一缕阳光，倒映在车辙积水中的一抹晴空都会触动她的心，使她神魂颠倒，仿佛她又回到遥远的少女时代在乡间梦幻的那种感情世界里去了。

那时候，她盼望着未来，曾经也有过这种激动，在暖洋洋的日子里品尝过这种恼人的温馨和沉醉。现在她又重新遇到了这一切，但是前途已经没有了。她心里还在欣赏这种风光，但同时也感到哀伤，仿佛春回大地所带来的永恒的欢乐。如今当她的皮肤干枯了，她的血液变冷了，她的灵魂憔悴了，这欢乐的滋味对她来说不仅冲淡了，反而更引起她的痛苦了。

她觉得周围的一切都多少发生了变化。太阳不再像她年轻时候那么温暖，天空不再那么蔚蓝，青草不再那么碧绿，而朵朵鲜花不及过去的鲜艳和芬芳，也不再像往日那样叫人陶醉了。

不过也有些天，她感到生活是那么美好，使得她重新幻想，重新希望，重新期待，因为不管命运多么残酷，在美好的天气里，人怎么能始终不怀一点希望呢？

内心的激动驱使她接连几个小时地走着，一直往前走着，但有时她会突然站住，坐在路边，回想种种伤心的事情。为什么她没有像别的女人一样被人所爱呢？为什么她连平静的生活中最普普通通的幸福都得不到呢？

有时一瞬间她竟忘记自己已经老了，忘记在她面前除了还有几年孤独和凄凉的生活，再没有什么可以等待的了，忘记她自己的路已经走到尽头了；于是她就像从前还是十六岁的少女时，做着种种甜蜜的梦想，计划着自己所剩无几的美好的未来。然而无情的现实生活的感觉又落到她身上，她像险些儿被千钧重量压断了腰似的，疲乏不堪地站起身来，慢慢地走回家去，嘴里咕噜着说："啊！真是老糊涂！真是老糊涂！"

现在萝莎丽时刻提醒她说道："您安静点吧，夫人，您这样跑来跑去究竟要干什么呢？"

于是约娜凄切地答道："有什么办法呢，我就像'屠杀'在最后的那些日子一样了。"

一天早晨，使女比平时早一些走进她的卧室里，她把一杯牛奶咖啡放在床头的小桌上以后，说道："来，快喝吧，德尼在门口等着我们。我们一起上白杨山庄去，因为我在那里有点事情需要料理。"

约娜激动得几乎要晕过去了，她边发抖边穿衣服，一想到就要重见亲爱的故居，心里又惶恐又焦急。

一抹晴空照耀着大地，那匹欢跳的小马时而飞奔起来。他们进到埃都旺村时，约娜胸口突突地跳着，连呼吸都觉得困难了；等到她望见栅栏门两边的砖柱子时，她不知不觉小声叫了两三次："啊！啊！啊！"仿佛她看见了什么东西使她的心翻腾了起来。

他们把车子停在库利亚尔家的农庄里，接着萝莎丽和她的儿子办自己的事情去了。恰好白杨山庄的主人都出门了，农庄里的人便把钥匙交给约娜，让她趁这个机会到里面去看看。

她独自走去。来到邸宅临海的一面时，她站着观望了一番。从外面看上去什么也没有改变。这一天，阳光正好照在这所高大的灰白色建筑物阴暗的墙壁上。所有的窗扉都关闭着。

一小截枯了的树枝落到她的连衣裙上，她抬头看时，原来是从那棵梧桐树上飘下来的。她走近那棵大树，摸摸那光滑的青灰色的树皮，就像人们抚摸一头牲口似的。她的脚在草地里蹴到了一块烂木头，那是一张长凳剩下的最后的断片，她从前经常和一家人坐在这张凳子上，这还是于连第一次来拜访的那一天摆在那里的。

她走到正屋的大门口，这两扇双合门很不好开，那把生锈的大钥匙，怎么也转不过来。费了好大劲，最后锁孔中的弹簧终于松动了，再用力一推，门这才打开。

约娜立刻几乎是跑着上楼到她的卧室去。墙上裱了浅色的花纸，她都不认识这间屋子了；但是当她打开了一扇窗之后，她感动得浑身都发抖了，眼前展开的正是这幅她那样喜欢的景色——灌木林、老榆树、旷野和远处的大海，海面上漂着望上去像是静止的棕色船帆。

接着她在这所空无人影的大房子里转来转去，边走边看，墙壁上的许多斑点都是她所熟悉的。她走到露出石灰的一个小窟窿面前站住了，这个窟窿是她父亲所留下的——男爵想起自己年轻时击剑的情景，每经过这里时，常爱用手杖当武器，对着墙壁舞弄一阵，以此来取乐。

在小母亲卧室的门背后，离床不远的一个阴暗的墙角里，她找到了一枚金头的细针。现在她才记起来这是从前她自己插在那里的，后来好些年她都在寻找这枚针，但是谁也没有能找到它。她把它取下来作为一件无比宝贵的纪念品，拿在手上吻着它。

她走到每一间屋子里，都在没有更换过的裱墙纸上，探寻和辨认过去所留下的最细微的痕迹。从织物和大理石的花纹中，从年久玷污了的天花板的暗影中，她重新见到了自己想象中古怪的形象。

她轻轻地走着，独自一个人在这静悄悄的高大的邸宅里就像在墓园里一样。她的一生就被埋葬在了这里。她走到楼下客厅里，百叶窗都是关着的，室内阴暗得使她好一阵什么也分辨不出来。后来，当她的眼睛在黑暗中习惯了，她才慢慢辨认出高高的挂毡上绣着的鸟儿。壁炉前面，摆着两把靠手椅，看上去仿佛刚有人坐过；正像各种生命都有自己的气味，这间客厅也仍然保存着一般老房子所特有的那股淡淡的既柔和又能让人辨别出来的那种甜香味儿，这气息扑到约娜的鼻子里，逗起她种种回忆，使她的头脑感到沉醉。她喘着气，深深地呼吸着那已往时代的气息，双眼凝视着那两把椅子。猛然间，她固执的思念产生了刹那的幻觉，她仿佛看见，她真的看见了她父亲和小母亲在炉火前烤着脚，像她在往日常见的情景一样。

她惊骇了，身子直往后退，背撞着了门框，她靠在那里，免得跌倒，眼睛仍然盯在那两把椅子上。

但是幻景已经消失了。

她惊惶失措地又站了好几分钟，才慢慢地清醒过来；她害怕自己真会发疯，就想赶快走开。这时她的目光偶然落在她刚刚靠过的门框上，于是她瞥见了刻在那里的记录普莱身高的进度表。

油漆上留着许多轻微的记号，间隔不等的横线一道一道地往上升，用小刀所刻的数字标志着年月和保尔身高的尺寸。有的字大一些，是男爵写的；有的字小一些，是她自己写的；有的笔迹有些发抖，是丽松姨妈写的。她眼前仿佛又看见了那个金发孩子像从前一样地站在那里，那小脑袋贴着墙，让人家量他的身材。

男爵叫道："约娜，他在一个半月中，又长高了一厘米。"

她想到这过去的一切，便喜爱得像发疯似的对着门框亲吻。

这时外面有人在叫她了。那是萝莎丽的声音："约娜夫人，约娜夫人，大家等着您午餐呢！"

她走了出去，但脑子还是懵懵懂懂的。别人和她说话，她一点也没有听懂。别人给她什么，她就吃什么；她听着别人在谈天，但并不知道他们谈的是什么。农庄的女主人问起她的健康，她仿佛也应答了几句。她听凭人家抱吻她，当别人伸过脸来，她也抱吻人家，然后她便登上了车子。

当隔着树林再望不见白杨山庄高大的屋顶时，她的心悲痛得快要碎裂了。她觉得自己从今起已和老家永远告别了。

她们又回到了巴特维勒。

她刚要走进她的新屋去，却瞥见门下面搁着一件白色的东西——这是她出门的时候邮差塞在那里的一封信。她马上认出是保尔寄来的，她心里发着抖把信拆开。信上说：

我亲爱的妈妈：

　　我所以没有更早给你写信，是因为我不愿意让你来巴黎空跑一趟，应该由我经常去看你才对。目前我遭遇到一件非常不幸的事情，使我处在极大的困难中。我的女人病得快要死了，她在三天前刚生了一个女孩，而我手头却一个钱也没有。对这个婴儿我真不知道该怎么办，现在暂由门房的女人设法用奶瓶给她喂奶，但我怕不一定能保得住。你肯抚养她吗？我实在不知道怎么办好，我也没有钱给她寄养出去。盼你立即回信。

　　　　　　　　　　　　　　　　　　　　　　你的爱子保尔

　　约娜倒在椅子上，连叫唤萝莎丽的力气也没有了。使女走来之后，她俩又一起重读那封信，接着面对面沉默了许久。

　　最后萝莎丽说道："夫人，我去把那个小东西抱回来。我们不能把她丢在那里不管。"

　　约娜答道："孩子，你去吧！"

　　她们又都不作声了，后来还是使女提醒说："您把帽子戴上，夫人，我们先找戈德镇的公证人去。为那小东西的日后着想，如果那女人活不下去了，保尔先生应该赶快和她办好结婚的手续。"

　　约娜一声不响地把帽子戴上。她儿子的情妇活不下去了！这使她心里深深地充满了一种不可告人的喜悦，一种她要想尽办法掩盖起来的自私的喜悦，一种会令人羞红脸的可耻的喜悦，但正是这种喜悦使她内心深处感到无比的兴奋。

公证人向使女作了详细的指示，她自己又反复地重说了几遍；这时她心里有了数，知道不会再出什么错误了，便说道："什么也不用担心了，由我去办吧！"

她当夜就动身到巴黎去了。

约娜心乱如麻地度过了两天，什么事情也不能想。第三天早晨她接到萝莎丽的通知，说她乘当天下午的火车到家。别的话一句也没有。

快到三点钟的时候，她坐了邻居的马车到伯兹镇的火车站去接她的女仆。

她站在月台上，眼睛望着那两根笔直伸展出去的铁轨，直到远处，远处，在地平线上才终于合二为一了。她时时看着钟：还差十分钟！还差五分钟！还差两分钟！现在时间到了！但是在远远的路轨上什么也没有出现。后来突然她望见一个白点，冒着烟，然后在烟雾下出现一个黑点，越来越大，飞奔着前进。那个庞然大物的火车头，终于逐渐放慢了速度，轰轰地喘息着从约娜面前经过，她睁大了眼睛望着一扇扇的车门。好几扇车门都打开了，旅客走下车来，有穿罩衫的农民，有挎着篮子的农妇，还有头戴软帽的小市民。她终于看见萝莎丽怀里抱着一个布包似的东西出来了。

她想迎上前去，但她的两条腿完全发软了，她害怕就会跌倒。使女一看见她，就像平常一样神态自若地向她走来，说道："您好，夫人，我回来啦，可也够麻烦的。"

约娜嗫嚅问道："怎么样呢？"

萝莎丽答道："昨天夜里她才死了。他们结了婚，小东西就在这儿哪。"

她把孩子递过去，婴儿包在褓襁里，谁也看不见她。

约娜毫不踌躇地接在手里，两人便走出车站来，上了马车。

萝莎丽又说："保尔先生等安葬完毕就回来。可能就是明天的这班火车。"

约娜低声说："保尔……"话就不再接下去了。

太阳向天边降落下去，光芒普照在碧绿的原野上，原野里盛开着金黄色的油菜花和血红的罂粟花。无限的和平笼罩在欣欣向荣的宁静的大地上。马车轻快地奔驰着，赶车的农民用舌头嗒嗒作响，驱马前进。

约娜的眼睛一直向前望着，一群一群的燕子箭一般地掠过天空。突然间她感到一种轻微的热气，一种生命的温暖透过她的裙袍，传到她的腿上，钻进她的血肉中，这正是那个睡在她膝上的小生命传来的温暖。

这时一种说不出的感情涌上她的心头。她轻轻地揭开面纱，露出那个她还没有见过的婴儿的面庞，而这就是她的小孙女儿。这脆弱的小生命受到光线的刺激，睁开她那碧蓝的小眼睛，抖动着嘴唇。约娜紧紧地拥抱着她，用双手把她托起来，接连地吻着她。

　　萝莎丽心里虽然高兴，但同时也带有一点埋怨地阻止了她，说道："好了，好了，约娜夫人，别再逗她了，您要把她逗哭啦！"

　　然后，她好像是回答她自己心中的问题似的，自语说："您瞧，人生从来不像意想中那么好，也不像意想中那么坏。"